Doris Oetting

Die Föhr-Affäre

Handlung und Figuren dieses Romans entspringen der Phantasie der Autorin. Darum sind eventuelle Übereinstimmungen mit lebenden oder verstorbenen Personen zufällig und nicht beabsichtigt. Nicht erfunden sind Institutionen und Schauplätze auf Föhr.

Originalausgabe Mai 2022

Tel.: 0561/766 449 0, Fax: 0561/766 449 29

Titelfoto © Anette Damm, Dortmund
Schriften: Linux Libertine
Druck: OSDW Azymut

ISBN: 978-3-95475-239-3

www.prolibris-verlag.de

Doris Oetting

Die Föhr-Affäre

Inselkrimi

Prolibris Verlag

Die Autorin

Doris Oetting, geboren 1970, lebt im ostwestfälischen Minden. Sie arbeitet hauptberuflich in der Qualitätssicherung einer Textagentur und freiberuflich als Autorin von Kurzgeschichten und Romanen. Neben Kurzkrimis in verschiedenen Anthologien veröffentlichte sie 2016 ihren ersten Roman, eine Familiengeschichte, die überwiegend in Travemünde spielt. Anschließend folgten zwei Sammlungen von Kurzgeschichten über unterschiedliche Themen des alltäglichen Lebens. 2018 erschien der Roman „Das Haus auf Föhr", in dem ein dunkles Familiengeheimnis aufgedeckt wird. 2020 folgte der Krimi „Kalte Liebe in Cuxhaven", der sich mit dem Thema Stalking beschäftigt und aufzeigt, dass man sein Vertrauen leider allzu oft den falschen Menschen schenkt.

Mit „Die Föhr-Affäre" kehrt Doris Oetting nun auf ihre Lieblingsinsel zurück, diesmal mit einem Kriminalroman.

Mehr Informationen zur Autorin findet man auf ihrer Website:
www.doris-oetting.de

Für meinen Vater,
der schon seit fast zwanzig Jahren fehlt.
Ich hätte dir so viel zu erzählen.

Und für meine Mutter,
die noch da ist, aber doch so fern.

Und für meinen Mann.
Ohne dich wäre alles nur halb so schön.

Prolog

Still kauerte er mit geschlossenen Augen auf dem Hocker in der Ecke und presste die Hände zwischen seine Oberschenkel. Er gab sich alle Mühe, die Tränen zurückzuhalten. Jungs weinen nicht. Es war so ungerecht. Er hatte es nicht getan. Er hatte den Ball nicht gegen das Schlafzimmerfenster geschossen, so dass die Scheibe in tausend Teile zerbrach. Er konnte überhaupt nicht so hoch und so weit schießen, kein einziges Mal hatte er das bisher geschafft. Er konnte ja ohnehin kaum etwas. Außerdem war er nicht mal in der Nähe gewesen, als das mit dem Fenster geschah.

Aber das würde seine Mutter ihm nicht glauben. Sie gab ihm die Schuld, so wie sie ihm an allem Schlechten, das passierte, die Schuld gab. Sie musste einfach jemanden finden, den sie bestrafen konnte, auch wenn der völlig unschuldig war. Und das war immer ihr Sohn. Versuchte er, sich zu erklären oder zu rechtfertigen, hörte sie nicht zu. Manchmal schrie sie ihn stattdessen an wie eine Wahnsinnige, ohne dass man ein Wort verstehen konnte. Manchmal blieb sie stumm, schaute einfach an ihm vorbei und sie schien weit weg zu sein. Er hatte sich schon öfter gefragt, ob sie vielleicht nicht alle Tassen im Schrank hatte. Natürlich würde er es nicht wagen, das laut auszusprechen. Nicht auszudenken, was für einen Ärger ihm das einbrächte.

Jedenfalls hatte er es längst aufgegeben, sich gegen ihre Ungerechtigkeiten zu wehren. Es hatte ja doch keinen Zweck. Sie sagte und zeigte ihm immer wieder, wo sein Platz innerhalb der Familie war. Und der war nun mal in der letzten Reihe. Er war unwichtig und wurde kaum beachtet. Die meiste

Zeit saß er abseits und las. Er liebte Bücher, konnte sich stundenlang in die Geschichten vertiefen und in Gedanken all die Abenteuer miterleben, die dort erzählt wurden. Der Rest der Familie ließ ihn überwiegend in Ruhe, so wie sie auch von ihm in Ruhe gelassen werden wollten. Nur wenn etwas Schlimmes passierte, dann wurde er herbeigerufen und ohne die geringste Chance auf Verteidigung schuldig gesprochen.

So wie heute bei der Sache mit der Fensterscheibe. Ohne ihm nur einen winzigen Augenblick zuzuhören, hatte seine Mutter das Strafmaß verkündet und ihn angewiesen, sich mit blankem Hinterteil bäuchlings über den Küchenstuhl zu legen. Dann hatte sein Vater den Gürtel aus seiner Hose gezogen und ihn wieder und wieder mit voller Wucht auf ihn niedersausen lassen. Sie hatte danebengestanden und laut mitgezählt, wie sie es immer tat. Und für jeden Klagelaut, der von ihm zu hören war, kam ein weiterer Schlag dazu. Heute hatte er die Lippen und die Zähne so zusammengepresst, dass ihm jetzt nicht nur der Hintern, sondern auch die Kiefermuskeln wehtaten. Aber er hatte es geschafft, keinen Mucks von sich zu geben und somit nur das von ihr beschlossene Dutzend Gürtelhiebe kassiert.

Er konnte sich nicht daran erinnern, wann seine Mutter einmal lieb zu ihm gewesen war. Nie konnte sie sich über etwas freuen, was er tat. Wie auch, sie beachtete ihn ja nicht. Manchmal glaubte er, dass sie ihn hasste. Von seinem Vater konnte er keine Unterstützung erwarten. Er sah zwar aus, wie ein starker Mann, groß und kräftig. Aber er verhielt sich oft wie ein Zwerg. Ein Wicht, der sich von seiner Frau am Nasenring durch die Manege führen ließ, die Nachbarn machten sich deswegen über ihn lustig. Er würde es niemals wagen, eine andere Meinung als die seiner Ehefrau zu vertreten oder die Stimme zu erheben in dem Haus, in das er eingeheiratet hatte. Vermutlich waren sogar die Hochzeit und der Nachwuchs beschlossen worden, ohne ihn mehr als naturgemäß unbedingt nötig einzubeziehen. Seit er denken konnte, hatte seine Mutter sich nur einmal ein wenig freundlicher um ihn gekümmert, als er krank gewesen war und niemand wusste, ob er überleben würde. Sobald er genesen war, hatte sie sich abweisender verhalten als je zuvor, so dass er sich kaum noch in ihre Nähe gewagt hatte.

Kapitel 1

Langsam drehte Julia den Kopf nach rechts und zwang sich, ihn anzusehen. Wie er dalag, ganz ruhig. Neben ihr. Auf dem zerwühlten Laken. Die morgendlichen Sonnenstrahlen, die durch die Äste des Baumes direkt vor dem bodentiefen Schlafzimmerfenster hereinfielen, unterteilten sein Gesicht und seinen Körper in helle und dunkle Streifen. Es war halb neun am Sonntagmorgen und bis vor wenigen Minuten hatten sie guten und erfüllenden Sex gehabt. Und jetzt war er tot. Beim Liebesakt auf ihr zusammengebrochen mit einem kurzen Aufschrei des Schmerzes als Abschiedsgruß.

In diesem Moment hatte auch sie sich nicht mehr bewegen können. Vor Schreck oder wegen des Gewichts des toten Körpers auf ihr. Mühsam hatte sie ihn von sich heruntergerollt und sich die Bettdecke bis zum Kinn hochgezogen. Der Anblick der weit aufgerissenen Augen in seinem Gesicht, das bald einer Wachsfigur ähneln würde, ließ sie frösteln. Sie nahm sich vor, nicht zu schreien, nicht aufzuspringen, ruhig zu bleiben, bis sie aus diesem Alptraum erwachte. Um etwas anderes konnte es sich schließlich nicht handeln.

Minutenlang lag sie da, stocksteif und bewegungslos.

Ein Geräusch aus dem Wohnraum nebenan ließ sie aus ihrer Starre erwachen. Was war das? Außer ihnen war niemand hier. Valentin war Künstler, genauer gesagt Maler, und lebte allein und gewollt abgeschieden in seinem Haus in Hedehusum, einem kleinen Ort zwischen den Dörfern Wittsum und Utersum auf der Nordseeinsel Föhr. Sie wusste aus seinen Erzählungen, dass es sich bei der kleinen Kate um das einstige Zuhause eines verarmten Bauern handelte, der selbst dieses bescheidene Heim irgendwann nicht mehr unterhalten konnte. Valentin hatte Haus und Grundstück in einem miserablen Zustand, dafür aber zu einem fairen Preis bekommen und liebevoll renoviert. Hier trafen sie sich, wann immer sie auf der Insel weilte, heimlich für ihre Stunden zu zweit. Obwohl beide ungebunden waren und ihr Liebesleben somit niemanden etwas anging, hielten sie ihre Treffen geheim. Beide hatten nicht die geringste Lust, zum Inhalt des Inseltratsches zu werden und damit Aufmerksamkeit auf sich zu ziehen. Zum Glück gab es neben dem Haus einen Schuppen. Dort ließ sie immer schnell ihren knallroten Porsche 911 verschwinden, denn natürlich sollte niemand ein Auto vor dem Haus stehen sehen. Schon gar nicht ein so Auffälliges.

Die Räumlichkeiten im Inneren waren überschaubar. Neben dem Schlafzimmer und einem angrenzenden Bad gab es nur eine offene Küche mit Kochinsel, die an einen geräumigen Wohnbereich angrenzte. Valentin hatte das Wohnzimmer mit einer Selbstbauwand geteilt, und jenseits dieser Wand befand sich sein Atelie, ein kreatives Chaos aus Staffeleien, blütenweißen oder zum Teil bereits bemalten Leinwänden, unzähligen Farbdosen und -tuben und einem Sammelsurium an Pinseln und Rakeln. Und an die kunterbunten Farbspritzer auf dem Boden und an den Wänden, bei deren Anblick man eine kürzlich stattgefundene Konfettimaschinen-Explosion vermutete. Der typische Geruch von Farbe und Terpentin hing in der Luft und waberte durch das gesamte Haus, aber weder Valentin selbst noch Julia störten sich daran. Dafür liebten beide die Kunst zu sehr, jeder auf seine Art. Da das Haus über keinen Flur verfügte, betrat man von der Haustür aus sofort den Wohnbereich. Und aus genau dieser Richtung vernahm sie jetzt ein pochendes Geräusch.

In unregelmäßigen Abständen klopfte jemand immer wieder an die Tür. Sie blieb still liegen und wartete ab, aber das Klopfen hörte nicht auf. Wer konnte das sein? Valentin bekam niemals Besuch. Er hatte keine Freunde, weil er keine brauchte. Über irgendwelche Verwandte hatte er nie nur die geringste Andeutung gemacht. Und Kontakt zu seinen Nachbarn hätte er selbst dann nicht gepflegt, wenn es welche gäbe. Die einzigen Lebewesen in unmittelbarer Nähe seines Hauses waren Pferde und Kühe. Es gab weit und breit nur Felder, Wiesen und einen schmalen Landwirtschaftsweg, auf dem außer ihm und ihr und hin und wieder einem Bauern auf einem Traktor selten jemand unterwegs war.

Alle paar Tage fuhr Valentin mit seinem klapprigen VW Polo, an dessen beste Zeiten sich vermutlich niemand mehr erinnern konnte, in die Inselhauptstadt Wyk. In der Filiale der Postbank hatte er ein Postfach, damit nicht einmal der Briefträger zu ihm kommen musste. Dass die Leute Valentin für einen seltsamen Kauz hielten, störte ihn nicht. Julia hatte ihr ganzes Verhandlungsgeschick aufbringen müssen, ihn als Galeristin vertreten und einige seiner Bilder in ihrer Galerie in Hamburg ausstellen zu dürfen. Der Verkauf der Werke lief zwar schleppender als angenommen, aber dafür war zwischen ihr und Valtentin das entstanden, was man als Bettgeschichte ohne große Emotionen bezeichnen konnte. Beide wollten nichts Verbindliches und erst recht nichts Kompliziertes, aber sie wollten und konnten auch nicht mehr aufeinander verzichten, nachdem sie zum ersten Mal zusammen im Bett gelandet waren.

Natürlich hatte es etwas Unprofessionelles an sich, wenn eine Galeristin mit einem der von ihr vertretenen Künstler schlief. Immerhin war Julia so etwas wie seine Agentin. Da sie seine Bilder verkaufte oder es zumindest versuchte und auch hin und wieder Auftragsarbeiten an ihn vermittelte, bestand zwischen ihnen eine gewisse Abhängigkeit. Aber passierte das nicht jeden Tag unzählige Male? Der Chef mit der Sekretärin, der Arzt mit der Krankenschwester und so weiter. Hier gab es *me too* nun eben mal andersrum. Und wer sollte je davon erfahren? Valentins ohnehin seltenen Ausstellungen auf der Insel wurden überwiegend von Touristen besucht, wodurch eine gewisse Anonymität gewahrt blieb. Für seine bescheidenen Ansprüche verdiente er genug Geld. Julia und er hatten oft darüber gelacht, dass sein Nachname Velstand das norwegische Wort für Wohlstand war, denn genau danach strebte Valentin überhaupt nicht. Er hatte sich sein Leben ganz nach seinen Vorstellungen eingerichtet, und die Meinung anderer war nichts, worüber sich Valentin den Kopf zerbrach.

Und jetzt war er tot. Gestorben beim Sex mit ihr. Was sollte sie bloß tun? Ihr Herz schlug schnell und hart gegen ihre Rippen und auf ihrer Stirn sammelten sich Schweißperlen, während über den Rest ihres Körpers eine Gänsehaut lief. *Beruhige dich und denk nach*, ermahnte sie sich selbst. *Du bist 42 Jahre alt, also benimm dich nicht wie ein Kind, das ein Monster im Kleiderschrank vermutet. Außerdem bist du nicht schuld an seinem Tod. Es ist passiert. Einfach passiert.* Sie musste sofort den Notruf wählen. Ihre Jacke, in der ihr Smartphone steckte, hatte sie gestern an einen der Haken neben der Tür gehängt. Aber von dort kam das unheimliche Klopfen.

Da sie es ohnehin nicht mehr aushielt, neben ihm zu liegen, schwang sie die Beine aus dem Bett und griff nach ihrer Kleidung, die auf dem Fußboden lag. Schnell schlüpfte sie in ihre verwaschenen Jeans und das dunkelgrüne T-Shirt und strich mit den Fingern aus reiner Gewohnheit durch ihr streichholzkurzes blondes Haar. Barfuß und so leise wie möglich ging sie zur Schlafzimmertür, die nur angelehnt war. Sie sah durch den schmalen Spalt in den angrenzenden Wohnraum, konnte so aber fast gar nichts und somit auch nichts Außergewöhnliches erkennen. Sie schloss die Augen und versuchte sich auf das Hören zu konzentrieren. Das Klopfen kam wie vermutet von der Haustür, an der es keine Klingel gab. Irgendjemand begehrte Einlass. Aber wer? Und warum? Sie durfte auf keinen Fall öffnen. Um zu erklären, dass Valentin nicht zu sprechen war, wäre ihr vermutlich etwas eingefallen, aber wie sollte sie ihre eigene Anwesenheit begründen? Sie schafften es schon seit zwei Jahren, ihre Beziehung, ihre Affäre, ihr Techtelmechtel oder wie immer man es nennen wollte, vor dem Rest der Welt zu verbergen, und dabei sollte es jetzt erst recht bleiben.

Sie warf einen Blick zurück auf das Bett, auf Valentins leblosen Körper. Woran war er gestorben? War er einem Herzinfarkt erlegen? Oder einem Hirnschlag? Sie hatte das dringende Bedürfnis, das Schlafzimmer und damit den Anblick der Leiche hinter sich zu lassen. Außerdem musste sie irgendwie zu ihrem Handy gelangen und den Notruf absetzen. Es war zwar keine Eile geboten, Valentin war ohnehin nicht zu mehr zu helfen, aber wie sollte sie erklären, warum sie so lange damit gewartet hatte? Allerdings war das Klopfen noch immer zu hören, obwohl inzwischen zehn Minuten oder mehr vergangen waren. Würde der ungebetene Gast denn nie aufgeben? Sie musste leise sein, um ihm nicht zu verraten, dass jemand im Haus war. Vorsichtig öffnete sie die Tür ein Stück weiter, schlich in den Wohnraum und entdeckte sofort die Herkunft der Klopfgeräusche. Sie hatten am gestrigen Abend vergessen, das winzige Fenster neben der Haustür zu schließen, und jetzt wurde es vom Wind hin und her geschleudert und schlug immer wieder auf und zu.

Sie schlich hinüber und sah nach draußen. Es war weit und breit niemand zu sehen. Erleichtert, dass wenigstens dieses Problem gelöst war, schloss sie das Fenster. Dann holte sie ihr Handy aus der Jackentasche und ließ dabei den Blick durch den Raum wandern. Auf dem Couchtisch stand noch die leere Flasche Rotwein, daneben die beiden benutzten Gläser. Die Decke, in die sie sich spät in der Nacht eingewickelt hatten, lag auf der Armlehne des schon ziemlich verschlissenen Sofas. Ins Bett gegangen waren sie erst gegen drei Uhr morgens, allerdings nicht, um zu schlafen. Sie hatten nur wenig Nachtruhe im herkömmlichen Sinn gehabt, aber dazu wäre die Zeit auch zu schade gewesen.

Ihr Blick wanderte weiter und blieb im Küchenbereich hängen. Bei ihrer Ankunft am späten Abend, sie hatte die letzte Fähre aus Dagebüll genommen, hatte Valentin sie wie so oft mit einem leckeren Essen verwöhnt. Anschließend hatte er aufgeräumt und abgewaschen, wobei er ihre Hilfe wie immer ablehnte. Er war ein wunderbarer Koch. *Gewesen*, setzte sie in Gedanken hinzu. Valentin lag tot nebenan im Schlafzimmer. Der furchtbare Anblick, dem sie für den Moment entflohen war, drang zurück in ihr Bewusstsein. Sie musste jetzt endlich die Polizei rufen und den Todesfall melden.

Sie tippte die 112 in ihr Handy, doch bevor sie die Taste für den Verbingungsaufbau drückte, stockte sie und sah plötzlich die Schlagzeile im *Inselboten* schon vor sich: Künstler Valentin Velstand beim Sex gestorben! Wer ist die unbekannte Geliebte? Damit würde Valentin posthum doch noch zum Inselgespräch. Und sie selbst auch. Der Polizei gegenüber würde sie sich ausweisen müssen. Vielleicht würde es auch der Presse gelingen, ihren Namen in Erfahrung zu bringen. Die fanden doch immer irgendwie heraus, was sie nicht wissen sollten.

Welche Kreise würde eine solche Geschichte ziehen? Vielleicht würden auch Journalisten außerhalb von Föhr die Story dankbar aufgreifen, wenn sie sonst nichts Spannendes auf Lager hatten. Waren tote Künstler nicht für die Medien schon immer interessanter gewesen als lebende? Möglicherweise würde sogar in Hamburg darüber berichtet werden. Vermutlich mit einer erheblich reißerischeren Schlagzeile. Sex mit bekannter Harvestehuder Galeristin endet tödlich. Oder ähnlich. Die Klatschweiber aus dem schicken Stadtteil, in dem Julia wohnte und arbeitete, würden sofort auf sie kommen und hätten ihre wahre Freude daran. Sie, die erfolgreiche, stets durchgestylte und unnahbar wirkende Galeristin und dieser ziemlich unbekannte und auf den ersten Blick etwas abgerissen wirkende Inselmaler.

Besonders ein ganz bestimmter Mensch wartete nur auf eine Gelegenheit, sie durch den Dreck zu ziehen, und würde sich diese Gelegenheit auf keinen Fall entgehen lassen. Sie starrte ihr Smartphone mit der eingetippten 112 an und zögerte noch immer.

Kapitel 2

Konstantin Schöller spürte ihren Blick auf sich, bevor er die Augen aufschlug. Es war früh am Sonntagmorgen und er hätte gerne etwas länger geschlafen, aber das passte diesem Betthäschen neben ihm scheinbar absolut nicht. Das war das Lästige an seinen One-Night-Stands, dass manche Weiber dachten, sie könnten anschließend gleich bei ihm einziehen. Jetzt fing sie auch noch an, sein Brusthaar zu kraulen. Wie er es hasste, beim Aufwachen nicht allein zu sein. Er ging lieber zu seinen Eroberungen nach Hause und haute wieder ab, sobald er seine sexuellen Bedürfnisse gestillt hatte. Nur äußerst selten nahm er Frauen mit in seine Penthouse-Wohnung. Blöd, dass er es gestern doch getan hatte. Er setzte sich auf, aber sofort drehte sich das Schlafzimmer um ihn. Tequila. Ja, damit hatte er sich abgeschossen. Mit reichlich Tequila. So viel, dass er sexuelle Höchstleistungen kaum noch für möglich gehalten hatte. Aber scheinbar hatte er es geschafft. Oder die kleine Brünette neben ihm war mit wenig zufrieden.

Um sich von ihrer Anwesenheit abzulenken, ging Konstantin in Gedanken die Termine für die kommende Woche durch. Als Nachhilfe- und Fitnesslehrer hatte er sein Auskommen, aber seinen teuren Lebensstil finanzierte hauptsächlich das Erbe seiner verstorbenen Lieblingstante. Seine größte Leidenschaft waren seine politischen Aktivitäten für die Freie und Hansestadt gewesen, die ihm ein gewisses Ansehen und die Aussicht auf einen Platz im Senat beschert hatten, aber das war alles lange her. Konstantin drehte sich um und gab dabei einen Seufzer von sich, den die Frau neben ihm vollkommen falsch deutete. Sofort begann sie erneut, ihn zu kraulen. Er sah sie an. Sie war jung und attraktiv, auch wenn ihre Wimperntusche nicht mehr genau dort anzutreffen war, wo sie hingehörte. Mit leicht geöffneten Lippen sah sie ihn an, offensichtlich auf eine erneute Runde Matratzensport hoffend. Ihm wurde übel, was zu gleichen Teilen am Tequila und ihrer Erwartungshaltung lag.

»Zieh dich an!«, forderte er sie auf.

Ihre Finger in seinem Brusthaar hielten für einen Moment inne, kraulten dann aber unbeirrt weiter.

»Ich sagte, du sollst dich anziehen«, wiederholte er.

»Und dann?«, fragte sie und bemühte sich um einen verführerischen Klang in der Stimme.

»Und dann kannst du gehen, denn das hier war eine Übernachtung ohne Frühstück, kapiert?« Er stand auf, ging, nackt wie er war, zum Schlafzimmerfenster und drehte ihr dabei seine Kehrseite zu.

»Aber ... ich meine ...«, stotterte sie.

Anstatt zu reagieren, kratzte er sich den Allerwertesten. Die Geräusche hinter ihm ließen ihn erfreut feststellen, dass sie aufgestanden war und sich anzog. Sie versuchte es mit einer Verabschiedung. »Also, dann ... Ruf mich an, okay?«

Erneut erhielt sie keine Antwort und wenige Sekunden später fiel die Wohnungstür ins Schloss.

Er kroch zurück ins Bett, das er endlich wieder für sich allein hatte, und dachte nach. Wie lange wollte er so noch weitermachen? Mit zwanzig war es normal, jedes Wochenende die Puppen tanzen zu lassen. Mit dreißig machte es noch immer Spaß. Mit vierzig war es schon nicht mehr so lustig. In zwei Jahren wurde er fünfzig, da bekam seine Lebensweise langsam etwas Tragisches. Die passende Frau für ihn schien es nicht zu geben. Jünger als er sollte sie sein, schlank, hübsch und nicht allzu gebildet. Er war nicht scharf drauf, mit ihr die Weltpolitik zu diskutieren oder zu jedem Thema ungefragt ihre Ansicht zu hören. Er wollte sich mit ihr sehen lassen können und jederzeit unkomplizierten Sex haben. Das reichte ihm nun, da er alle politischen Ambitonen begraben hatte.

Ein einziges Mal hatte er eine Frau getroffen, mit der ihm eine Zukunft möglich schien. Sechs Jahre war das jetzt her. Als er Julia Lessing in ihrer Galerie zum ersten Mal gesehen hatte, war er sofort von ihr angetan gewesen. Attraktiv und kultiviert war sie. Genau richtig, um mit ihr in den Kreisen Eindruck zu machen, in denen er sich damals bewegte. Mit dieser Frau an seiner Seite, hätten sich bestimmt noch mehr wichtige Türen für ihn öffnen können, denn zu ihrer Kundschaft zählten die Ehefrauen der Männer, die ihm bei seiner politischen Karriere von Nutzen waren. Die Galerie hätte sie aus diesem Grund nach der Hochzeit mit ihm sogar behalten dürfen. Als kleinen Zeitvertreib. Mehr als ein Hobby war es ohnehin nicht, einer liquiden Klientel bunte Bildchen oder seltsame Gegenstände aus verschiedensten Materialien aufzuquatschen. In die sogenannten Kunstwerke interpretierte doch jeder was anderes hinein, richtig oder falsch gab es nicht. Und damit war Kunst für Konstantin, für den nur Zahlen, Daten und Fakten zählten, absolut unbedeutend.

In diesem Moment spürte er, wie sein Körper noch immer reagierte, wenn er intensiv an Julia dachte. Trotz Übermüdung und Kater bewegte ihn die Erinnerung an sie jetzt noch, und zwar steil nach oben. Dabei hatte die Schlampe ihn damals nicht nur abgewiesen, sie hatte ihn ruiniert. Nicht finanziell, aber beruflich und gesellschaftlich. Zum Essen und ins Theater ließ sie sich bereitwillig einladen. Immer wieder. Wie viele Stunden verbrachte er damit, sich die *Zauberflöte* oder *La Traviata* reinzuziehen? Anstatt mit Julia ins Bett zu gehen, hörte er *Carmen* zu. Er ertrug *Figaros Hochzeit*, anstatt seine eigene zu planen. Erst nach Wochen, in denen er sie immer wieder angerufen, eingeladen, Blumen und kleine Geschenke geschickt und sich geduldiger gezeigt hatte, als er es sich selbst jemals zugetraut hätte, ließ sie einen Kuss zu. Sonst nichts. Herrje, sie lebten doch nicht mehr in den Fünfzigern, in denen Männer sich monatelang Zeit nahmen, um eine Frau rumzukriegen.

Irgendwann schaffte er es aber, sie in seine Wohnung zu locken. Scheinbar war ihr nicht annähernd so klar wie ihm, was dort geschehen sollte. Als seine Küsse leidenschaftlicher wurden und er beginnen wollte, ihren Körper zu erkunden, reagierte sie wie eine Klosterschülerin. Sie wollte sofort gehen, was er verhinderte. Daraufhin beschimpfte sie ihn und stieß ihn immer wieder von sich. Das hatte kein Weibsbild vorher gewagt. Und da hatte er ihr gezeigt, wer der Herr im Haus war. Er hatte ihr ein paar Ohrfeigen verpasst und sie an den Haaren zum Sofa gezerrt, um sich zu nehmen, was er sich in den Wochen und Monaten zuvor redlich verdient hatte. Sie wehrte sich mit Händen und Füßen, biss und kratzte ihn, bis er so wütend war, dass er ihr eine ordentliche Tracht Prügel verabreichte. Erst als sie aus Mund und Nase blutete und ein Auge komplett zugeschwollen war, zerrte er sie zur Wohnungstür und warf sie raus. Danach fühlte er sich besser. Allerdings nicht lange, denn die Schlampe ging zur Behandlung ihrer kleinen Blessuren ins Krankenhaus und zeigte ihn an.

Anfangs ging er siegessicher davon aus, dass eine unbedeutende Galeristin nichts ausrichten konnte gegen einen hoffnungsvollen Senats-Anwärter. Er nutzte die Zeit bis zur Verhandlung, um überall herumzuerzählen, dass gar nichts passiert sei und die dumme Kuh ihn nur fertigmachen wolle, weil er sie zurückgewiesen hatte. Aber dann ließ sich vor Gericht ironischerweise eine Frau in den Richtersessel fallen und damit war sein Schicksal besiegelt. Julias detaillierte Schilderung des Abends, ihr ärztliches Attest und nicht zuletzt sein, er musste es zugeben, ein wenig überhebliches Verhalten, das wohl eher unangebracht, aber halt angeboren war, überzeugten die Richterin schnell. Wegen Nötigung und Körperverletzung verurteilte sie ihn zu einer Geld- und Bewährungsstrafe. Die Kohle war ihm scheißegal, aber die zwei Jahre auf Bewährung kosteten ihn die Stelle am Gymnasium und die Aussicht auf einen Senatsposten. Seitdem gab er Nachhilfe in Mathe und Physik und Kurse in einem angesagten Fitnessstudio, gelegentlich engagierten ihn auch gar nicht mal so unbedeutende Menschen für ein Personal Training. Seine politischen Aktivitäten hatte er zwangsläufig an den Nagel gehängt. Selbst wenn er laut Strafgesetzbuch fünf Jahre nach seiner Verurteilung wieder ein öffentliches Amt bekleiden durfte, wer würde die Kandidatur eines Vorbestraften unterstützen?

Jetzt, sechs Jahre später, war seine Bewährungsstrafe längst abgelaufen, aber seine Wut auf Julia Lessing genauso brodelnd wie damals. Manchmal hielt er sich in der Nähe ihrer Wohnung oder der Galerie auf und beobachtete sie. Er hatte ihr vor Gericht ewige Rache geschworen. Warum hatte sie aus diesem kleinen Zwischenfall so eine große Sache gemacht? Warum war sie nicht froh und dankbar, dass er, der aufstrebende Politiker und künftige Senator, sich überhaupt für sie interessierte? Eines Tages, da war er sicher, würde sich die Gelegenheit bieten, ihr alles heimzuzahlen. Der perfekten Julia Lessing würde ein Fehler unterlaufen, der ihre weiße Weste besudelte. Und dann wäre er zur Stelle, um den Fauxpas auszuschlachten und ihr ebenso zu schaden, wie sie ihm geschadet hatte.

Kapitel 3

Julia stand immer noch mitten in Valentins Wohnzimmer und starrte auf ihr Handy, als würde sie darauf warten, dass es den Notruf von selbst wählte und ihr damit die Entscheidung abnahm. Was für ein Albtraum. Nein, auf keinen Fall durfte sie im Zusammenhang mit Valentins Tod genannt werden. So ein Mist, dass ihr diese harmlose Bettgeschichte jetzt Ärger einzubringen drohte. Hätte sie bloß von Anfang an die Finger von Valentin gelassen, aber hinterher war man ja immer schlauer. Wie hätte sie ahnen sollen, dass er ihr am Ende, also an seinem tatsächlichen Ende, solche Scherereien machen würde? Das fehlte gerade noch, dass sich alle das Maul darüber zerissen, dass sie was mit einem ihrer Künstler angefangen hatte. Sie konnte das Gerede beinahe schon hören, und die Schlagzeilen, die vor ihrem geistigen Auge aufploppten, wurden immer krasser und schonungsloser.

Jetzt galt es, mit allen Mitteln einen Skandal zu verhindern. Valentin konnte sie ohnehin nicht mehr helfen, er war tot und daran war nichts mehr zu ändern. Selbst wenn eine Obduktion der Leiche die natürliche Todesursache, wie immer diese lautete, zweifelsfrei belegen würde, bliebe dennoch ein übler Beigeschmack an ihr haften. So war es doch immer. Irgendetwas blieb hängen. Besonders auf einer Insel wie Föhr. Und genau hier plante Julia ihre Zukunft, auch wenn sie darüber noch mit niemandem gesprochen hatte. Deshalb durfte ihr Name hier auf gar keinen Fall im Zusammenhang mit dieser Tragödie genannt werden.

Julia beschloss, abzuhauen. Valentins Leiche im Schlafzimmer zurückzulassen und wegzulaufen. Wenn der Tod ihn in irgendeiner anderen Nacht ereilt hätte, wäre er ja auch allein in seinem Haus gewesen. Sie löschte die eingetippte 112 und steckte ihr Smartphone in die Hosentasche. Wo waren ihre Schuhe? Im Schlafzimmer. Sie ging hinüber und warf einen verstohlenen Blick auf den Toten.

Es war nicht so, dass sie Valentin geliebt hatte, aber sie hatte ihn gemocht. Die Liebe im romantischen Sinn, die Liebe, die tief aus dem Herzen kam, hatte sie vor langer Zeit aus ihrem Leben verbannt. Und zwar an dem Tag, an dem Heiko vor 14 Jahren bei einem Autounfall gestorben war. Mit Ende zwanzig, nach fünfjähriger Beziehung und vier Wochen vor der geplanten Hochzeit. Das Glück ging von einer Sekunde zur anderen. Nicht leise und behutsam, es schlug die Tür laut hinter sich zu. Beinahe wäre Julia an der Trauer und den zerplatzten Träumen zerbrochen. Sie trug einen Teil ihrer Seele mit ihm zu Grabe und brauchte lange, um sich dem Leben wieder zuwenden und nach vorne schauen zu können. Niemals mehr würde sie sich verlieben, schwor sie sich. Nie wieder wollte sie sich aus tiefstem Herzen und mit Haut und Haaren auf jemanden einlassen, keine emotionalen Höhenflüge mehr zulassen, um nie wieder so tief zu fallen, wenn die Liebe aus welchem Grund auch immer endete. Bei ihren Eltern hatte alles auch ohne die ganz großen Gefühle immer wunderbar funktioniert. Ihre Mutter und ihr Vater, beide Richter am Landgericht Hamburg, hatten sich respektiert und geschätzt, sowohl beruflich als auch privat. Und falls sie sich tief und innig geliebt hatten, war es ihnen hervorragend gelungen, das zu verbergen. Was im Leben vor allem zählte, waren Ehrgeiz,

Leistung und Pflichtbewusstsein. Gefühle störten da nur. Von Schmetterlingen im Bauch wurde man nicht satt.

So hatten Julias Eltern es ihr vorgelebt.

In der Pubertät hatte Julia sich fest vorgenommen, alles anders zu machen. Welcher Teenager tat das nicht? Auf keinen Fall wollte sie sich mit weniger als dem Prinzen auf dem weißen Pferd zufriedengeben. Als Heiko auftauchte, nicht auf einem weißen Pferd, aber in einem getunten schwarzen Golf GTI, wähnte sie sich auf der Sonnenseite des Lebens. Aber fünf Jahre später verdunkelte sich die Sonne durch seinen tödlichen Unfall für immer. Da wusste sie, dass die Liebe nichts ist, worauf man bauen und sich verlassen sollte. Und wenn man nicht nach ihr suchte, vermisste man sie auch nicht. Natürlich hatte Julia immer mal wieder unbedeutende Affären gehabt. So wie mit Valentin. Eine Frau hatte schließlich Bedürfnisse. Aber geliebt hatte sie nach Heiko nie wieder. Auch Valentin nicht. Dennoch würde er ihr fehlen, dachte sie und bemerkte erstaunt, dass ihr eine einzelne Träne übers Gesicht lief. Ungeduldig wischte sie sie fort und atmete ein paar Mal tief ein und aus. Sie war gut darin, Gefühle zu verdrängen, sich auf Fakten zu fokussieren und rational zu denken und zu handeln. Sonst wäre sie beruflich nicht dort, wo sie war. Wenn sie sich ausgerechnet jetzt von Gefühlen überrollen ließ, half ihr das nicht, das Richtige zu tun.

Kapitel 4

Julia richtete den Blick auf das große Bild über dem Bett. Die Rote Dominanz. Sie hatte das Werk immer gern angesehen, weil ihr kräftige Farben gefielen. Rot ganz besonders. Außerdem hatte das Gemälde bisher für sie eine gewisse Erotik ausgestraht. Jetzt allerdings, mit dem toten Valentin direkt darunter, wirkte es auf einmal bedrohlich, alarmierend, beängstigend. Einen Moment lang starrte sie Valentin an. Er war nicht der erste Verstorbene, den sie in ihrem Leben sah. Aber mit ihm war sie in der Sekunde seines Todes auf eine äußerst angenehme Weise intim gewesen. Sie bemühte sich, diese frische Erinnerung zurückzudrängen, sie musste jetzt an sich denken. Er war tot. Wem würde es nützen, wenn diese unabänderliche Tatsache ihr eigenes Leben aus den Angeln hob?

Kurz dachte sie darüber nach, die Leiche lieber verschwinden zu lassen, anstatt sie hier im Bett zurückzulassen. Aber wie sollte sie das anstellen? Das Haus anzünden und alles zu Asche werden lassen, was sich darin befand? Nein, das wäre zu auffällig. Ein Loch buddeln und ihn im Garten vergraben? Das käme immerhin einem richtigen Begräbnis am nächsten. Dann aber wischte sie alle Überlegungen beiseite und entschied sich endgültig dafür, einfach von hier zu verschwinden. Sobald Valentins Leiche gefunden wurde, würde sie als seine Galeristin vielleicht informiert werden und könnte dafür sorgen, dass er eine anständige Beerdigung bekäme.

Ein anderer Gedanke, der sich plötzlich in den Vordergrund schob, ließ sie allerdings erneut in Panik geraten. Falls der von wem auch immer herbeigerufene Notarzt nicht zweifelsfrei einen natürlichen Tod attestierte, würde das routinemäßig die Polizei auf den Plan rufen. Den Beamten würden dann sofort die beiden benutzten Weingläser auffallen. Schnell spülte Julia die Gläser, trocknete sie ab und stellte sie zurück in den Schrank, ohne sie noch einmal mit ihren Fingern zu berühren. Die leere Weinflasche wischte sie sorgfältig ab, bevor sie sie in den Karton mit dem Altglas stellte. Aber was war mit Valentins Körper? Dann fiel Julia eine Reportage über Kriminalistik ein, die sie interessiert verfolgt und in der ein Rechtsmediziner erklärt hatte, dass die Sicherung von Fingerabdrücken auf menschlicher Haut trotz akribischer Forschung bis heute schwierig und selten erfolgreich war. Falls Valentins nackter Körper darauf untersucht würde, konnte sie also hoffen, dass keine verwertbaren Spuren von ihr gefunden würden. Und im Haus? Sie musste alles gründlich putzen, bevor sie sich aus dem Staub machte. Ja, das war die Lösung.

Julia hatte für den Nachmittag ihr Eintreffen in der Pension *Marina* angekündigt, die hier auf der Insel inzwischen ihr Stammquartier war. Für die Inselurlaube mit ihren Eltern hatten sie verschiedene Ferienwohnungen gebucht. Als sie für das erste schwierige Gespräch mit dem etwas kauzigen Maler Valentin Velstand angereist war, war ihre Suche nach einem Luxushotel, wie sie es inzwischen bevorzugte und gewohnt war, erfolglos geblieben. Nichts erschien ihr exquisit genug, um ihren Ansprüchen zu genügen. Also hatte sie sich kurzerhand auf das Abenteuer eingelassen, das genaue Gegenteil auszuprobieren. Leben wie in der guten alten Zeit. Urig, bescheiden und hausbacken. Zurück zum Natürlichen. Im Casual-Look und ungeschminkt. Sie hatte gehofft, dadurch auch auf Valentin Velstand unkompliziert, unprätentiös und nahbar zu wirken.

Julia hätte selbst nicht gedacht, dass es ihr in der kleinen Pension von Greta Mortensen so gut gefallen würde. Die Herzlichkeit der Wirtin, die warme und behütete Atmosphäre des Hauses und die Entschleunigung, auf die sich Julia gleich nach ihrem Einzug hatte einlassen können, hatten sie positiv überrascht. Bei jedem folgenden Inselaufenthalt hatte Julia daraufhin wieder im Haus *Marina* eingecheckt. Hin und wieder regten sich in ihr zwar Zweifel, ob sie sich nicht selbst etwas vormachte, wenn sie ohne jegliches Make up und in Jeans und T-Shirt im Haus *Marina* ein- und ausging, denn eigentlich war sie der Inbegriff einer durchgestylten Großstadtpflanze. Aber sie fühlte sich jedes Mal wohl, das ließ sich nicht leugnen.

Es blieben ihr noch ein paar Stunden, um die Spuren ihrer Anwesenheit in Valentins Haus zu entfernen und danach möglichst entspannt in der Pension einzutreffen. Sie musste gründlich vorgehen, durfte nichts übersehen. Sie wollte gerade das Bettzeug auf ihrer Seite des Bettes abziehen und überlegte, wie sie Valentins Körper aus dem Bett hieven könnte, um dasselbe auf seiner Seite zu tun, als sie erneut innehielt. Schnappte sie jetzt komplett über? Was machte sie hier? Scheinbar drehte sie jetzt langsam durch, anders war dieser unüberlegte Aktionismus nicht zu erklären. Die Gedanken in ihrem Kopf rasten immer wieder vor und zurück, wurden hin und her geschleudert zwischen Panik und Logik, als könnten sie sich für keins von beidem entscheiden.

Julia presste beide Hände an ihre Schläfen und versuchte, sich zu konzentrieren. Valentin war eines natürlichen Todes gestorben, daran konnte es keinen Zweifel geben. Und falls doch, konnte man ihr nicht das Geringste anhängen, denn sie hatte nichts getan. Selbst wenn man Spuren von ihr fand, wären ihr diese nicht zuzuordnen, da sie in keiner polizeilichen Datenbank gespeichert war. Und warum sollte es nach der Feststellung der natürlichen Todesursache überhaupt eine entsprechende Spurensuche und polizeiliche Ermittlungen geben?

Obwohl der Nebel in Julias Hirn sich langsam lichtete, wurde ihr plötzlich übel. Sie ging kurz auf die Terrasse und ließ sich auf einen der Stühle fallen, die dort standen. Ihr Innerstes war aufgewühlt wie das Meer bei schwerem Sturm. Ihr Herz schlug wild und schnell. Sie musste sich unbedingt in den Griff bekommen. Greta Mortensen verfügte über ein ausgeprägtes Feingefühl und würde bei Julias Ankunft sonst sofort Verdacht schöpfen. Zwar würde sie nicht nachfragen, dazu war sie zu höflich, aber ihr abwartendes und verständnisvolles Schweigen brachte jeden früher oder später dazu, sich ihr anzuvertrauen.

Julia schloss kurz die Augen, atmete tief ein und aus und überlegte. Sollte sie überhaupt wie geplant die nächsten zwei Wochen hier auf der Insel verbringen oder lieber gleich wieder abreisen, um so viel Distanz wie möglich zwischen sich und dieses schreckliche Ereignis zu bringen? Nein, sie wollte, sie musste sogar bleiben, damit Föhr nicht für immer ein Ort des Grauens für sie blieb. Die Insel sollte ihr neues Zuhause werden. Sie musste die Erinnerung an Valentin und besonders die an den heutigen Tag tief in sich verschließen, weitermachen und ihre Pläne verwirklichen. Was sie hier erlebt hatte, durfte nicht ihre Zukunft auf der Insel gefährden.

Erst vor wenigen Monaten hatte sie beschlossen, einen Teilhaber für die Galerie zu suchen. Sie hatte auch ihre Mitarbeiterin Franziska gefragt, ob sie Interesse habe, aber es war eher unwahrscheinlich, dass diese das Geld dafür aufbringen könnte. Auf jeden Fall wollte Julia sich dort aus dem aktiven Geschäft zurückziehen. Sie hatte durch ihre zuletzt sehr regelmäßigen Aufenthalte auf Föhr gemerkt, dass sie langsam genug hatte vom Harvestehuder Schickimicki. Von dem gestelzten Verhalten, den Lügen und dem oftmals in jeder Hinsicht falschen Lächeln.

Und sie wollte weg von Konstantin Schöller. Sie hatte ihn immer mal wieder gesehen, wenn er vor der Galerie oder ihrer Wohnung herumlungerte, sie beobachtete und sich dabei nicht halb so unauffällig verhielt, wie er wahrscheinlich annahm. Was war er nur für ein Dreckskerl. Darüber täuschten auch seine maßgeschneiderten Anzüge nicht hinweg. Sie hatte dafür gesorgt, dass er seine gerechte Strafe bekam, aber zu welchem Preis? Nach der Urteilsverkündung hatte er ihr zugerufen, dass sie ab heute einen Feind fürs Leben habe. Ihre bisher nur hin und wieder aus dem Nebel auftauchende Idee, Hamburg zu verlassen, hatte danach allmählich immer schärfere Konturen angenommen.

Natürlich war es ein großer Schritt, von Hamburg nach Föhr zu ziehen, aber ein Hintertürchen ließ sie sich ja immerhin offen. Der Mietvertrag für die Galerie lief weiter, die Galerie blieb bestehen. Nur ihre Eigentumswohnung musste sie verkaufen, denn sie brauchte das Geld für die Umsetzung ihrer Pläne auf Föhr. Zusätzlich würde sie sogar noch einen Kredit benötigen, aber da würde es keine Probleme geben.

Julia war davon überzeugt, dass die friesische Karibik heilende Kräfte für Körper und Seele hatte. Hier hatte sie vor vielen Jahren die Trauer um Heiko verarbeitet und wieder erkannt, dass das Leben lebenswert war. Auch nach dem Tod ihrer Eltern hatte sie hier Zuflucht gefunden. Damals hatte sie sich schrecklich allein und verlassen gefühlt. Elternseelenallein, falls es das Wort überhaupt gab. Wenn die Eltern gestorben waren, dann war man endgültig erwachsen. Weil man niemandes Kind mehr war. Auch wenn man sich schon lange nicht mehr von der Mutter hatte trösten lassen, auch wenn man schon lange nicht mehr den Rat des Vaters eingeholt hatte, man hätte es jederzeit tun können. Vorher.

Um zu trauern und die schwermütigen Gedanken wieder loszuwerden, hatte Julia nach der Beerdigung fast vier Wochen auf Föhr verbracht. Und die Insel hatte ihren Teil zur Heilung beigetragen. Und jetzt plante sie, für immer zu bleiben. Inzwischen waren ihre Pläne so weit fortgeschritten, dass deren Umsetzung kaum noch etwas im Weg stand. In Wyk wollte sie eine kleine, überschaubare Galerie eröffnen. Sie kannte das *Museum der Westküste* in Alkersum, das von überregionaler Bedeutung war. Sie wusste aber auch, dass es viele Künstler auf Föhr gab, die wunderbare und außergewöhnliche Arbeiten vorzuweisen hatten, es jedoch nie in eine Ausstellung oder in eine große Galerie schaffen würden. Ihnen wollte sie eine Bühne geben, sie sichtbar und erlebbar machen. Und sie wollte endlich wieder selbst malen, denn dafür war seit Jahren keine Zeit geblieben. Allein der Gedanke, dass irgendetwas diesen Traum zerplatzen lassen könnte, schnürte ihr die Kehle zu. Nein, sie durfte nicht mit Valentins Tod in Verbindung gebracht werden. Sie hatte keineswegs vor, ihren Einstand hier auf Föhr damit zu geben, dass ihr Name in negativen Schlagzeilen auftauchte. Und Schöller die Gelegenheit zur Rache auf einem Silbertablett servieren, wollte sie erst recht nicht.

Sie ging zurück ins Haus, und ließ ein letztes Mal ihren Blick durch den Wohnbereich schweifen, bevor sie die Tür hinter sich zuzog. Sie würde wohl nie mehr herkommen. Im Schuppen setzte sie sich hinters Steuer ihres Autos und fuhr davon. Die Schuppentür ließ sie offen, aber wen interessierte das jetzt noch?

Kapitel 5

Franziska Pohlmann erwachte an diesem Sonntagmorgen gegen halb elf, reckte und streckte sich und seufzte zufrieden beim Gedanken an den gestrigen Abend. Sie hatte mit ihrem neuen Freund im The Table, einem hochkarätigen Sterne-Restaurant in der Hamburger Hafencity gegessen. Vor drei Wochen hatte sie Dominik von Bahlstedt kennengelernt. Er zelebrierte in der Kunstgalerie Julia Lessing, in der Franziska arbeitete, eine Art Großeinkauf, um, wie er ihr erklärte, sein nagelneues Penthouse künstlerisch aufzupimpen.

Die flapsige Ausdrucksweise stand in krassem Gegensatz zu seinem ansonsten vornehmen und gediegenen Auftreten. Er war zwar kein gut aussehender Mann, aber alles an ihm wies auf Reichtum hin. Beispielsweise sein Auto, das er direkt vor der Galerie geparkt hatte, als wäre das dort aufgestellte absolute Halteverbotsschild für alle anderen gültig, aber nicht für ihn. Und natürlich seine Kleidung und seine bis zum Rand mit Kreditkarten gefüllte Brieftasche. Franziska stellte mit einem schnellen Blick auf seine rechte Hand erfreut fest, dass er keinen Ehering trug. Ein gutes Zeichen. Außerdem warf er ihr immer wieder interessierte und bewundernde Blicke zu. Ein weiteres gutes Zeichen.

Franziska war sich ihres attraktiven Äußeren sehr bewusst und lernte oft und viele Männer kennen, aber bisher war der sogenannte Richtige nicht dabei gewesen. Bei neuen Bekanntschaften verflog Franziskas anfängliches Interesse meistens schon bei der ersten längeren Unterhaltung, und zwar beim Thema Job und Karriere. Sie wollte keinen kleinen Angestellten, auch keinen unbedeutenden Abteilungsleiter und erst recht keinen Handwerker. Sie wollte einen Mann mit Geld. Viel Geld. Einen Mann, der ihr genau das Leben ermöglichen konnte, das sie wollte. Das sie ihrer Meinung nach auch verdiente und das sie sich und ihrem Umfeld seit Jahren vorgaukelte, indem sie ständig über ihre finanziellen Verhältnisse lebte.

Sie konnte sich nicht daran erinnern, wann ihr Kontostand mal nicht tiefrot gewesen war. Für ihr Cabrio zahlte sie seit fünf Jahren einen Kredit ab, obwohl es ihr inzwischen gar nicht mehr gefiel und sie sich längst für einen anderen Wagen begeisterte. Ihre regelmäßigen Kosmetik- und Friseurtermine sowie teure Kleidung und Schuhe sparte sie sich vom Mund ab, was den in ihren Augen praktischen Nebeneffekt hatte, dass sie schlank blieb. Und ihr schäbiges Appartement im Hamburger Stadtteil Billstedt war ihr bestgehütetes Geheimnis. Sie ließ sich nie von einem Verehrer zu Hause abholen oder dorthin bringen. Freundinnen, die sie besuchen könnten, hatte sie nicht, und da ihre Chefin sich vermutlich nie nach Billstedt verirrte, war die Adresse, die in Franziskas Personalakte stand, für Julia Lessing nur eine notwendige Nebensächlichkeit, für die sie sich nicht weiter interessierte.

Franziska ahnte, dass ihr Kartenhaus nicht für immer halten würde, deshalb wurde es Zeit, den benötigten Mann mit Geld bald zu finden. Vielleicht war der Tag, an dem der farblose, aber gut situierte Herr von Bahlstedt in der Galeir erschienen war, ihr Glückstag. Vielleicht war er ihr Zukünftiger.

Während sie seine umfangreiche Bestellung und die Eppendorfer Nobeladresse notierte, an die die Bilder und Skulpturen geliefert werden sollten, war sie sich seiner intensiven Blicke nur allzu bewusst. Er ließ seine Augen von ihrem Gesicht über ihr Dekolleté wandern, dann die Arme hinunter bis zu ihren Händen und wieder zurück. Der Verkaufstresen zwischen ihnen verwehrte ihm die Aussicht auf mehr, doch sie war sicher, dass ihm der Rest von ihr ebenfalls ausnehmend gut gefallen würde. Franziskas Instinkt sagte ihr, dass sie diesen Goldfisch schon fast an der Angel hatte. Jetzt durfte sie ihn nicht mehr entwischen lassen. Als sie ihm die Summe nannte, die er für seinen Kunst-Kaufrausch zu begleichen hatte, bemühte sie sich um einen unaufgeregten Tonfall und zuckte mit keiner einzigen der penibel aufgeklebten Wimpern. Herr von Bahlstedt sollte annehmen, dass das Jonglieren mit hohen Geldbeträgen absolut nichts Besonderes für sie war.

Dominik von Bahlstedt steckte seine Ausfertigung des Kaufvertrages in die Innentasche seines Jacketts und verabschiedete sich mit einer leichten Verbeugung. Franziska überlegte, wie sie es am besten anfing, die Angelschnur, an der er hing, ein bisschen weiter einzuholen. Mit einem schüchternen Blick und einem Lächeln, das seine Wirkung bisher nie verfehlt hatte, holte sie ihr Smartphone unter dem Tresen hervor, sah auf das Display und seufzte kaum hörbar.

»Ich begleite Sie natürlich zur Tür«, flötete sie, »wenn Sie mich nur kurz entschuldigen würden? Es ist eine Freundin, der es momentan nicht gutgeht.«

Dominik von Bahlstedt schien nicht verwundert darüber, dass der Anruf offenbar vollkommen lautlos eingegangen war. »Aber natürlich«, gab er freundlich zurück.

Sie schenkte ihm ein dankbares Lächeln, dann ging sie ein paar Schritte in Richtung Hinterzimmer und drehte ihm dabei den Rücken zu. Es konnte nicht schaden, ihm auch ihre durchaus ansehnliche Kehrseite zu präsentieren.

»Hallo Süße, wie geht's dir heute?« ... »Noch immer nicht besser?« ... »Ach, du Arme!« ... »Bist du sicher?« ... »Aber die Ablenkung würde dir bestimmt guttun.« ... »Du willst also wirklich für heute Abend absagen?« ... »Nein, ich bin dir nicht böse.« ... »Nein, wirklich nicht.« ... »Okay, dann bis morgen!«

Scheinbar in Gedanken versunken, kam sie zurück zum Tresen und zu ihrem überaus solventen Kunden. Jetzt wusste er schon mal, dass sie ein mitfühlender Mensch, eine verständnisvolle Freundin und heute Abend nicht verabredet war. Nun kam es darauf an, ob und wie er diese Informationen für sich nutzte. Sie warf ihr langes dunkles Haar zurück und sah ihn aus ihren braunen Rehaugen an. Diesem Blick waren schon viele Männer zum Opfer gefallen. Auch bei Dominik von Bahlstedt schien er zu wirken.

Mitfühlend sagte er: »Ich habe Ihr Telefonat mitgehört, das ließ sich leider nicht vermeiden. Ihre Freundin hat Ihnen für heute abgesagt?«

»Ja, leider.« Enttäuschter Tonfall, enttäuschter Blick. »Wir wollten essen gehen, aber jetzt möchte sie doch lieber zu Hause bleiben. Sie hat Liebeskummer.«

»Das tut mir leid. Aber falls Sie Lust hätten, stattdessen mit mir essen zu gehen, wäre ich hocherfreut. Ich bin mit meinen heutigen Anschaffungen dank Ihrer kompetenten Beratung mehr als zufrieden und würde das gerne mit Ihnen feiern, Frau …«

»Pohlmann. Franziska Pohlmann«, antwortete sie und ergriff seine ausgestreckte Hand.

»Also, Frau Pohlmann, darf ich Sie nach Geschäftsschluss hier abholen? Natürlich nur, wenn Ihr Mann nichts dagegen hat?« Er sah sie forschend an.

»Ich bin nicht verheiratet. Und ja, Sie dürfen mich abholen. Sehr gerne sogar.«

Ja, so hatte alles angefangen vor drei Wochen. Und Franziska glaubte sich am Ziel ihrer finanziellen Träume. Dominik war der einzige Sohn und damit Erbe einer elitären Privatbank in Blankenese. An seinem Schreibtisch in der Bank glänzte er zwar meistens durch Abwesenheit, aber trotzdem bekam er dafür so viel Geld, wie sie selbst in einem halben Jahr verdiente. Die prall gefüllte Geldbörse war allerdings nach Franziskas Auffassung schon das Beste an Dominik. Über seine mangelnde Attraktivität mit dem schütteren Haar, obwohl er erst sechsunddreißig war, den etwas zu eng beieinanderstehenden Augen und der schiefen Nase hätte sie ja gnädig hinweggesehen, wenn er sich nicht auch noch als ein solcher Langweiler entpuppt hätte. Er redete überwiegend über sich selbst, nur leider auf eine nahezu einschläfernde Art. Außerdem war er so humorvoll wie die Straßenverkehrsordnung. Aber er war bis über beide Ohren in sie verliebt, was Franziska unbedingt für sich nutzen wollte.

Und er war großzügig und spendabel. Also genau das, was sie an einem Mann am meisten schätzte. Bei nahezu allen bisherigen Verabredungen hatte Dominik gesagt, dass er ihr jeden Wunsch erfüllen würde. Immer wieder fragte er sie, womit er ihr eine Freude machen könne. Geld spiele keine Rolle. Da er fest davon ausging, dass sie auf ewig zusammenblieben, war für ihn ohnehin alles eine Investition in ihre gemeinsame Zukunft. Und heute, im *The Table*, hatte sie es endlich gewagt, ihm von ihrem größten Wunsch zu erzählen. Ihre Chefin Julia Lessing hatte ihr die Teilhaberschaft an der Galerie angeboten, weil sie Hamburg verlassen und auf der Nordseeinsel Föhr sesshaft werden wollte.

»Okay. Wenn es dein Wunsch ist, die Anteile an der Galerie zu besitzen, dann sollst du sie auch haben«, war alles, was Dominik sagte.

Franziska glaubte, sich verhört zu haben. »Ist das dein Ernst?«

»Natürlich. Wenn es dich glücklich macht, dann sag deiner Chefin, sie soll mich anrufen, damit wir alle Details besprechen können.« Dominik tunkte ein Stück Weißbrot in den Soßenrest auf seinem Teller und wirkte so gelassen, als hätten sie sich über das Wetter unterhalten.

»Aber ich habe dir Julias Preisvorstellungen noch gar nicht genannt«, gab Franziska zu bedenken.

»Für dein Glück ist mir kein Preis zu hoch«, antwortete Dominik, und zum ersten Mal in knapp drei Wochen war der liebevolle Blick, mit dem Franziska ihn ansah, beinahe ernst gemeint.

Franziska kuschelte sich weiter unter ihre Bettdecke und sah dem heutigen Sonntag freudig entgegen. Dominik war zwar zuerst beleidigt gewesen, weil sie sich heute nicht mit ihm treffen wollte, aber sie hatte darauf bestanden, dass sie sich unbedingt um die immer noch an Liebeskummer leidende Fantasiefreundin kümmern müsse. In Wirklichkeit wollte sie den Tag für sich allein haben und mit Tagträumereien über ihr zukünftiges glamouröses Leben als Galeristin verbringen. Hoffentlich stand Dominik zu seinem Wort und machte nicht im letzten Moment einen Rückzieher. Franziska war klar, dass sie dafür noch einige Zeit mit ihm zusammenbleiben und eine große Verliebtheit vortäuschen musste, aber das war es wert.

Meistens verbrachte sie mit ihm durchaus annehmbare Stunden, weil Geld nicht die geringste Rolle spielte. Weitaus unangenehmer waren die wenigen Tage, an denen sie Sex mit ihm zulassen musste, damit er keinerlei Verdacht schöpfte. Aber das alles war es wert. Mit dem Erwerb der Galerie-Anteile wäre sie am Ziel ihrer Träume. Sie würde größtenteils eigenverantwortlich arbeiten, denn Julia hatte versprochen, sich weitestgehend aus allen Entscheidungen rauszuhalten. Sie würde viel Geld verdienen, endlich rauskommen aus Billstedt und vielleicht sogar Julias schicke Wohnung übernehmen. Sie würde mit der Harvestehuder Society abhängen, zu der Julia all die Jahre gehört hatte. Diese schönen, reichen, coolen Leute, von denen ihre Chefin genug hatte und die sie, Franziska, um jeden Preis ihre Freunde nennen wollte. Ach, es würde herrlich werden.

Kapitel 6

Bis Julia auf die Straße Richtung Nieblum einbog, begegnete ihr zum Glück niemand. Nach wenigen Minuten erreichte sie den malerischen und Ort, der vor Jahren den Titel des schönsten Dorfes der Bundesrepublik Deutschland erhalten hatte, und fuhr direkt zur Pension Marina in der Strandstraße. PKW-Stellplätze gab es nicht, aber das war kein Problem, weil Greta insgesamt nur vier Zimmer vermietete und die meisten Urlauber ohne Auto anreisten. Mit dem Fahrrad oder mit öffentlichen Verkehrsmitteln ließ sich jedes Ziel auf der Insel problemlos erreichen.

Der Porsche war kaum zum Stehen gekommen, da lief Greta Julia schon auf dem Weg vom Haus entgegen und strahlte über das ganze Gesicht.

»Julia, mit dir habe ich noch gar nicht gerechnet. Wolltest du nicht erst am Nachmittag eintreffen? Na, egal. Jetzt bist du da. Ich freue mich so, dich zu sehen. Lass dich umarmen!«

Julia schaffte es gerade noch, die teure Designer-Sonnenbrille abzusetzen, bevor Greta ihr stürmisch um den Hals fiel und sie an ihren rundlichen, aber gemütlich warmen Körper drückte. »Hallo, Greta! Ich konnte es nicht erwarten, wieder herzukommen, deshalb habe ich eine frühere Fähre genommen«, antwortete sie etwas kurzatmig, weil ihr die innige Umarmung die Luft nahm. So viel Körperkontakt war sie nicht gewohnt. Außer mit Valentin. *Nein, jetzt nicht an ihn denken.*

Greta nickte. »Ja, das versteht niemand besser als ich. Nirgends ist es schöner als hier auf Föhr und niemals könnte ich woanders leben.«

»Wenn alles gut läuft, bin ich bald auch Insulanerin.« Das war ihr nur so rausgerutscht. Es war noch viel zu früh, um ihre Pläne mit Greta oder sonst jemandem zu teilen. Wie hatte ihr das nur passieren können? Wahrscheinlich hatten die Ereignisse, mit denen der Tag begonnen hatte, ihr so zugesetzt, dass sie nicht mehr so klar und strukturiert denken konnte wie sonst.

Einen Augenblick lang hoffte sie, dass Greta den Satz überhört hatte, doch da sagte die schon: »Wie meinst du das? Los, erzähl! Was hast du vor?«

Julia hätte sich ohrfeigen können, wusste aber, dass sie jetzt keinen Rückzieher mehr machen konnte, ohne vor Greta, die inzwischen längst zu einer Freundin geworden war, als Wichtigtuerin und Geheimniskrämerin dazustehen. Sie konnte nur versuchen, ein bisschen Zeit zu schinden. »Ich erzähle es mal irgendwann, wenn Marina auch dabei ist.«

»Dann hast du gleich heute Abend dazu die Gelegenheit«, verkündete Greta, »denn Marina kommt um acht zum Essen.«

»Toll«, sagte Julia mit mäßiger Begeisterung, obwohl sie Marina Menkhoff mindestens so sehr mochte wie Greta. Sie hatte sich nur etwas mehr Aufschub erhofft, aber es war eben nicht zu ändern. »Wie geht es Astrid?«, wechselte sie das Thema.

Astrid war Gretas alte Tante und Nachbarin. Zwischen den beiden Frauen bestand eine seltsame Verbindung. Sie stritten und versöhnten sich beinahe täglich. Es gab kaum einen Punkt, in dem sie sich einig waren, aber wenn es darauf ankam, hielten sie fest zusammen. Astrid hatte eine direkte, manchmal etwas unheimliche und oft sogar verletzende Art, doch sie hatte auch für jedes Problem ein offenes Ohr und für jede Lebenslage einen weisen Ratschlag.

Auf Gretas Gesicht legte sich ein trauriger Ausdruck. »Astrid ist vor acht Wochen gestorben.«

»Was? Was ist denn passiert? Und warum habt ihr mir nicht Bescheid gesagt?«

Julia war geschockt von dieser Nachricht. Bei ihrem letzten Inselaufenthalt war Astrid kerngesund und gemessen an ihrem hohen Alter quietschfidel gewesen.

»Ein Schlaganfall. Danach konnte sie das Bett nicht mehr verlassen und auch nicht mehr sprechen. Sie hat schon vor langer Zeit festgelegt, dass sie im Falle einer schlimmen Erkrankung keinen Besuch wünscht, außer von mir. Und dass sie still und leise beigesetzt werden möchte, ohne Karten, ohne Trauergemeinde, ohne Kaffee und Kuchen. Nur der Pastor und ich. Deshalb habe ich nichts gesagt und gewartet, bis du wieder hier bist und ich es dir persönlich erzählen kann. Kannst du das verstehen?«

»Natürlich kann ich das«, antwortete Julia. Sie schaute Greta traurig an. »Bestimmt fehlt sie dir sehr.«

»Sie fehlt uns allen. Mir natürlich, aber auch Marina und ihren Mitbewohnern. Und sogar den Leuten, die sie nicht besonders gemocht und oftmals belächelt und für ein bisschen verrückt gehalten haben. Keiner, der sie kannte, wird sie jemals vergessen, da bin ich mir ganz sicher.«

Greta blinzelte ein paar aufsteigende Tränen weg und hakte Julia unter. »Komm, lass uns deine Sachen holen. Dein Zimmer ist natürlich schon vorbereitet, du hast dasselbe wie immer. Als Willkommensgruß mache ich dir schnell ein bisschen Suppe von gestern warm. Das ist immerhin besser als nichts.«

Nachdem sie die köstliche Suppe gelöffelt und mit Greta ein paar Belanglosigkeiten ausgetauscht hatte, war Julia nach oben in ihr Zimmer gegangen und hatte ihre Sachen ausgepackt. Alles, was an diesem Morgen passiert war, fühlte sich unwirklich an. Ein Spaziergang war jetzt genau das Richtige. Sie musste dringend den Kopf freibekommen.

Schnell tauschte sie das grüne T-Shirt gegen einen Pullover, schnappte sich vorsichtshalber ihre Regenjacke und schlüpfte in ihre Gummistiefel. Als sie die Treppe hinunterkam, traf sie auf Greta und verkündete: »Ich fahre nach Wyk und mache einen langen Strandspaziergang, um erst mal richtig anzukommen.«

Greta nickte lächelnd, hob kurz die Hand zum Gruß und verschwand wieder in der Küche. Julia stieg in ihr Auto und machte sich auf den Weg nach Wyk. Sie wusste zwar nicht, ob ein Spaziergang ihr helfen würde, Ruhe in ihre umherwirbelnden Gedanken zu bringen, aber schaden konnte die frische Nordseeluft auf keinen Fall. Außerdem liebte sie den fünfzehn Kilometer langen Föhrer Strand, der sich von Wyk über Nieblum bis nach Utersum hin erstreckte.

Am Strand war nicht viel los, obwohl die Sonne jetzt strahlend vom Himmel schien. Es war Ebbe und der Grund der Nordsee breitete sich vor Julia aus. In der Ferne waren die Umrisse der Halligen zu erkennen und die Möwen zogen ihre Kreise über den postkartenblauen Himmel. Alles war friedlich und beschaulich, bis auf Julias Gedanken. Das helle Sonnenlicht beleuchtete die Geschehnisse des Morgens auf eine andere Art. Zweifel und Unsicherheit umfingen Julia erneut wie die acht Arme eines Kraken. Hatte es wirklich keine Alternative zum Weglaufen gegeben? Wie wahrscheinlich war es, dass Valentins Tod mehr als eine Randnotiz im *Inselboten* geworden wäre? Wie hätte sie damit in Verbindung gebracht werden sollen? Und wie hätte ausgerechnet Konstantin Schöller Wind von der Sache bekommen sollen? Wie eine Nordseewelle bei Windstärke zehn überrollte sie die Erkenntnis, dass sie vollkommen überzogen reagiert hatte. Plötzlich hatte Julia Lust, ins Watt zu laufen und erst umzukehren, wenn sie zu erschöpft zum Nachdenken war.

Julia zog trotz des Sonnenscheins ihre Regenjacke über, um sich gegen den kalten Wind im Watt zu schützen, und wanderte los. Ein paar Spaziergänger waren am Strand unterwegs, aber niemand nahm Notiz von ihr. Im Watt waren Kinder mit ihren Eltern und sammelten Muscheln. Je weiter Julia hinauslief, umso schneller wurde sie. Nach einigen Minuten drehte sie sich um und sah zurück zur Insel, die weiter entfernt war, als sie angenommen hatte, denn sie war erst seit wenigen Minuten unterwegs. Aber schon jetzt waren die Personen am Strand kaum noch auszumachen und der Seewind verschluckte die Geräusche vom Festland. Die Priele wurden immer tiefer, Julia stand manchmal bis zur Wade im Wasser.

Sie erinnerte sich daran, dass sie in ihrer Kindheit, fünf Jahre war sie gewesen, schon einmal allein zu weit ins Watt gelaufen war, als ihre Eltern für einen winzigen Augenblick nicht aufgepasst hatten. Ihr Vater war ihr nachgerannt und hatte sie, nachdem er sie eingeholt hatte, so fest an sich gedrückt wie nie zuvor. In seinen Augen hatten Tränen geschimmert, aber er hatte behauptet, dass nur der Wind daran schuld sei. Dann hatte er sie den ganzen Weg zurück zum Strand getragen, worüber sie sich gewundert hatte, denn sie war ja nicht verletzt und hätte durchaus laufen können. Julias Mutter hatte sie weinend in die Arme geschlossen und geherzt und geküsst und sie gar nicht mehr losgelassen. Diese offen zur Schau gestellten Emotionen waren derart untypisch für Julias Eltern, dass sie ziemlich verwirrt war. Erst später hatte sie begriffen, welche entsetzliche Angst ihre Mutter und ihr Vater ausgestanden hatten, welche Vorwürfe sie sich wegen ihrer Unachtsamkeit gemacht und welche Erleichterung sie erlebt hatten, als alles gut ausgegangen war.

Julia kehrte um und marschierte mit schnellen Schritten zum Strand zurück. Zum Glück war ihre hochgekrempelte Hose trocken geblieben, aber Julia begann dennoch zu frieren. Wieder dachte sie an Valentin. Sie musste seinen Tod melden, es ging nicht anders. Aufgrund seiner zurückgezogenen Lebensweise konnte es sein, dass seine Leiche sonst womöglich erst nach Wochen gefunden wurde. Morgen, wenn sie sich etwas beruhigt hatte, würde sie die Polizei benachrichtigen. Julia atmete ein paar Mal tief ein und aus und setzte ihren Spaziergang fort.

Am Nachmittag war Julia zurück in der Pension. Dort traf sie auf Greta, die im Vorgarten Blumen pflanzte. In ihrer dunkelroten Latzhose und den blauen Gummistiefeln mit dem Margeritenmuster sah sie ein bisschen aus wie ein weiblicher Peter Lustig. Nur dass Greta nicht in einem Bauwagen wohnte.

»Ist es dafür nicht noch ein bisschen zu früh?«, fragte Julia.

»Ich kann einfach nicht länger warten«, antwortete Greta und wischte sich die Hände an ihrer Schürze ab, »ich weiß, dass man im April noch keine Margeriten pflanzen sollte, aber ich konnte mich nicht beherrschen, da ich diese Blumen so sehr liebe.« Mit einem Augenzwinkern zeigte sie auf ihre Gummistiefel, um ihre Aussage zu unterstreichen.

»Ich bewundere dich dafür, dass du trotz der vielen Arbeit mit Haus, Garten und Gästen immer so entspannt bist und den Moment genießen kannst«, staunte Julia.

»Natürlich genieße ich jeden Moment. Weißt du, Julia, kein Weg wird kürzer, wenn man rennt. Er macht einem dann nur keinen Spaß mehr.«

»Sieht jedenfalls toll aus«, stellte Julia anerkennend fest.

»Und macht dabei kaum Arbeit und kostet auch nicht viel.« Greta wischte sich mit dem Handrücken eine Locke aus der Stirn. »Ich verstehe nicht, warum die meisten Menschen einfach nicht mit wenig zufrieden sein können. Sie brauchen schnelle Autos und große Häuser und nehmen dafür in Kauf, den Planeten zu zerstören. Aber wo sollen ihre großen und teuren Häuser dann in Zukunft stehen? Schon in der Bibel steht: Macht euch die Erde untertan. Von kaputtmachen war nie die Rede.« Während sie sich wieder ihrem Blumenbeet widmete, fügte sie hinzu: »Der Mensch ist ein sehr trauriges Beispiel dafür, dass Quantität eben leider doch oft über Qualität geht. Wir sind unglaublich viele, aber wir tun nicht allzu viel Gutes.«

Kapitel 7

Oskar Vollmer schlurfte in seinen ausgelatschten Pantoffeln vom Wohnzimmer über den Flur seines Friesenhauses in die Küche und wieder zurück. Es gab so viel zu überlegen, dass es ihm unmöglich war, sich zu setzen und den Sonntagabend zu genießen. Sollte er seinen Laden wirklich an den schmierigen Typen aus Husum verkaufen? Besonders sympathisch wer der Mann nicht, aber wenn er den geforderten Preis bekam, konnte ihm der Rest doch egal sein.

Andererseits hatte ihm diese Frau aus Hamburg zu verstehen gegeben, dass sie so ziemlich jeden Preis für das Objekt zahlen würde. Um das persönlich mit ihm zu besprechen, hatte sie ihren Besuch angekündigt. Aber dann hatte er ihre E-Mails noch einmal ganz genau gelesen und war auf ein Detail gestoßen, mit dem sie sich ins Aus geschossen hatte. Auf keinen Fall wollte er an sie verkaufen, und das würde er ihr auch klipp und klar sagen. Den Grund dafür würde sie niemals verstehen, aber der hatte sie auch nicht zu interessieren.

Oskar wollte den Verkauf nur möglichst schnell hinter sich bringen, dann eben mit dem Husumer Interessenten, und danach von hier verschwinden. Seit vielen Jahren schon träumte er davon, als Rentner im Gebirge zu wohnen. In den Bayerischen Wald zog es ihn. Sein Leben lang hatte er als gebürtiger Föhrer das Meer oder das Wattenmeer vor Augen gehabt. Weit und malerisch, aber eben auch platt wie eine Nordseeflunder. Jetzt wollte er Berge und Wälder. Er wollte jeden Tag wandern, abends erschöpft einschlafen und morgens mit Muskelkater aufwachen. So stellte er sich das vor, und so sollte es werden.

Langsam, ganz langsam beruhigte sich Oskar wieder. Warum regte er sich überhaupt auf? Am Ende hatte ihm ja doch keiner reinzuquatschen. Er kam an der Garderobe vorbei, blieb stehen und betrachtete sich in dem Spiegel, der dort an der Wand hing. Er sah älter aus als die zweiundsechzig Jahre, die er auf dem Buckel hatte. Besonders morgens beim Aufstehen spürte er, dass er nicht mehr jung war. Und doch rechnete er sich nicht zum alten Eisen, musste er nach heutigen Maßstäben auch nicht. Unzufrieden, was ebenfalls aus einem Spiegelbild zu lesen war, das war er jedoch wirklich. Und zwar schon zu lange. Seit über zwanzig Jahren. Als ... Nein, er wollte daran jetzt nicht denken. Seine Gedanken würden sonst für den Rest des Abends und womöglich die ganze Nacht um das Thema kreisen und das durfte er auf keinen Fall zulassen. Es war zu schmerzhaft. Noch schmerzhafter als der Blick in den Spiegel.

Eine Rasur wäre mal wieder fällig. Und die Haare müssten dringend geschnitten werden. Ebenso wie die buschigen Augenbrauen, selbst wenn die tiefe Zornesfalte dazwischen, die schon eher eine Furche war, dann noch deutlicher zu sehen wäre. Er legte beide Hände an seine Schläfen und zog die Haut nach außen, bis die Falte fast komplett verschwunden war. Sofort sah sein Gesicht freundlicher aus. Und fremd.

Was seine Figur anging, war Oskar gnädig mit sich selbst. Er ließ die Hände über den Ansatz seines Wohlstandsbäuchleins gleiten, die sichtbare Folge von jahrelangen Kneipenbesuchen mit seinen Nachbarn. Mindestens einmal pro Woche trafen sie sich und spielten stundenlang Skat. Dabei wurde so manches Bierchen getrunken. Die Kartenspielabende waren eine willkommene Abwechslung von den vielen Stunden, die er abends und am Wochenende allein in seinem Haus verbrachte. Und in Gesellschaft bekam er dann meistens Hunger und ließ sich ein leckeres Rahmschnitzel schmecken. Er hielt nichts von dieser neumodischen Pflanzenfresser-Mentalität. Schlank machte einen das offensichtlich nicht, der Pottwal war schließlich auch ein Pflanzenfresser. Und wenn ihn die paar Biere an den Skatabenden etwas rundlicher werden ließen, dann war das eben so.

Bei seiner Aufmachung aber war er durchaus kritisch mit sich selbst – ohne jedoch etwas daran zu ändern. Die Strickjacke, die er beinahe jeden Tag trug, hatte schon bessere Zeiten erlebt. Und seine karierten Hemden variierten farblich nur zwischen melancholischem Beige, regenwolkenähnlichem Grau oder höchstens mal einem Grünton, der der sprichwörtlichen Farbe der Hoffnung keine Ehre erwies. Außerdem spannten die Hemden über seinem Bauch wie das straff gehaltene Sprungtuch der Freiwilligen Feuerwehr bei einem Hochhausbrand. Es war erstaunlich, dass die Knöpfe diesem Druck überhaupt standhielten.

Aber das alles würde bald der Vergangenheit angehören. Regelmäßige Friseurbesuche waren kein Hexenwerk, eine neue Garderobe war längst mal fällig, nette Bekanntschaften zum Kartenspiel konnte er im Bayerischen Wald bestimmt auch schließen und sein Bauchansatz würde mit jeder Wanderung mehr und mehr verschwinden.

Kapitel 8

Wie von Greta angekündigt, kam Marina am Abend pünktlich um acht Uhr zum Essen. Sie brachte eine Flasche Wein mit, die sie auf dem Küchentisch abstellte, um Julia gebührend begrüßen und umarmen zu können.

»Es ist so schön, dich wiederzusehen«, sagte sie und ergänzte an Greta gewandt: »Ich finde, wenn Julias Porsche hier vor dem Haus parkt, bekommt Nieblum irgendwie ein bisschen Sylt-Flair.« Als sie Gretas gespielt strengen Blick bemerkte, fügte sie schnell hinzu: »Obwohl Sylt-Flair nun wirklich das Letzte ist, was wir hier brauchen.«

»Das will ich wohl meinen«, nickte Greta zufrieden. »Föhr ist Föhr und einfach unvergleichbar.«

Während ihrer zahlreichen Aufenthalte auf der Insel hatte Julia nicht nur mit Greta, sondern längst auch mit Marina eine freundschaftliche Beziehung entwickelt, weshalb sich alle drei auf den Abend freuten. Marina war dreiundfünfzig, genau wie Greta, aber optisch unterschieden sich die beiden total. Marina war groß und schlank, mit halblangen, blonden Haaren, bei deren Farbe der Friseur inzwischen nachhalf, während Greta ihren grauen Lockenkopf gelassen hinnahm. Marinas Kleidungsstil war irgendwo zwischen Julia und Greta anzusiedeln. Nicht so exquisit und edel wie Julia, aber auch weitab von der bunten und oft etwas formlosen Gemütlichkeit von Gretas Garderobe.

Anders als Greta, die ihr ganzes Leben auf Föhr verbracht hatte, lebte Marina noch nicht so lange in Nieblum. Angefangen hatte bei ihr alles mit einem Kurzurlaub, in dem sie dringend Abstand von ihrem Ehemann gebraucht hatte. Dass die Pension, in der sie wohnte, denselben Namen trug wie sie, hatte sie als Zeichen gedeutet, dass sie hier den Mut für die längst fällige Trennung und die Kraft für einen kompletten Neuanfang finden würde. Beides hatte geklappt. Inzwischen gehörte ihr das alte Flensenhaus im Ort, das sie liebevoll umgebaut und restauriert hatte und in dem sie jetzt zusammen mit drei Senioren in einer WG zusammenlebte. Über Umwege und durch die Enthüllung eines Familiengeheimnisses hatten Marina und Greta herausgefunden, dass sie sogar miteinander verwandt waren. Die genauen Hintergründe dazu kannte Julia nicht.

Greta und Marina waren mit ihrem Leben und ihrer Welt rundum zufrieden. Julia hoffte von Herzen, dass sie diesen Gemütszustand ebenfalls erreichen würde, wenn sie erst dauerhaft ihre Zelte auf der Insel aufgeschlagen hatte. Und dass Valentins Tod und die heutigen Ereignisse ihr das nicht für immer unmöglich gemacht hatten.

Wie auf Stichwort sagte Greta in diesem Moment: »Julia hat Neuigkeiten für uns. Sie hat so eine Andeutung gemacht, dass sie Insulanerin werden will.«

Julia unternahm einen letzten Versuch, auszuweichen. »Wollen wir nicht erst mal essen?«

Anstatt zu antworten, setzte sich Greta an den Tisch, stützte das Kinn in die Hände und sah sie erwartungsvoll an. Marina ließ sich ebenfalls auf einen Stuhl fallen. »Na los, raus damit.«

»Okay.« Julia gab sich geschlagen und setzte sich zu den beiden. Dann erzählte sie von ihren Plänen, in ihrer Kunstgalerie in Hamburg-Harvestehude nur noch als stille Teilhaberin mitzumischen und nach Föhr zu ziehen, um ein ruhigeres und zurückgezogeneres Leben zu führen. Sie berichtete von ihrem Vorhaben, eine kleine Galerie zu eröffnen, in der sie unbekannten Künstlern die Chance geben wollte, ihre Werke auszustellen.

»Ich weiß, dass es auf Föhr eine sehr aktive lokale Kunstszene gibt. Hier leben und arbeiten Maler, Musiker, Schriftsteller. Ich möchte allen in meiner neuen Galerie eine Bühne bieten, also auch Konzerte und Lesungen veranstalten. In Wyk gibt es ein Ladenlokal, direkt am Sandwall, das perfekt wäre für meine neue Galerie. Der jetzige Besitzer will sein Geschäft aufgeben und das Haus verkaufen, in dem sich auch seine Wohnung befindet. Ich habe nächste Woche einen Termin mit ihm, um es anzuschauen und über den Preis zu verhandeln. Und ich werde ihm ein Angebot machen, dem er nicht widerstehen kann«, sagte sie zum Abschluss ihres Berichts.

»Wie heißt denn der jetzige Besitzer? Vielleicht kenne ich ihn«, meinte Greta.

»Oskar Vollmer«, gab Julia Auskunft. »Bestimmt kennst du den Tabakladen an der Promenade, der Name Vollmer steht groß über der Tür.«

Greta nickte. »Den Laden kenne ich. Als lebenslange Nichtraucherin habe ich die Bekanntschaft des Herrn Vollmer allerdings nie gemacht.«

»Was sagt ihr zu meinen Plänen?«

Ein breites Grinsen legte sich auf Gretas und Marinas Gesicht, bevor sie gleichzeitig anfingen, zu jubeln.

»Was wir sagen? Wir finden das super!«

»Absolut toll!«

»Was für eine wunderbare Idee!«

»Wir freuen uns und werden dir helfen, wo immer wir können.«

Julia wurde warm ums Herz, ein ungewohntes Gefühl für sie. In diesem Moment war sie sicher, dass es ihr gelingen würde, auf Föhr glücklich zu werden. Schließlich brauchte sie nichts weiter zu tun, als die Vergangenheit ruhen zu lassen, die Gegenwart zu genießen und sich auf die Zukunft zu freuen.

Als Julia gegen ein Uhr in der Nacht in ihrem Zimmer war und sich nach einer schnellen Katzenwäsche ins Bett legte, war sie zugleich müde und aufgekratzt. Der Abend mit ihren beiden Föhrer Freundinnen hatte ihr gutgetan und sie auf andere Gedanken gebracht. In den letzten Stunden hatte sie kaum an das Drama um Valentins Tod gedacht. Geschweige denn an ihre eigene Rolle darin. Jetzt, allein in dem dunklen Zimmer, tauchten allerdings wieder unzählige Bilder von Valentin auf. Valentin entspannt auf seiner Terrasse, Valentin beim Kochen und Valentin in seinem Atelier.

Er war ein Künstler gewesen, der alle Klischees bediente, die den meisten Menschen dazu durch den Kopf schwirrten. Haare ohne erkennbaren Schnitt, die inzwischen grau, als Kind aber blond gewesen waren, wie sie von seinen Kinderfotos wusste. Dazu eine Lebensweise fernab von allem, was allgemein als normal betrachtet wurde. Seine Kleidung war immer sauber, zeigte aber deutlich, dass er sie nur trug, weil man ja irgendetwas anziehen musste. Niemand hätte jemals geahnt, wie charmant, weltoffen und witzig er sein konnte. Er redete nur, wenn es unbedingt notwendig war, und machte oft einen leicht verwirrten und abwesenden Eindruck, aber seinem scharfen Blick entging nichts. Und genau dieser Blick, aus Augen, die so blau waren wie die Nordsee an einem perfekten Sommertag, hatte sie bei ihrem ersten persönlichen Zusammentreffen fasziniert. Zwei Jahre war das jetzt her, seit sie ihn für die Galerie unter Vertrag und privat mit in ihr Bett genommen hatte. Er war alles, was sie zum Thema Männer bis dahin nicht im Traum interessiert hatte. Und er war alles, was ihre Eltern von einer Ohnmacht in die nächste getrieben hätte.

Sie lächelte bei dieser Vorstellung. Lag es den Ereignissen des Tages oder an dem Wein, dem sie zusammen mit Greta und Marina heute Abend reichlich zugesprochen hatte, dass sie bei aller Melancholie doch einigermaßen ruhig und zuversichtlich war?

Kapitel 9

Am Montagmorgen erwachte Julia frisch und ausgeruht, was sie angesichts der Ereignisse des gestrigen Tages erstaunlich fand. So würde es gewiss nicht bleiben, daher brauchte sie eine Beschäftigung, die sie von Grübeleien ablenkte, in die sie gewiss verfallen würde. Also beschloss sie, Greta zu fragen, ob sie am Nachmittag zusammen in ein Café gehen wollten. Allerdings schien Greta momentan sehr beschäftigt zu sein. Morgen würden neue Gäste eintreffen, da gab es für eine Pensionswirtin natürlich viel zu tun. Außerdem war für das kommende Wochenende eine Feier bei Marina im Flensenhaus geplant. Eine Bewohnerin ihrer Senioren-WG, eine Frau, die erst seit kurzer Zeit dort wohnte, würde ihren achtzigsten Geburtstag feiern. Bei den Vorbereitungen würde Greta bestimmt auch helfen.

Sie fand Marinas Flensenhaus urgemütlich und die Idee mit der Senioren-WG großartig. Johanna und Gottlieb kannte sie von ihren früheren Insel-Aufenthalten. Das dritte der zu vermietenden Zimmer hatte einige Zeit leer gestanden. Dort hatte Enno gewohnt, der leider gestorben war. Inzwischen war sein Zimmer endlich wieder bewohnt, und zwar von der Frau, deren runden Geburtstag sie am Freitag mit einem gemeinsamen Mittagessen feiern wollten. Eigentlich hatte Julia mit alten Menschen nie viel anfangen können, aber mit denen aus Marinas WG hatte sie sich erstaunlicherweise von Anfang an wohlgefühlt. So, stellte sie sich vor, wäre es gewesen, mit ihren Großeltern zusammenzusitzen, die aber schon lange tot waren. Sie hoffte nun, dass auch die neue WG-Bewohnerin sympathisch war.

Während Julia ausgiebig duschte, schoben sich Bilder von ihrer letzten gemeinsamen und in jeglicher Hinsicht heißen Dusche zusammen mit Valentin in ihre Erinnerung, aber sie wischte sie fort wie den Schaum aus ihren Augen. Auf jeden Fall musste Julia heute noch den Anruf bei der Polizei tätigen, zu dem sie sich entschlossen hatte.

Nachdem sie ihre kurzen Haare geföhnt hatte, brachte sie sie mit etwas Styling-Wachs in die gewünschte Form. Dann zog sie die Jeans vom gestrigen Nachmittag an und dazu ein weißes Shirt und ihre Sneakers.

Wie jeden Morgen wollte sie ihre Armbanduhr vom Nachttisch nehmen und anlegen, aber dann stutzte sie. Die Uhr war nicht da. Seltsam. Hatte sie sie gestern woanders abgelegt? Wenn man nicht zu Hause übernachtete, konnten manche Routinen schon mal durcheinandergeraten. Komisch war es trotzdem. Julia war kein Fan von Ketten oder Ohrringen, aber ihre Armbanduhr trug sie jeden Tag. Sie nahm sie nur zum Schlafen ab, deshalb lag die Uhr nachts auf dem kleinen Tisch an ihrem Bett. Julia hätte schwören können, dass sie sie dort auch gestern Abend hingelegt hatte.

Sie sah neben und unter dem Nachttisch nach für den Fall, dass die Uhr heruntergefallen war. Nichts. Dann suchte sie in ihrer Handtasche, ihrer Reisetasche, ihrem Kosmetikkoffer – erfolglos. Hatte sie die Uhr auf dem Küchentisch liegen gelassen? Oder im Auto? War sie ihr während der Fahrt vom Arm gefallen, ohne dass sie es bemerkt hatte? Julia lief die Treppe hinunter, an der Küche vorbei, riss die Haustür auf und rannte zu ihrem Porsche. Sie suchte auf den Sitzen, daneben und darunter, im Handschuhfach, sogar im Kofferraum. Die Uhr blieb verschwunden.

Greta sah erstaunt auf, als Julia blass und außer Atem in der Küchentür stand. »Wessen Geist ist dir denn erschienen? Treibt unsere Astrid wieder draußen ihr Unwesen? Eigentlich kommt sie nur nachts vorbei. Ich muss wohl mal mit ihr reden.«

»Hast du meine Armbanduhr hier irgendwo gefunden?«, fragte Julia, ohne auf Gretas Scherz einzugehen.

»Nein, tut mir leid. Seit wann vermisst du sie denn?«

»Keine Ahnung. Mir ist gerade erst aufgefallen, dass sie nicht da ist. Ich habe schon alles abgesucht, kann sie aber nirgends finden. Oh nein …« Julia stockte. Die feinen Härchen an ihren Unterarmen stellten sich auf, als ihr klar wurde, dass sie ihre Armbanduhr möglicherweise in Valentins Haus vergessen hatte. Bestimmt hatte sie sie neben dem Bett abgelegt und dann nach dem Schrecken nicht mehr daran gedacht. Was für ein Mist!

»Setz dich erst mal hin, du bist ja ganz bleich im Gesicht«, sagte Greta besorgt und schob Julia in Richtung Stuhl. »Hier trink einen Tee. Du scheinst ja sehr an der Uhr zu hängen.«

»Was? Ja, ich«, stammelte Julia, »meine Eltern haben sie mir zum Abitur geschenkt. Seitdem ist sie mein täglicher Begleiter.«

Greta nickte verständnisvoll. »Und natürlich mit vielen Erinnerungen an deine Eltern verbunden. Das tut mir sehr leid. Bist du denn sicher, dass du sie bei deiner Anreise getragen hast? Vielleicht hast du sie in Hamburg vergessen. Sie taucht bestimmt wieder auf. Manchmal muss man aufhören zu suchen, damit man etwas findet.«

Julia nippte an ihrem Tee, dann stand sie auf und sagte: »Ja, vielleicht liegt sie wirklich in meiner Wohnung. Ich gehe jetzt ein bisschen an die frische Luft. Wollen wir am Nachmittag zusammen ins *Inselcafé* gehen und uns durch das Tortenangebot futtern?«

»Das würde ich liebend gerne tun, aber ich habe leider keine Zeit. Ich muss noch tausend Dinge erledigen, weil doch morgen die neuen Gäste ankommen. Möchtest du mir vielleicht helfen?«

Julia wusste nicht, was sie antworten sollte, daher schüttelte sie nur stumm den Kopf. Auf Hausarbeit hatte sie nun wirklich überhaupt keine Lust. Für ihre Harvestehuder Wohnung hatte sie eine Putzfrau, den überwiegenden Teil ihre Kleidung brachte sie regelmäßig in die Reinigung und die wenigen Lebensmittel, die sie brauchte, ließ sie sich anliefern. Für Leute, die sie gar nicht kannte, Betten zu beziehen, Staub zu wischen und was sonst noch alles getan werden musste, konnte sie sich beim besten Willen nicht vorstellen.

Greta hatte die Frage offensichtlich auch nur rhetorisch gemeint, denn sie schien gar keine Antwort zu erwarten. Sie grinste Julia nur an und ging die Treppe hinauf. Julia staunte wieder einmal darüber, wie gut Greta sie kannte und einschätzen konnte.

Julia spazierte die Strandstraße entlang Richtung Ortskern. Ihr Blick fiel auf den Turm von Sankt Johannis und sie beschloss, der Kirche, die von den Insulanern liebevoll Friesendom genannt wurde, einen Besuch abzustatten. Sie war zwar nicht fromm oder bibelfest, aber sie mochte dieses Gotteshaus seit ihrem ersten Inselaufenthalt. Und wenn sie auch selten den Gottesdienst besuchte, so freute sie sich jetzt schon auf die Sommerkonzerte dort, die einen breiten Bogen von klassischer bis zu zeitgenössischer Musik spannten und für jeden das passende Programm boten. Außerhalb der Gottesdienste und Konzerte wirkte die erhabene Stille, die einen in einer Kirche umfing, beruhigend auf sie. Als könnten einen die Hektik und die Sorgen des Alltags hier nicht erreichen, als wäre man immun gegen alle Unwägbarkeiten des normalen Lebens.

Sie überquerte den Friedhof, der sich rund um die Kirche erstreckte, und las die Texte auf einigen der *Sprechenden Grabsteine*. Sie verdankten ihren Namen der Tatsache, dass die Inschriften oft die ganze Lebensgeschichte des Verstorbenen enthielten. Man erfuhr, ob er verheiratet gewesen war, wie viele Kinder er gehabt und welchen Beruf er ausgeübt hatte. Valentin hatte sich oft darüber amüsiert, dass es manchen Menschen offenbar sogar nach ihrem Tod immer noch wichtig war, ein hohes Ansehen zu genießen.

Langsam öffnete Julia die seitliche Tür des Friesendoms und betrat die Kirche. Sie ließ den Blick über den Altarraum und die Sitzreihen dahinter gleiten. In einer der vorderen Bänke saß eine Frau. Sie hielt den Kopf nach unten gebeugt und schien tief ins Gebet versunken. Auf Zehenspitzen schlich Julia weiter bis zu einer der hinteren Reihen, um die Betende nicht zu stören. Sie setzte sich, schloss die Augen und konzentrierte sich auf ihren Atem. Mit der rechten Hand berührte sie gedankenverloren die leere Stelle an ihrem linken Arm. Die Aufregung wegen der verlorenen Armbanduhr hatte sie den überfälligen Anruf bei der Polizei kurzzeitig vergessen lassen. Den musste sie aber unbedingt heute noch erledigen. Julia schlug die Augen auf, als sie ein Scharren hörte. Sie sah, dass die Frau ihr Gebet beendet hatte und aufstand. Ohne Julia zu beachten, verließ sie das Gotteshaus.

Wenige Minuten später trat auch Julia aus dem Friesendom, schlenderte über den Friedhof zurück zur Straße und machte sich auf den Heimweg. Inzwischen war es halb zwölf. Obwohl sie nicht gefrühstückt hatte, verspürte sie nicht den geringsten Hunger. Der Nachmittag lag endlos vor ihr und sie überlegte, wie sie ihn am besten verbringen könnte. In zwei Tagen hatte sie den Termin mit Oskar Vollmer, um mit ihm über den Kauf seines Hauses zu verhandeln, aber darauf war sie so gut vorbereitet, wie man es nur sein konnte.

Kapitel 10

»Hallo, da bist du ja wieder«, wurde sie beim Betreten der Pension begrüßt. Beladen mit einem vollen Wäschekorb kam Greta die Kellertreppe hinauf. »Ich habe gerade die Betten im großen Zimmer bezogen. Da will ich das Ehepaar einquartieren, das morgen ankommt. Jetzt will ich noch den Aufenthaltsraum auf Vordermann bringen.«

»Lass dich nicht aufhalten. Ich werde in meinem Zimmer ein bisschen lesen«, antwortete Julia.

Gegen halb drei saßen Greta und Julia zusammen am Küchentisch und tranken Tee. Julia sah sich um und stellte wieder einmal erstaunt fest, wie wohl sie sich in diesem Raum fühlte, dem jede designerische Raffinesse fehlte. Die Polster auf der Eckbank waren schon plattgesessen und die Farben des Blumenmusters verblichen. An mehreren Haken über der Spüle hingen Kaffeepötte, die nicht zueinanderpassten und auf der Fensterbank tummelten sich Kräutertöpfe und Mini-Kakteen. Dazwischen lagen vereinzelt Muscheln und Steine, die Greta wohl bei ihren Spaziergängen gesammelt hatte. An einer überdimensionalen Kork-Pinnwand neben der Tür prangten Kassenbons, Notizzettel und Ansichtskarten aus allen Teilen Deutschlands, die Greta vermutlich von ehemaligen Pensionsgästen geschickt worden waren. Alles wirkte willkürlich zusammengewürfelt, nichts passte wirklich zusammen und nichts entsprach auch nur annähernd Julias Geschmack – und dennoch hatte sie sich selten irgendwo so geborgen und gut aufgehoben gefühlt.

Greta massierte ihren verspannten Nacken und sagte: »Ich gehe gleich noch ins Flensenhaus und helfe Marina ein bisschen im Garten. Der ist nämlich momentan gar nicht gut in Schuss. Gottlieb wollte sich der Sache annehmen, aber ich bin sicher, er kann jede Hilfe gebrauchen. Sonst hat sich Enno ja immer um die Gartenarbeit gekümmert ...« Sie ließ den Satz unvollendet.

Julia wusste, wie sehr Enno allen fehlte. Sie bemerkte jedes Mal, wenn sein Name in einem Gespräch fiel, dass sich ein Schatten auf Gretas Gesicht legte. Sie musste ihn gut gekannt und sehr gemocht haben. Auch Marina und die übrigen Flensenhaus-Bewohner hatte Ennos Tod erschüttert, so dass sein Zimmer lange Zeit ungenutzt blieb. Als hätte man Angst, durch eine erneute Vermietung sein Andenken zu zerstören. Vielleicht würden Greta und Marina ihr eines Tages mehr über Enno erzählen. Sie ging nicht weiter auf das Thema ein, um es Greta nicht noch schwerer zu machen.

Greta schenkte ihnen erneut Tee ein. Dann lächelte sie und meinte: »Ich genieße es immer sehr, wenn du hier bist. Trotzdem hoffe ich, dass du schon sehr bald dein eigenes Zuhause hier auf der Insel hast. Bist du aufgeregt wegen des Termins mit dem Tabakladenbesitzer?«

»Es geht so. Das Angebot, das ich ihm machen werde, ist mehr als fair. Ich bin bereit, ihm eine Summe für das Haus zu bezahlen, die ihm einen sorglosen Ruhestand sichert. Jedenfalls in finanzieller Hinsicht. Sogar, wenn er hundertzwölf werden sollte, wovon vermutlich nicht auszugehen ist.«

»Das wohl nicht«, stimmte Greta zu, »aber du darfst nicht unterschätzen, wie sehr wir Insulaner an unserer Heimat hängen. Mir könntest du Millionen bieten, ich würde mich niemals vom Haus *Marina* trennen. Ich hoffe, für dich, dass er es sich mit dem Verkauf nicht im letzten Moment doch anders überlegt.«

»Nun, er hat das Haus ja zum Verkauf angeboten. Ob er es wirklich ernst meint und fest entschlossen ist, kann ich natürlich nicht einschätzen. Er war in seinen E-Mails immer sehr wortkarg. Auch bei unserem bisher einzigen Telefonat klang er mürrisch. Um das persönliche Treffen übermorgen musste ich ihn regelrecht anbetteln. Aber vielleicht habe ich mir das auch nur eingebildet. Ich werde so unbefangen wie möglich zu ihm gehen und sehen, wie sich alles entwickelt.«

»Genau. Und danach bist du schon schlauer«, sagte Greta. »Ich wünsche dir sehr, dass es klappt. Und Marina und mir wünsche ich es auch«, fügte sie mit einem Augenzwinkern hinzu. Dann stand sie auf und räumte die inzwischen leeren Tassen in die Spülmaschine. »Kommst du mit zu Marina? Keine Angst, ich weiß, dass Gartenarbeit nicht dein Ding ist, aber du könntest mich ja trotzdem begleiten.«

»Nein, heute nicht. Aber bitte richte allen dort liebe Grüße aus. Ich sehe sie ja am Freitag.«

Als Greta sich auf den Weg gemacht hatte, wieder mit einer ihrer geliebten Latzhosen und den Margeriten-Gummistiefeln bekleidet, überlegte Julia, was sie mit dem angebrochenen Nachmittag anfangen könnte. Sie beschloss, einen Abstecher ins Wellnesszentrum Aquaföhr zu unternehmen und sich dort im Fitnessstudio zu verausgaben, das nur durch eine Glaswand vom wenige Meter entfernten Strand getrennt war. Sie hatte schon häufiger im Aquaföhr trainiert. Ihr gefielen die lockere Atmosphäre und die Ungezwungenheit, mit der Insulaner und Touristen aufeinandertrafen. Nach dem Training würde sie hoffentlich so müde sein, dass endlich das Gedankenkarussell in ihrem Kopf mal eine Pause einlegte und sie sich sammeln konnte für den Anruf bei der Polizei. Sie packte ihre Sportsachen zusammen, zückte ihren Autoschlüssel und verließ das Haus. Unterwegs schaltete sie das Radio ein und stellte die passende Frequenz für das *Inselradio Föhr* ein. Gerade lief »*I just died in your arms*« von Cutting Crew und Julia lief eine Träne über die Wange. Als der Song zu Ende war, sagte der Moderator: »Und jetzt ist es wieder so weit, ich habe einen Anrufer in der Leitung, dem ich die heutige Hit-Frage des Tages stelle. Bei korrekter Beantwortung spielen wir seinen Wunschhit. Also, legen wir los. Hallo, hier ist Maik von deinem *Inselradio Föhr*!«

»Hallo! Toll, dass ich es in die Sendung geschafft habe«, sagte der Anrufer und Julia gefror das Blut in den Adern. Das war ... Nein, er konnte es ja gar nicht sein. Aber ... Nein, es war absolut unmöglich.

»Klar, danke für deinen Anruf«, sagte Maik. »Von wo rufst du an? Bist du zu Hause oder gerade bei der Arbeit?«

»Zu Hause bei der Arbeit«, lautete die Antwort.

Julias Kopfhaut kribbelte vor Entsetzen. Sie hätte geschworen, dass es Valentins Stimme war, die da aus dem Lautsprecher kam. Aber er war tot. Er konnte niemanden mehr anrufen. Nie wieder. Sie musste sich irren. Wahrscheinlich spielte ihr Gehirn ihr einen Streich. Das war ja kein Wunder nach allem, was passiert war.

»Aha, klingt interessant. Erzähl uns doch was über dich.«

Direkt vor ihr fädelte sich ein Bus von der Haltestelle aus wieder in den Verkehr ein. Julia bremste, lenkte ihren Wagen nach rechts und blieb an der Bushaltestelle stehen. Sie schaltete das Radio aus und sofort wieder ein und zwang sich zuzuhören, um sich zu beweisen, dass alles ganz unspektakulär und der Anrufer nur irgendein harmloser Radiohörer war.

»Du hast uns noch gar nicht deinen Namen verraten«, sagte der gut gelaunte Maik.

»Der tut nichts zur Sache.«

In Julias Ohren rauschte es so laut, dass der Lärm der vorbeifahrenden Autos komplett unterging. Sie legte den Kopf in beide Hände und bekam Schüttelfrost.

Das durfte nicht wahr sein. Der Anrufer war Valentin. Obwohl er es gar nicht sein konnte. Er war tot. Gestorben beim Sex mit ihr. Und doch hörte sie ihn jetzt im Radio. Oder wurde sie langsam verrückt?

»Oh, äh, okay. Wie du meinst.« Maik war hörbar aus dem Konzept gebracht.

Julia starrte das Autoradio an wie ein verängstigtes Kaninchen eine Schlange.

»Also dann, hier die Hit-Frage des Tages: Wie heißt die Duett-Partnerin von Jermaine Jackson in dem Song *When the rain begins to fall*?«

»Pia Zadora«, kam es wie aus der Pistole geschossen.

Julia war irritiert. Seit wann kannte sich Valentin mit so etwas aus? Musik, insbesondere Popmusik, hatte ihn nicht interessiert. Allerdings war das Lied, nach dessen Interpreten gefragt wurde, aus den Achtzigern. Damals war er ein Teenager und hatte sich eventuell doch für die aktuellen Charts begeistert. Aber was überlegte sie denn da? Es war unmöglich, dass Valentin der Anrufer war.

»Das ist absolut richtig«, jubelte Maik übertrieben. »Dann musst du uns jetzt nur noch deinen Musikwunsch sagen.«

»Okay, bitte spielt Alanis Morissette mit *Isn't it ironic.*«

Später wusste Julia nicht, wie sie nach Hause zur Pension gekommen war. Dort angekommen, hatte sie sich vollständig bekleidet aufs Bett fallen lassen und seitdem nicht mehr bewegt. Draußen war es inzwischen stockdunkel, aber sie hatte nicht die Kraft, aufzustehen und die Vorhänge zuzuziehen. Kurz hatte sie darüber nachgedacht, sich an einen Verantwortlichen des Radiosenders zu wenden und nach der Telefonnummer des Alanis Morissette-Anrufers zu fragen. Aber dann hatte sie es doch bleiben lassen. Aus Datenschutzgründen hätte man ihr die Nummer ohnehin nicht mitgeteilt. Jetzt lief *Isn't it ironic* seit Stunden in Endlosschleife in Julias Kopf und machte sie mürbe, bis sie erschöpft mitten in der Nacht in einen unruhigen Schlaf fiel.

Kapitel 11

Als Julia am nächsten Morgen erwachte, fühlte sie sich wie durch den sprichwörtlichen Wolf gedreht. Ein Blick in den Badezimmerspiegel verriet ihr, dass ihr Aussehen dem entsprach. Sofort schoss ihr wieder die Radiosendung von gestern durch den Kopf. Hatte sie wirklich Valentins Stimme gehört? Oder hatten ihr der Verkehrslärm der vorbeifahrenden Autos, die Stimmverzerrung des Radios und nicht zuletzt ihr eigener von den furchtbaren Ereignissen überforderter Verstand einen Streich gespielt? Valentin war tot, das wusste niemand genauer als sie.

Eine kalte Dusche war jetzt genau das Richtige, um den Kopf wieder freizubekommen. Es war schon nach neun, bestimmt fragte sich Greta bereits, was los war. Sie musste sich dringend mal unten sehen lassen, obwohl allein der Gedanke an Frühstück ihren Magen zum Rumoren brachte. Aber eine Tasse Kaffee oder Tee würde schon funktionieren. Sie duschte, zog sich an und legte ein leichtes Rouge auf, um das Allerschlimmste zu vertuschen.

Die Küche war verwaist, auf dem Tisch sah sie einen Zettel mit einer Botschaft von Greta: *Bin den ganzen Vormittag unterwegs, es ist genug Essbares im Haus, bis die neuen Gäste kommen, bin ich zurück. Du hast Post. Gruß, Greta!* Jetzt erst betrachtete Julia den Briefumschlag genauer, der neben Gretas Nachricht lag. *Julia Lessing, persönlich* stand da in Druckbuchstaben. Kein Absender, keine Briefmarke, also hatte jemand den Brief direkt hier zum Haus gebracht oder bringen lassen. Seltsam.

Julia riss den Umschlag auf und fand darin eine Postkarte, auf der eins der bekanntesten Gemälde von Vincent van Gogh abgebildet war. Das Bild hieß *Krähen über Weizenfeld*, manchmal wurde es auch *Kornfeld mit Krähen* oder *Weizenfeld mit Raben* genannt. Es war eins von Julias Lieblingsbildern, wie sie Valentin kurz nach ihrem Kennenlernen erzählt hatte. Die Begeisterung für genau dieses Gemälde war eine der ersten Gemeinsamkeiten gewesen, die Julia und Valentin entdeckt hatten. Über die gelungene Komposition und die schönen Farben hinaus schien es eine geheime Botschaft zu enthalten, deren Sinn sie immer wieder gemeinsam zu entschlüssen suchten, ohne jemals zu einem abschließenden Ergebnis zu kommen. Und das hatte sie gereizt.

Auf der Rückseite der Karte stand kein einziges Wort. Was hatte das denn zu bedeuten? Erneut schob sich die Radiosendung in Julias Gedanken. Hatte Valentin nicht nur beim Radio angerufen, sondern ihr jetzt außerdem eine Karte geschickt? Quatsch, Valentin war mausetot. Das war schrecklich, aber wahr. Als Absender schied er definitiv aus. Doch von wem kam der Brief dann? Wer hatte ihr dieses Bild ohne zusätzliche Botschaft zukommen lassen? Oder war das Gemälde selbst die Botschaft? Julia ließ sich auf einen Stuhl fallen und versuchte wieder einmal, in Gedanken mit dem Finger über das Armband ihrer Uhr zu streichen, aber ihr Handgelenk war leer. Hoffentlich stimmte Gretas Vermutung, dass sie sie in ihrer Wohnung in Hamburg vergessen hatte.

Noch einmal betrachtete sie das Gemälde auf der Karte und überlegte, welche weiteren Kenntnisse sie über dieses Werk von van Gogh besaß. Es hieß, es sei eine seiner letzten Arbeiten vor seinem Tod im Jahr 1890. Die düstere Stimmung des Bildes mit den dunkel aufziehenden Wolken spiegelte die Einsamkeit des Künstlers wider. Die wild durch die Szene flatternden Krähen suggerierten Unruhe, vielleicht sogar Unheil. Der Weg in der Mitte des Gemäldes schlängelte sich ins Ungewisse, zwei weitere führten links und rechts aus dem Bild hinaus. Sollte das alles heißen, dass sie Schwierigkeiten bekam? Dass auch ihr Weg, den sie sich so schön zurechtgelegt hatte, letzten Endes ins Ungewisse führte? Wollte ihr jemand auf subtile Weise mitteilen, dass es für sie keine Zukunft auf Föhr gab? Aber wer? Und warum?

Kapitel 12

Er hasste seinen Anblick. In der Spiegelung des Schaufensters der Kur Apotheke sah er seinen selbstgeschorenen Bürsten-Haarschnitt und seinen Blick, dem jede Lebensfreude fehlte. Dazu die herabhängenden Wangen und sein grimmig zusammengekniffener Mund. Hatte er schon immer so zornig ausgesehen oder war dieser Ausdruck in seinem Gesicht neu? Und würde er jemals wieder verschwinden?

Sie war einfach abgehauen. Hatte ihn nackt in seinem Bett zurückgelassen und sich aus dem Staub gemacht. Es war unfassbar. Wie ferngesteuert hatte sie Spuren vernichtet, als hätte sie etwas Derartiges schon häufiger getan. Als wäre ihr Handeln vollkommen alltäglich und nichts Besonderes. Und dann war sie gegangen. Aber damit war der Fall für sie längst nicht erledigt, auch wenn sie das vermutlich annahm. Nein, damit würde sie sich noch einige Zeit auseinandersetzen und beschäftigen müssen. Dafür würde er sorgen.

Kapitel 13

Julia stand am Fenster in Gretas Küche und hielt die Karte mit dem van Gogh-Motiv in der Hand. Die Sonne war hinter einer dichten Wolkendecke verschwunden und die Welt sah trüb und grau aus. Passend zu meiner Stimmung, dachte Julia, aber sie musste sich zusammenreißen. Ein heißes Bad würde sicher guttun. Zum Glück gab es eine Wanne in dem Bad, das zu ihrem Zimmer gehörte. Sie ging wieder nach oben, legte den Brief in die Nachttischschublade und nahm frische Kleidung aus dem Schrank. Dann fiel ihr siedend heiß ein, dass sie den Anruf bei der Polizei wegen Valentins Tod noch immer nicht erledigt hatte. Sie griff nach ihrem Handy, atmete tief durch und wollte gerade wählen, als es in ihrer Hand klingelte.

»Ja, bitte?« Durch die anonymen Anrufe, die sie vor Jahren in Hamburg hin und wieder bekommen hatte und hinter denen zweifellos Konstantin Schöller steckte, hatte sie sich angewöhnt, am Telefon nicht mehr ihren Namen zu nennen. Auch wenn das natürlichen keinen Sinn ergab, er wusste schließlich, wessen Handynummer er gewählt hatte. Trotzdem hatte es ihr das Gefühl von etwas mehr Distanz vermittelt, sich unverbindlich zu melden. Damals hatte sie darüber nachgedacht, ihre Nummer zu ändern, sich dann aber doch dagegen entschieden. Fast alle ihre geschäftlichen Kontakte liefen inzwischen nun mal über das Handy. Es wäre sehr aufwändig, alle über eine neue Nummer zu informieren, und sehr lästig, viele neugierige Nachfragen zu beantworten, auf die sie keine Lust gehabt hatte. Auch wollte sie gegenüber Schöller keine Angst zeigen. Also hatte sie diese Phase ausgehalten und die Anrufe hatten dann auch bald aufgehört.

»Julia?«, ertönte die schrille Stimme von Franziska, Julias Mitarbeiterin.

»Franziska, alles okay? Du klingst so aufgeregt. Ist was passiert?«

»Das kann man wohl sagen. Und zwar was absolut Irres.« Franziska überschlug sich fast beim Sprechen.

Julia setzte sich wieder aufs Bett. »Na, dann schieß mal los!«

Das ließ Franziska sich nicht zwei Mal sagen. Sofort platzte sie mit der Nachricht raus, dass sie es schaffen werde, den von Julia genannten Betrag für die Teilhaberschaft an der Galerie aufzubringen. Das Geld sei kein Problem, sie könnten jederzeit alles unter Dach und Fach bringen, verkündete sie mit unüberhörbarem Stolz in der Stimme. »Da staunst du, oder?«.

»Ja, allerdings«, gab Julia zu. Insgeheim fragte sie sich, wie es Franzi gelungen war, die benötigten finanziellen Mittel so schnell aufzubringen. Sie hatte auf jeden Fall gehofft, dass das mit der Teilhaberschaft klappen würde, denn es hing nicht weniger daran als ihr eigener Neuanfang auf Föhr. Sie war aber darauf gefasst und bereit gewesen, ihrer Kollegin genügend Zeit einzuräumen, um die Finanzierung zu klären. Aber das war ja nun nicht mehr notwendig. Sie freute sich, sowohl für Franzi als auch für sich selbst, und sagte: »Das ist toll, Franzi. Prima, dass alles klappt. Sobald ich wieder zurück bin, werden wir alles in trockene Tücher bringen.«

»Ja, das machen wir«, stimmte Franzi überglücklich zu, »und bis dahin noch einen schönen Urlaub. Erhol dich gut und grüß die Möwen.«

»Mach ich. Und du pass gut auf die Galerie auf.«

»Na klar. Jetzt noch besser als vorher«, lachte Franzi und legte auf.

Nachdenklich blieb Julia ein paar Minuten sitzen. Wie hatte Franzi es bloß angestellt, das Geld aufzutreiben? Sie wohnte in Billstedt, was nicht gerade die beste Gegend Hamburgs war. Sie fuhr ein Cabrio, das schon einige Jahre auf dem Buckel hatte, und sie trug oft dieselbe Kleidung, die jedoch von teuren

Labels und hoher Qualität war. Trotzdem war Franzi auf den ersten Blick nicht die Kundin, der die Banken die Kredite nur so hinterherwarfen. Seltsam. Aber warum dachte sie darüber überhaupt nach? Es war doch super, dass alles so zügig und hoffentlich reibungslos klappte. Weshalb suchte sie jetzt ein Problem, wo es gar keins gab? Jedenfalls keins, das sie lösen musste. Ihr eigenes jedoch – den Anruf bei der Polizei – verschob sie erneut auf morgen.

Am frühen Abend tauchte Marina mit drei großen Packungen Schokoladeneis auf und stellte sie einladend auf den großen Küchentisch. Anschließend wollten sie Rommé spielen, was sie oft taten, wenn Julia auf der Insel war.

Die neuen Gäste, ein sympathisches Ehepaar um die siebzig aus Lüneburg, waren von der Pension sehr angetan. Nach der anstrengenden Anreise hatten sie sich schon früh in ihr Zimmer zurückgezogen.

»Puh, das wäre geschafft«, sagte Greta und ließ sich auf einen der Küchenstühle fallen. »Ich vermiete Zimmer, solange ich denken kann, aber ich finde die Ankunft von neuen Gästen noch immer aufregend. Was für Menschen sind sie? Wie ist der erste Eindruck? Wie gefallen ihnen die Zimmer?«

»Jetzt aber mal Hand aufs Herz«, lachte Julia, »besonders viele schlechte Erfahrungen hast du mit deinen Urlaubern bestimmt noch nicht gemacht, oder?«

»Nein, zum Glück nicht. Fürs Haus *Marina* entscheiden sich glücklicherweise fast nur nette Leute. Muss am Namen liegen.«

»Ganz sicher«, stimmte Marina zu.

»Wie laufen die Vorbereitungen für die Geburtstagsfeier«, erkundigte sich Julia.

»Ganz toll. Greta hat sich mit Gottlieb um den Garten gekümmert, ich habe die Tischdekoration besorgt und Johanna ist sowieso voll und ganz in ihrem Element. Du weißt ja, wie gerne sie kocht und backt.«

»Ich weiß vor allem auch, wie gut sie beides kann«, antwortete Julia. »Aufs Essen freue ich mich ganz besonders. Erzählt mir doch mal was über die neue Bewohnerin. Wie heißt sie und wie ist sie so?«

»Sie heißt Fenna Askens und war ihr Leben lang Bäuerin. Ihre Eltern hatten einen Hof in Schleswig-Holstein, den sie geerbt und zusammen mit ihrem ersten Mann bewirtschaftet hat. Er ist vor vielen Jahren gestorben. Ihr zweiter Mann, der inzwischen leider auch nicht mehr lebt, war Insulaner. Er hatte einen Milchviehbetrieb in Oevenum. Wegen ihm hat Fenna den elterlichen Hof verkauft und ist nach Föhr gekommen. Noch heute sieht man ihr an, dass sie ihr Leben lang hart gearbeitet hat. Vom Wesen her ist sie eher still und zurückhaltend. Manchmal wirkt sie irgendwie etwas seltsam. Zum Beispiel führt sie immer mal wieder Selbstgespräche, das ist ein bisschen gruselig, aber zu uns allen ist sie nett und freundlich, also können wir uns nicht beklagen. Es ist mühsam, etwas über sie zu erfahren, weil sie mit uns so wenig redet. Aber sie wird schon noch auftauen, so lange ist sie ja noch nicht bei uns.«

»Hat sie eigentlich Kinder?«, fragte Greta, die Fenna zwar bereits kennengelernt, sich aber bisher nicht oft mit ihr unterhalten hatte.

»Sie hat mal einen Sohn erwähnt, von dem sie wohl schon lange nichts mehr gehört hat. Trotzdem spricht sie sehr stolz und liebevoll über ihn.«

»Das können nur Mütter. Bedingungslos lieben, egal, wie sehr die Brut sie enttäuscht oder vernachlässigt. Dafür bist du selbst das beste Beispiel, Marina«, sagte Greta seufzend. Dann stand sie auf und holte aus der Küchenschublade drei Esslöffel. »Hier, meine Damen, jetzt ist mal Schluss mit dem vornehmen Getue und den kleinen Dessert-Löffelchen. Jetzt geht's zur Sache.«

Julia und Marina lachten, nahmen die Löffel entgegen und schaufelten weiter das leckere Eis in sich hinein.

»Apropos Mütter, wie geht's eigentlich deinem Sohn?«, wollte Julia von Marina wissen.

»Der ist auch ganz wahnsinnig beschäftigt. Karriere, Kumpel und für sein Alter immer noch viel zu oft wechselnde Freundinnen.«

»Und wie läuft es mit deinem Ex-Mann?«

»Es gibt kaum noch Gesprächsbedarf zwischen uns, was auch gut ist. Ich weiß aber von Marvin, dass er auf so einem Dating-Portal im Internet unterwegs war. Das war wohl so eins, wo man keine Infos über sich selbst veröffentlicht, sondern möglichst originelle Anmachtexte, so wie früher bei Kontaktanzeigen in der Zeitung.«

»Und weißt du auch, mit welchem Text er es versucht hat?« Greta war so gespannt, dass sie ihr Eis für einen Moment vergaß.

»Allerdings«, antwortete Marina und konnte sich das Lachen kaum verkneifen, »sein Text lautete: Schüchterner Waschlappen sucht anschmiegsames Stück Seife.«

Greta warf den Kopf in den Nacken und lachte, dass sie kaum noch Luft bekam. Julia erging es ebenso und auch Marina stimmte in das Gelächter mit ein. Als sich alle drei wieder beruhigt hatten, fügte sie hinzu: »Jedenfalls war er erfolgreich. Es gibt eine neue Frau in seinem Leben, die kürzlich bei ihm eingezogen ist. Er nennt sie Baby, was auch ungefähr zu ihrem Alter passt.«

Wieder lachten alle drei, bis ihnen die Tränen übers Gesicht liefen. Nach einer Weile räumte Greta die leeren Eispackungen vom Tisch und holte die Rommé-Karten. Marina teilte den Stapel in zwei Hälften, mischte und fragte beiläufig: »Hat eine von euch heute schon einen Blick in den *Inselboten* geworfen?«

»Nein«, antwortete Julia.

Greta schüttelte ebenfalls den Kopf. »Normalerweise gehört der Blick in die Tageszeitung für mich zum Start in den Tag wie meine erste Tasse Tee, aber heute war ich in Eile, da habe ich es nicht geschafft. Fragst du aus einem besonderen Grund?«

»Kanntest du den Maler Valentin Velstand?«, antwortete Marina mit einer Gegenfrage und sah dann erschrocken hinüber zu Julia, die sich so kräftig verschluckt hatte, dass sie husten musste.

»Das kommt davon, wenn man so gierig ist.« Greta sprang auf und klopfte Julia auf den Rücken. »Geht's wieder?«

»Ja«, krächzte Julia und wischte sich mit dem Ärmel wenig damenhaft über die tränenden Augen.

»Kanntest du ihn nun oder nicht?«, nahm Marina den Gesprächsfaden wieder auf und sah Greta über den Tisch hinweg an.

»Nein. Ich weiß, dass er hin und wieder seine Bilder in Wyk ausgestellt hat, habe sie mir aber nie angesehen. In einem Artikel stand mal, dass er ein ziemlicher Eigenbrötler ist.«

»War«, korrigierte Marina, »er ist nämlich tot.«

»Ach ja? Wenn ich mich recht erinnere, war er doch noch recht jung, oder nicht?«

»Zweiundfünfzig, also ein Jahr jünger als wir beide, um genau zu sein. Der Sensenmann fragt halt nicht nach dem Alter.«

»Das stimmt leider. Weiß man denn, woran er gestorben ist?«

»Das ist ja das Spannende«, sagte Marina mit gedämpfter Stimme, als würde sie ein wohlgehütetes Geheimnis ausplaudern. »Der Platzwart vom Golfplatz in Nieblum hat ihn am Rande des Geländes gefunden. Was auch immer er dort wollte, Mitglied im Golfclub war er nämlich nicht. Außerdem war er nur mit Hemd und Hose bekleidet, aber ohne Socken und Schuhe. Wer weiß? Vielleicht hat ihm ja jemand was angetan.«

»Ach was«, winkte Greta ab, »solche Sachen passieren nicht bei uns auf Föhr. Hier ist die Welt noch in Ordnung.« Und augenzwinkernd fügte sie hinzu: »Es ist bestimmt kein Fall für die Wyker Mordkommission.«

»Ich wusste gar nicht, dass wir eine Mordkommission haben«, grinste Marina.

»Tja, da es hier kaum Morde gibt, bearbeitet derselbe Kollege auch die Banküberfälle. Allerdings ist der letzte Banküberfall auch sehr lange her, allzu viel hat er also nicht zu tun.«

Die beiden lachten, ohne zu merken, dass Julia still und blass geworden war.

»Jedenfalls«, sagte Marina zum Schluss, »bringen sie seine Leiche aufs Festland, um die Todesursache genau zu untersuchen.«

Kapitel 14

Julia hatte dem Gespräch ihrer Freundinnen wortlos zugehört. Dabei war ihr Mund immer trockener, die Handflächen immer feuchter und ihr Herzschlag immer schneller geworden. Sie fühlte Übelkeit in sich aufsteigen und stand so ruckartig auf, dass ihr Stuhl dabei umkippte. Ohne ein Wort zu sagen, rannte sie zur Gästetoilette im Erdgeschoss und übergab sich unüberhörbar. Greta und Marina sahen sich kurz an und brachen dann in schadenfrohes Gelächter aus.

»Warum schlingt sie auch so?« Greta liefen erneut Lachtränen übers Gesicht.

»Nimmt ihr doch keiner was weg«, prustete Marina.

Aber als Julia wenige Minuten später wieder die Küche betrat, verging den beiden das Lachen. Julia war kreidebleich und hielt sich am Türrahmen und den Möbeln fest, weil ihr schwindelig war.

»Ach herrje«, rief Greta aus, »dir geht's ja richtig dreckig. Komm, setz dich, ich hole dir ein Glas Wasser.«

Julia winkte ab und fragte stockend: »Stand da ... stand sonst noch was in dem Artikel?«

Marina schlug sich mit der flachen Hand vor die Stirn. »Mensch, bin ich blöd. Dass ich daran nicht gleich gedacht habe!«

»Woran?« Greta verstand nur Bahnhof.

»Der Velstand war Maler. Und Julia hat eine Galerie.« Marina legte eine kurze Pause ein, um Greta die Möglichkeit zu geben, die Zusammenhänge zu verstehen. Dann wandte sie sich an Julia: »Dir ist gar nicht vom Eis schlecht geworden. Du hast ihn gekannt, stimmt's? Es tut mir sehr leid, dass ich so damit rausgeplatzt bin. Ich habe nicht nachgedacht, sonst hätte ich mich nicht aufgeführt wie ein Elefant im Porzellanladen.«

Marina war aufgestanden und versuchte, Julia in den Arm zu nehmen, aber sie wich zurück. »Nein, ich kannte ihn nicht. Gar nicht. Woher auch? Es ist alles okay, es war wirklich nur das Eis. Mir ist immer noch ein bisschen übel. Ich glaube, ich lege mich besser hin.«

»Ich sehe nachher noch mal nach dir«, bot Greta an, aber Julia schüttelte den Kopf. »Nein, ich versuche zu schlafen, dann geht es mir morgen bestimmt wieder besser. Gute Nacht.«

Oben hörten sie Julias Zimmertür ins Schloss fallen. Greta fragte: »Was war das denn jetzt?«

»Keine Ahnung«, antwortete Marina, »irgendetwas ist ihr ziemlich auf den Magen geschlagen, und ich glaube nicht, dass es wirklich nur das Eis war.«

»Denkst du, sie kannte diesen Maler doch?«

»Na ja«, meinte Marina zögernd, »ich finde, sie hat ein bisschen zu stark betont, ihn *nicht* zu kennen. Aber wie auch immer, sie wird ihre Gründe haben, nicht mit uns darüber sprechen zu wollen. Und wenn sie es sich anders überlegt, weiß sie ja, dass wir jederzeit für sie da sind.«

Greta nickte zustimmend, und die beiden Frauen saßen noch eine Weile schweigend zusammen, während sich draußen langsam die Nacht über Föhr und die Nordsee legte.

Oben in ihrem Zimmer ließ sich Julia fassungslos aufs Bett fallen. In ihrem Kopf drehte sich alles wie in einem Kettenkarussell. Die Gedanken wirbelten umher und sie bekam keinen einzigen zu fassen, um ihn zu Ende zu denken. Valentins Leiche war gefunden worden. Sie hatte sich zu dem Anruf bei der Polizei nicht durchringen können, um seinen Tod zu melden. Trotzdem war die Leiche gefunden worden. Aber nicht in seinem Bett, sondern in ihrer Nähe, hier in Nieblum. Was hatte es mit dem Fundort auf sich? Wieso Nieblum und wieso beim Golfplatz? Wie war er dorthin gekommen? War er gar nicht tot, als sie das Haus verlassen hatte? Aber sie konnte die Lage doch nicht so dermaßen falsch eingeschätzt haben. Julias Magen rebellierte schon wieder. Schnell lief sie ins Bad, wo der Würgereiz sie kraftlos vor der Toilette zusammensinken ließ.

Als sich ihr Innenleben etwas beruhigt hatte, schaufelte sie sich kaltes Wasser ins Gesicht, bis ihr Kreislauf sich erholte. Dann schleppte sie sich zurück in ihr Zimmer und kroch zitternd unter die Bettdecke. Nein, Valentin war tot gewesen, das wusste sie ganz genau. Das bedeutete allerdings, dass ihn irgendjemand aus seinem Bett geholt und nach Nieblum gebracht hatte. Was hatte Marina gesagt? Er war mit Hemd und Hose bekleidet gewesen. Julia hatte ihn nackt zurückgelassen. Demnach hatte die Person, die Valentin zum späteren Fundort transportiert hatte, ihm seine Sachen angezogen. Das Entsetzen schwappte in Wellen über Julias Körper. Zu den Bildern, die sich ohnehin unauslöschlich in ihr Gehirn gebrannt hatten, kam nun noch die Vorstellung, wie der Unbekannte mit Valentins Leiche herumhantiert hatte.

Und über allem schwebte die haarsträubende Erkenntnis, dass sie jemand beobachtet hatte. Ihr Geheimnis war nicht länger ein Geheimnis. Aber wie konnte das sein? Valentins Haus hatte zwar viele, dafür aber sehr kleine Fenster. Um von draußen hineinsehen zu können, müsste man sein Gesicht beinahe an die Scheibe drücken, was viel zu auffällig wäre.

Und hätte jemand vor der Terrassentür gestanden, hätte sie ihn sehen müssen. Sie glaubte auch nicht daran, dass Valentin jemandem einen Zweitschlüssel für sein Haus gegeben hatte. Wem denn auch? Dafür hatte er viel zu isoliert gelebt. Wie konnte es also sein, dass irgendjemand Bescheid wusste? Und was noch wichtiger war: Was würde die unbekannte Person mit ihrem Wissen anfangen? Und was würde die Obduktion ergeben? Woran war Valentin letztlich gestorben? Julia griff nach ihrem Smartphone und googelte *Fingerabdrücke auf Haut nachweisen.* Sie fand einen Artikel, in dem ausführlich erklärt wurde, was sie aus der Fernseh-Reportage noch wusste. Nämlich, dass der Nachweis von Fingerspuren auf der Haut meistens erfolglos blieb. Außerdem lag ja definitiv kein Verbrechen vor, also wurde ohnehin nicht nach Fingerabdrücken gesucht.

Julia schloss die Website und rieb sich erschöpft die Augen. Wie ging es jetzt weiter? Sie musste sich auf jeden Fall vollkommen unauffällig verhalten. Blieb nur abzuwarten, wann und wie sich ihr einziger Mitwisser mit ihr in Verbindung setzen würde. Oder hatte er das bereits getan? Julia fiel die Karte mit dem Gemälde wieder ein. Drohendes Unheil. Ein Weg, der ins Ungewisse führte. Hatte der Unbekannte ihr diese Botschaft zukommen lassen? War das sein erster Schritt, um sich ihr zu nähern und einen Preis für sein Schweigen zu verlangen?

Kapitel 15

Julia grübelte die ganze Nacht, dachte dieselben Gedanken immer wieder von vorne, fand auf keine ihrer Fragen eine Antwort und wälzte sich in ihrem Bett einige Stunden hin und her. Gegen halb drei hielt sie es nicht mehr aus. Sie musste unbedingt raus an die frische Luft. Vielleicht half ihr ein bisschen Bewegung dabei, sich zu beruhigen und das Gedankenkarussell in ihrem Kopf zu stoppen. Julia zog sich an und griff nach dem Hausschlüssel, den Greta ihr wie immer ausgehändigt hatte. Dann schnappte sie sich ihr Handy und schaltete die Taschenlampenfunktion ein, damit sie sich aus dem Haus schleichen konnte, ohne das Licht anzuschalten. Leise, um niemanden aufzuwecken, huschte sie die Treppe hinunter und schlüpfte aus dem Haus.

Auf der Strandstraße sah sie unschlüssig nach links und rechts. Wohin sollte sie ihre Schritte lenken? Zum Strand? Im Dunkeln ein bisschen unheimlich. Also doch lieber Richtung Ortskern. Da würde ihr jetzt hoffentlich niemand mehr begegnen, der sie fragen könnte, warum sie mitten in der Nacht dort herumlief.

Julia stopfte die Hände in die Taschen ihrer Jacke und marschierte los in Richtung Friesendom. In keinem der Häuser brannte Licht, alle Nieblumer schienen zu schlafen. Julia beneidete sie um ihre Nachtruhe. Sie ging an der evangelischen Kirche vorbei und setzte ihren Weg fort. Wenig später kam sie auf dem Rückweg zum *Hundekontor* und blieb kurz stehen, um einen Blick durch die Fenster mit den kleinen Scheiben zu werfen. Tagsüber leuchteten die schönen bunten Farben der

Hundeleinen und Halsbänder, die an einem Ständer vor dem Laden ausgestellt wurden, einem vom Weiten entgegen. Es gab sehr schicke Sachen, um einen Vierbeiner auszustatten. Julia überlegte, ob sie sich nicht einen Hund anschaffen sollte, wenn sie nach Föhr übergesiedelt war. Es wäre doch schön, so einen treuen Gefährten zu haben, der sie auch beschützen könnte. Andererseits bedeutete ein Hund auch eine große Verantwortung. Sie sollte sich das gut überlegen. Nach ein paar Minuten bog Julia wieder in die Strandstraße ein, die zurück zur Pension führte. Die frische Luft hatte gutgetan und ihre Gedanken hatten sich etwas beruhigt.

Als sie an dem Haus vorbeikam, in dem Astrid gelebt hatte und das seit ihrem Tod unbewohnt war, setzte ihr Herzschlag einen Moment aus. Stand da nicht jemand im Vorgarten? Julia blieb wie angewurzelt stehen und kniff angestrengt die Augen zusammen. Sie glaubte nicht an Geister, aber wer außer der alten Astrid würde sich mitten in der Nacht bei ihrem Haus aufhalten? Zwar hatte Greta ihr schon mehr als einmal die Legende von den Wiedergängern erzählt, jenen Verstorbenen, die auf der Insel umhergingen und keine Ruhe fanden, weil zum Zeitpunkt ihres Todes irgendetwas unerledigt war. Aber daran glaubte Julia natürlich nicht.

Und dennoch, vor Astrids Haus stand jemand. Jetzt erkannte Julia, dass die Person auf keinen Fall Astrid sein konnte. Von der Statur her musste es ein Mann sein. Ein großer, kräftiger Mann. Wenn sie nur mehr erkennen könnte. Ohne ihr Handy aus der Jackentasche zu nehmen, aktivierte sie erneut die Taschenlampenfunktion. Dann zog sie das Smartphone mit einer blitzschnellen Bewegung hervor und leuchtete den nächtlichen Besucher an.

Ihr Herz schien ein paar Schläge lang auszusetzen, als sie direkt in Valentins Gesicht sah. Der Mann hatte viel kürzere Haare als Valentin und auch seine Körperhaltung war anders, doch die Gesichtszüge waren unverkennbar. Das war unmöglich! Vor Schreck fiel Julia das Handy aus der Hand, landete aber zum Glück im weichen Gras. Sie bückte sich nur kurz, um es aufzuheben. Als sie sich wieder aufrichtete, war niemand mehr zu sehen. Aber er hatte dort gestanden, das hatte sie sich nicht eingebildet. Sie hatte ihn gesehen, obwohl das unmöglich war. Er war tot. Sie hatten seine Leiche gefunden wenn auch nicht im Bett, wo sie ihn zurückgelassen hatte.

Er. War. Tot. Wie hatte er dann vor ein paar Sekunden vor Astrids Haus stehen können? Gab es sie doch, die Wiedergänger? Fand er keine Ruhe aufgrund der Umstände seines Todes? Ach was, das war nur eine Legende, eine Schauergeschichte, die sich die Insulaner an kalten Winterabenden vor dem Kamin erzählten. Bestimmt gab es auf der Insel jede Menge Männer, die auf den ersten Blick und noch dazu im Dunkeln eine gewisse Ähnlichkeit mit Valentin aufwiesen. Sie musste wirklich aufpassen, dass sie nicht langsam verrückt wurde. Scheinbar war sie inzwischen schon so nervös, dass sie Gespenster sah.

Auf einmal fand Julia es gruselig hier draußen, mitten in der Nacht und völlig allein. Sie sehnte sich nach der Wärme und Behaglichkeit ihres Zimmers im Haus *Marina*. Schnell lief sie zur Pension, schlich sich hinein und die Treppe hoch und verkroch sich in ihrem Bett. Ihre Gedanken wirbelten noch einige Zeit umher, aber dann fiel sie in einen unruhigen Schlaf.

Am Mittwochmorgen ließ Julia sich kurz bei Greta in der Küche sehen. Sie nahm sich eine Tasse Kaffee, der heute zum Glück wegen der neu angereisten Gäste zusätzlich zum Tee angeboten wurde. Appetit hatte sie nicht. Greta musterte sie kritisch und stellte dann besorgt und wortreich fest, dass Julia blass, müde und noch immer irgendwie krank aussah. Diese Einschätzung nahm Julia dankbar zum Anlass, sich wieder in ihr Zimmer zurückzuziehen. Den ganzen Vormittag verbrachte sie abwechselnd im Bett oder in dem gemütlichen Sessel am Fenster. Sie versuchte, ein Buch zu lesen, aber es war unmöglich, sich zu konzentrieren. Sie surfte mit ihrem Smartphone durchs Internet, aber nichts weckte ihr Interesse. Sie hörte Musik, konnte aber auch dabei nicht aufhören, nachzudenken. Sie probierte es mit einem Nickerchen, war jedoch leider hellwach. Jeder Versuch, sich von ihren Grübeleien abzulenken, schlug fehl. Dennoch blieb sie in ihrem Zimmer, weil sie keine Lust auf Gesellschaft und Unterhaltung hatte. Und weil ihr der Raum mit der Seesternchen-Tapete, den hellblauen Vorhängen und dem Schiffsboden-Parkett, in dem sie sich vom ersten Besuch an wohlgefühlt hatte, wie der einzig sichere Ort auf der Welt erschien.

Kapitel 16

Als Bürgermeister Axel Wellensiek an diesem Mittwochmorgen mit seinem Golden Retriever Sunny sein Kanzlei in der Hafenstraße in Wyk betrat, lag wie immer neben seiner überregionalen Tageszeitung der Inselbote auf seinem Schreibtisch. Direkt nach ihm betrat seine Sekretärin Ulrike Reuter den Raum und stellte wie jeden Morgen ein Tablett mit einer dampfenden Tasse Tee und zwei Marmeladentoasts bereit, denn der Bürgermeister frühstückte nie zu Hause. Dann rauschte sie wieder hinaus, um nach wenigen Sekunden mit einer Schale Wasser für Sunny zurückzukehren, über die der Hund sich sofort hermachte.

»Das Autopsie-Ergebnis von Valentin Velstand liegt schon vor. Das ging so schnell, weil die Sachlage eindeutig ist. Er ist ohne jeden Zweifel eines natürlichen Todes gestorben. Aneurysma, hat die Untersuchung ergeben. Scheinbar ist er schon morgens am Golfplatz umherspaziert, dabei gestorben und erst am frühen Abend gefunden worden. Es war also kein Mord.«

Axel Wellensiek grinste. So war es jeden Morgen. Sie legte ihm die Zeitung zwar auf den Tisch, versorgte ihn dann aber zeitgleich komprimiert und meistens völlig emotionslos mit allen wesentlichen Neuigkeiten von der Insel, so dass sich das Lesen oftmals erübrigte. Seine Sekretärin stammte aus einer alteingesessenen Föhrer Familie und war ihm daher auch in seinem Amt als ehrenamtlicher Bürgermeister von Wyk eine unentbehrliche Hilfe.

»Hatten Sie denn an einen Mord geglaubt? Oder es sogar ein bisschen gehofft, damit mal was richtig Spannendes passiert?«, neckte er seine langjährige Mitarbeiterin.

Ulrike Reuter setzte einen tadelnden Blick auf und sagte schmallippig: »Also wirklich, Herr Wellensiek, Sie sollten mich doch wohl besser kennen.«

»Ist ja schon gut«, lenkte er ein, »war doch nur Spaß. Gibt es sonst was Wichtiges, um das ich mich kümmern sollte?«

»Nein, nichts.« Sie machte kehrt und wollte das Büro des Bürgermeisters verlassen. In der Tür drehte sie sich noch einmal um. »Haben Sie den Velstand jemals spazieren gehen sehen?« Scheinbar beschäftigte sie der tote Künstler nachhaltig. »Der lebte doch wie ein Einsiedler. War nicht mal bei seinen Ausstellungen anwesend. Wenn man ihn mal zu Gesicht bekam, dann hier in Wyk, wenn er Besorgungen machte. Und dann war er immer ungeduldig und konnte es kaum erwarten, wieder nach Hause zu kommen. Das hat mir meine Nichte erzählt, die geht im Kaufhaus Südstrand in die Lehre. Der schien es immer eilig zu haben, hat sie gesagt.«

Axel Wellensiek bemühte sich vergeblich, sein Grinsen zu unterdrücken. »Und plötzlich, ganz ohne Vorwarnung, geht so einer dann einfach am Sonntagmorgen spazieren. Sehr verdächtiges Verhalten. Miss Marple-Reuter, Sie sollten an dem Fall unbedingt dranbleiben.«

Ulrike Reuter, die natürlich sofort bemerkte, wenn sie auf den Arm genommen wurde, drehte sich auf dem Absatz um und verließ das Büro, um an ihren Schreibtisch zurückzukehren. Aber sie war ihrem Chef nicht böse. Nie. Dafür arbeitete sie zu gerne für ihn. Bevor sie die Stelle bei ihm angenommen hatte, war sie bei einem griesgrämigen und machthungrigen

Wichtigtuer angestellt gewesen, der trotz seines Alters von fast siebzig Jahren immer noch die lächerliche Notwendigkeit verspürt hatte, seine Autorität als Rechtsanwalt zu festigen, indem er sie zwang, sein pausenloses Nörgeln zu ertragen. Axel Wellensiek war ganz anders. Er hatte fast immer gute Laune und ein freundliches Wort für jeden.

»Am Nachmittag bin ich übrigens nicht in der Kanzlei, Frau Reuter«, rief er durch die offene Tür, »ich arbeite von zu Hause aus.«

»Tatsächlich? Sind Sie sicher, dass Sie nicht einfach das herrliche Wetter heute genießen wollen?«, konterte die Sekretärin. »Lügen Sie die Miss Marple-Reuter in Ihrem Vorzimmer lieber nicht an.«

»Erwischt«, gab Axel Wellensiek zu, »aber sagen Sie denn immer die Wahrheit?«

»Natürlich. Die Wahrheit kann ich mir am besten merken.«

Kapitel 17

Gegen Mittag klopfte Greta und fragte durch die geschlossene Tür, ob Julia einen Arzt brauche, was diese verneinte. Dann hörte sie ein leises schabendes Geräusch und kurz danach entfernten sich Gretas Schritte. Julia wandte sich um und bemerkte den Briefumschlag, den Greta unter der Tür durchgeschoben hatte, stand aber nicht auf, um ihn sich genauer anzusehen. Sie ahnte, dass sich eine weitere Karte mit Kunstmotiv darin befand, und wünschte sich, das Kuvert würde sich in Luft auflösen, wenn sie nicht hinsah.

Am frühen Nachmittag beschloss Julia, endlich aufzustehen. Schließlich hatte sie heute ihren Termin mit Oskar Vollmer und kam ihrem Ziel, demnächst auf Föhr zu wohnen und zu arbeiten, hoffentlich einen großen Schritt näher. Trotz der schrecklichen Ereignisse der vergangenen Tage wünschte sie sich nichts mehr als das. Auf dem Weg ins Bad sah sie den Briefumschlag, der noch immer auf dem Boden vor ihrer Zimmertür lag. Sie hob ihn auf und fixierte ihn ein paar Sekunden lang, als könnte sie ihn dadurch verschwinden lassen. Dann öffnete sie das Kuvert und zog langsam die bereits vermutete Karte heraus.

Das Kunstwerk, das der unbekannte Absender dieses Mal gewählt hatte, stammte von Rembrandt und trug den Titel *Die Nachtwache*. Julia setzte sich aufs Bett, betrachtete das Bild und überlegte, was sie darüber wusste. Das Gemälde zeigte eine Bürgerwehr. Man sah den Fahnenträger und daneben den Schildträger. Weiter hinten waren die Nase und das rechte Auge eines Mannes mit Malerpalette zu sehen. Kunstkenner erkannten darin Rembrandt selbst, da es bei ihm und anderen Malern seiner Zeit üblich war, das eigene Portrait in den Bildern unterzubringen.

Welche Botschaft steckte für Julia in der Wahl dieses Gemäldes? Gab der Absender ihr damit zu verstehen, dass er sie immer und überall im Blick hatte, auch wenn sie ihn nicht entdeckte? Dass sie ihn in der vergangenen Nacht tatsächlich gesehen hatte? Von wegen *Nachtwache*? Hätten die Karten nicht dieses unangenehme und mulmige Gefühl bei Julia verursacht, hätte sie ihren Verfolger bewundert für seinen Kunst-Sachverstand und die Kreativität, mit der er ihr seine Botschaften übermittelte. Langsam wurde sie fast neugierig darauf, wie alles weitergehen würde. Inzwischen war sie nämlich zu dem Ergebnis gekommen, dass er ihr gar nichts anhaben konnte. Wenn er der Polizei erzählen würde, dass sie Valentin nach seinem Tod einfach im Bett liegen lassen hatte, wäre sofort klar, dass er die Leiche anschließend dort abgeholt und zum Golfplatz gebracht hatte. Dafür einen plausiblen Grund zu nennen, dürfte ihm schwerfallen, Julia konnte sich jedenfalls keinen vorstellen. Dass seine Tat – nannte man das *Störung der Totenruhe*? – mit aufflog, wollte er daher mit Sicherheit nicht riskieren. Außerdem würde sie alles leugnen, dann stünde ihr Wort gegen seins. Oder gab es einen weiteren Mitwisser? Sie würde es bestimmt bald erfahren. Und bis dahin wollte sie sich erfreulicheren Themen zuwenden. Zum Beispiel dem heutigen Termin mit Oskar Vollmer. Julia seufzte, legte die Karte in die Schublade des Nachttisches, in der schon der erste Brief lag, und ging endlich ins Bad.

Als Julia die Treppe herunterkam, traf sie das nette Ehepaar aus Lüneburg, das gerade den Aufenthaltsraum für Gäste verließ. Die Urlauber grüßten freundlich und erzählten Julia im Vorbeigehen, dass für den Nachmittag das Dr. Carl-Häberlin-Friesen-Museum auf ihrem Urlaubsprogramm stand. Die Exponate dort würden sie nachempfinden lassen, wie die Friesen vor Jahrhunderten gelebt und gearbeitet hatten. Julia wünschte ihnen viel Vergnügen und betrat den Aufenthaltsraum, wo sie auf Greta traf.

»Hallo, meine Liebe! Geht es dir wieder besser?«

»Ja, danke. Alles wieder in Ordnung. Tut mir leid, dass ich mich so eingeigelt habe.«

»Ach was«, winkte Greta ab, »es pfeift wohl keiner fröhlich vor sich hin, wenn es ihm nicht gutgeht. Ich kann dir etwas zu essen bringen, wenn du möchtest. Hast du Hunger?«

»Und wie. Kann ich dir dabei helfen?«

»Auf keinen Fall. Wir wollen doch nicht völlig vergessen, dass du ein zahlender Gast bist«, lachte Greta und machte sich auf den Weg in die Küche.

Julia durchquerte den Raum, der ihr ebenso vertraut war wie die ganze Pension. Auf der einen Seite standen die Tische und Stühle, die zum Beispiel morgens für das Frühstück genutzt wurden. In der anderen Zimmerhälfte gab es einen großen Fernseher mit zwei urgemütlichen Ohrensesseln davor, in denen es sich herrlich entspannen ließ. An der Wand stand das Regal mit Büchern und Gesellschaftsspielen, die nach Belieben ausgeliehen werden durften, daneben eine Kiste mit allerlei Kinder-Spielzeug. Die Fenster waren mit hellen Landhausgardinen dekoriert und an den Wänden hingen Bilder von Föhr, von der Nordsee, vom Wattenmeer, von Möwen und Schiffen. An jeder Dekoration, jedem kleinen Detail erkannte man Gretas Liebe zu ihrer Heimat. Eine solche Verbundenheit hatte Julia bisher nur zu ihrem Elternhaus gehabt, aber danach nie wieder. Dieser Gedanke stimmte sie traurig, was Greta, die mit einem voll beladenen Tablett erneut den Raum betrat, sofort bemerkte.

»Was ist los? Geht es dir doch wieder schlechter?«, fragte sie besorgt.

»Nein, alles gut. Mir ist nur gerade wieder einmal bewusst geworden, dass ich gar kein richtiges Zuhause habe. Nur eine

Wohnung, die modern, stylisch und schick ist, weil ich dachte, dass genau das zu mir passt. Geradlinig, schnörkellos, kühl – so wie ich eben. Aber irgendetwas hat sich verändert. *Ich* habe mich verändert. Und jetzt merke ich, dass meine Wohnung eben nur eine Wohnung ist, aber kein Zuhause. Und genau das wünsche ich mir. Ich habe Heimweh nach einem Ort, den ich noch gar nicht kenne. Verstehst du, was ich meine?«

»Ich verstehe dich sehr gut«, antwortete Greta, die das Tablett abgestellt hatte und jetzt neben Julia ans Fenster trat.

»Und obwohl ich hier auf Föhr gar nicht wirklich zu Hause bin, ist das Zuhause-Gefühl hier so viel stärker als sonst irgendwo. Komisch, oder?«

»Nein, gar nicht komisch«, widersprach Greta, »eine Stadt, ein Ort oder ein Haus werden erst durch die Menschen, mit denen man dort sein Leben teilt, ein Zuhause. Als Marina das begriffen hatte, war das die Geburtsstunde für die WG im alten Flensenhaus. Und du kommst deinem Zuhause hier bei uns hoffentlich heute noch einen großen Schritt näher.«

»Das hoffe ich so sehr«, seufzte Julia.

Die beiden Frauen blickten einen Moment lang schweigend aus dem Fenster. Sie sahen, dass sich das Lüneburger Ehepaar lachend und Hand in Hand aufmachte zu der für heute geplanten Unternehmung.

»Sieh dir die beiden an«, meinte Greta, »sie können sich überall auf der Welt zu Hause fühlen, weil sie einander haben und ihre Liebe.«

»Du sagst das ganz ohne Neid, obwohl du deinen Mann doch verloren hast, als du noch sehr jung gewesen bist«, warf Julia ein, denn Greta hatte ihr die Geschichte vom frühen Tod ihres Partners einmal erzählt.

»Ja, *ihn* habe ich verloren. Aber meine Liebe zu ihm doch nicht. Die ist noch immer da und macht mich stark. Und das ist es, was ich meine.« Sie nahm Julia kurz in die Arme. Dann atmetet sie tief durch und klatschte in die Hände. »So, weiter geht's. Die Arbeit macht sich ja nicht von allein. Und du genieß dein Essen, bevor es kalt wird. Es gibt Linsensuppe, die magst du doch.«

Julia lächelte dankbar und setzte sich an den für sie gedeckten Tisch. Sie tauchte den Löffel in die köstlich duftende Suppe und griff nach dem *Inselboten*, der neben dem Teller lag. *Föhrer Künstler an Hirnblutung gestorben* lautete die Schlagzeile, die sie von der Titelseite aus ansprang. Darunter gab es einen kurzen Artikel, aus dem hervorging, dass Valentin Velstand, der als Maler zurückgezogen in Hedehusum gelebt hatte und am vergangenen Sonntagabend tot am Rande des Golfplatzes in Nieblum aufgefunden worden war, einer schweren Hirnblutung erlegen war. Das hatte die Obduktion ergeben, die die Staatsanwaltschaft hatte vornehmen lassen. Und die Rechtsmediziner hatten festgelegt, dass Velstands Tod am selben Tag, und zwar sieben bis zehn Stunden vor dem Fund der Leiche eingetreten war. Man ging davon aus, dass ihn die Hirnblutung während eines Spaziergangs ereilt und aus dem Leben gerissen hatte.

Der Verfasser des Berichts verlieh kurz seiner Verwunderung Ausdruck, dass der Tote erst so spät gefunden worden war, da der Golfplatz an Sonntagen hoch frequentiert war. Damit endete der Artikel.

Julia, die als Einzige die genauen Umstände von Valentins Tod kannte, war erleichtert. Zwar hatte sie die ganze Zeit gewusst, dass er eines natürlichen Todes gestorben war, denn sie war mit ihm allein gewesen und hatte ihm definitiv nichts angetan, aber es jetzt schwarz auf weiß zu lesen, war dennoch beruhigend. Und sie war froh darüber, dass er nun eine respektvolle Beisetzung bekam, wer auch immer sich darum kümmern würde. Sie hätte gerne geglaubt, dass es dem Unbekannten einzig und allein um den Respekt und die Achtung vor dem Verstorbenen ging. Dass er Valentin nur deswegen abgeholt, angezogen und beim Golfplatz abgelegt hatte. Aber da waren immer noch die Briefe. Die Karten mit den sorgsam ausgewählten Motiven und Botschaften. Der anonyme Absender war mit ihr noch nicht fertig, aber heute hatte sie wahrlich Wichtigeres zu tun, als sich darüber den Kopf zu zerbrechen.

Nachdem Julia sich satt gegessen hatte und bevor sie das Haus verließ, warf sie noch einen abschließenden Blick in den großen Spiegel auf dem Flur. Für den Termin mit Oskar Vollmer hatte sie sich für Jeans, eine weiße Bluse und einen dunkelblauen Blazer entschieden. Das sah adrett und gepflegt aus, aber nicht zu geschäftsmäßig. Dazu hatte sie flache dunkelblaue Schuhe gewählt. Herr Vollmer sollte sie für inseltauglich halten. Ihre kurzen Haare hatte sie ein wenig gestylt und auf Make up hatte sie wie immer hier auf der Insel verzichtet. Sie war mit ihrem Spiegelbild zufrieden und fühlte sich gewappnet für das Gespräch, das für ihre Zukunft entscheidend sein würde.

Kapitel 18

Pünktlich um drei Uhr stand Julia vor dem Laden von Oskar Vollmer, in dem es alle erdenklichen Zigaretten- und Zigarrensorten sowie jeglichen Raucherbedarf gab. Dass ein solches Geschäft Gewinn abwarf in einer Zeit, in der es glücklicherweise immer mehr Nichtraucher gab, erstaunte Julia. Wahrscheinlich führte Herr Vollmer inzwischen auch ein breites Angebot von E-Zigaretten und dem passenden Zubehör. Vielleicht waren unter anderem rückläufige Umsätze ein Grund für Herrn Vollmers Entscheidung, seinen Laden zu schließen. Wie auch immer, für Julia waren seine Pläne die Chance auf einen Neuanfang. Beruflich und privat. Umso mehr ärgerte sie sich darüber, dass sie heute nicht in Topform war. Die Geschichte mit Valentin lag ihr natürlich schwer im Magen. Und dann waren da noch die Postkarten, die ein extrem mulmiges Gefühl in ihr auslösten. Wenn sie nur wüsste, von wem die Karten kamen und was der Absender damit bezweckte.

Es würde ihr alles abverlangen, in dem anstehenden Gespräch mit Oskar Vollmer konzentriert und ganz bei sich zu sein. Aber sie würde es schon schaffen. Julia war fest entschlossen, das Haus mitsamt Ladenlokal und Wohnung zu ihrem neuen Lebensmittelpunkt zu machen. Für ihre Galerie-Pläne war der Standort unschlagbar. Sie war gespannt auf die Räumlichkeiten, von denen sie bisher nur den Grundriss und die Fotos aus dem Internet kannte.

Die Tür stand weit offen, also trat sie ein. Ihr erster Gedanke war, dass der Verkaufsraum nicht ganz so klein war, wie sie ihn sich vorgestellt hatte. Hierein würde sie den Empfangsbereich legen und es blieb noch genügend Platz, um bereits einige Bilder zu zeigen. Allerdings war die Beleuchtung zu spärlich, für die Ausstellung brauchte sie viel mehr Licht. Vor ihrem geistigen Auge hatte sie alles schon eingerichtet.

Von Herrn Vollmer war nichts zu sehen. Julia wartete und sah sich weiter um. Mehrmals räusperte sie sich, dann rief sie sogar nach ihm, aber der Herr des Hauses tauchte nicht auf. Julia drehte sich unschlüssig um die eigene Achse und überlegte, ob sie gehen und später noch einmal wiederkommen sollte. Andererseits hatten sie diesen Termin vereinbart. Und er hatte außerdem ihre Handynummer, hätte also anrufen können, wenn ihm etwas dazwischengekommen war.

Unruhig lief sie in dem kleinen Geschäft auf und ab. Hinter dem Verkaufstresen mit der altmodischen Registrierkasse entdeckte sie eine Tür. Dort ging es wohl zum Warenlager, wenn sie den Grundriss richtig in Erinnerung hatte. Nach hierhin würde sie die Fläche der Galerie vergrößern. Sie trat um den Tresen herum und drückte die Klinke herunter. Die Tür war nicht verschlossen. Julia öffnete sie einen Spaltbreit und sah neugierig herein.

»Was machen Sie da?«

Julia wirbelte herum und sah den Mann, der mit Jeans, schwarzem T-Shirt und blauen Sneakers bekleidet lässig an der Ladentür lehnte, erschrocken an.

»Ich wollte nur ... ich wollte nicht ...«, stotterte sie verärgert über sich selbst. Was für ein peinliches und wenig souveränes Verhalten. Das fing ja super an.

»Na, was jetzt? Wollten Sie oder wollten Sie nicht?«

Täuschte sie sich oder unterdrückte ihr Gegenüber ein amüsiertes Lachen? Julia musterte ihn. Sie hatte sich Oskar

Vollmer ganz anders vorgestellt, dabei wusste sie, abgesehen von seinem Alter, gar nichts über ihn. Jetzt stellte sie fest, dass er ein überaus attraktiver Mann mit graumeliertem Haar, einer sportlichen Figur und einem Grübchen am Kinn war. Sie straffte die Schultern und erlangte ihre Fassung wieder.

»Herr Vollmer?« Sie lächelte ihn unverbindlich an.

»Nein, der bin ich nicht. Ich suche ihn. Und Sie anscheinend auch.« Der Mann betrat den Laden und zog einen Hund an einer Leine hinter sich her, der, anders als sein Herrchen, keine Notiz von ihr nahm.

»Ja, ich habe einen Termin mit ihm, weil ich am Kauf dieses Hauses interessiert bin«, gab Julia Auskunft und fragte sich gleichzeitig, warum sie diesem Fremden das überhaupt erklärte.

»Ach, und da dachten Sie, es wäre ein guter Verhandlungseinstieg, wenn Sie sich gleich mal fühlen wie zu Hause?«

Jetzt gab sich der Mann keine Mühe mehr, sein Grinsen zu verstecken. Julia reckte das Kinn nach oben und antwortete: »*Sie* sollten sich darüber nicht allzu viele Gedanken machen. Ich kläre das mit Herrn Vollmer.«

»Na, viel Glück«, erwiderte der Fremde, tippte sich zum Gruß an die nicht vorhandene Mütze und verschwand mit seinem vierbeinigen Freund so schnell wie er aufgetaucht war. Julia sah ihm verärgert nach.

»Was machen Sie da?«

Der Schreck fuhr ihr in alle Glieder, als sie diese Frage erneut hörte, diesmal allerdings aus der entgegengesetzten Richtung. Sie drehte sich um und sah sich einem älteren Herrn gegenüber, der einen Kopf kleiner war als sie selbst und sie aus blassblauen Augen mit einer Mischung aus Ärger und

Verwunderung ansah. Er kam aus dem angrenzenden Zimmer. Sein bemerkenswert runder Bauch war schon fast am Verkaufsraum angekommen, der Rest von ihm noch nicht. Erst jetzt wurde Julia bewusst, dass sie ihm den Weg in seinen Laden versperrte, denn sie stand noch immer hinter dem Verkaufstresen. Und zwar mit der Hand auf der Türklinke zu dem Raum, den er in diesem Moment verlassen wollte.

»Herr Vollmer?«, erkundigte sich Julia zum zweiten Mal in wenigen Minuten.

»Wer sonst?«

Kapitel 19

Julia versuchte, sich von Oskar Vollmers patzigem Tonfall nicht entmutigen zu lassen. Es stand zu viel auf dem Spiel. Freundlich lächelnd trat sie ein paar Schritte zurück und streckte ihm ihre Hand entgegen. »Freut mich sehr, Sie endlich persönlich kennenzulernen. Wir hatten einen Termin um vierzehn Uhr dreißig, und da Sie nicht da waren ...«

»... haben Sie einfach mal angefangen, hier herumzuspionieren«, vollendete Oskar Vollmer wütend den Satz.

Julias Lächeln wurde mühsamer. »Ich habe Sie gesucht, nachdem ich eine ganze Weile gewartet hatte. Aber ich kann verstehen, dass es auf Sie so gewirkt hat, als würde ich herumspionieren, und möchte mich in aller Form entschuldigen.« Als Antwort bekam sie nicht mehr als ein Schnauben, während Vollmer in den Verkaufsraum trat und die Tür zum Lager hinter sich schloss. Julia hoffte, dass er das Gespräch von sich aus auf ihre Kaufabsichten lenken würde, aber er musterte sie nur unverhohlen von oben bis unten und schwieg. Also nahm sie die Sache selbst in die Hand.

»Wie ich Ihnen schon in meiner letzten E-Mail mitgeteilt habe, plane ich, hier in Wyk eine kleine Galerie zu eröffnen. Ihr Ladenlokal ist perfekt dafür geeignet. Und da ich hierher umziehen möchte, ist die Wohnung direkt hier im Haus ...«

Wieder unterbrach er sie. »Sie müssen gar nicht weiterreden. Sie kriegen das Haus nicht.«

»Aber wir waren uns doch bereits so gut wie einig. Mündliche Zusagen haben auch ihre Gültigkeit, das muss ich Ihnen doch wohl nicht erklären. Außerdem haben Sie den heutigen Termin nicht abgesagt, wodurch ich ja wohl noch im Rennen bin. Sind Sie mit meinem Angebot nicht mehr einverstanden? Hat Ihnen jemand mehr geboten? Ich bin bereit, nachzuverhandeln.«

»Es geht nicht ums Geld. Sie kriegen das Haus nicht. Das wär's von meiner Seite.« Oskar Vollmer stellte einen Karton, der auf dem Fußboden gestanden hatte, auf den Tresen und fing an, die Ware auszupacken.

Jetzt wurde es Julia zu bunt. »Von meiner Seite war's das aber noch nicht. Es war doch schon alles so gut wie geklärt. Warum machen Sie jetzt einen Rückzieher? Wenn es nicht ums Geld geht, um was geht es denn dann? Ich darf doch wohl wenigstens um eine Erklärung bitten.«

»Ja, bitten dürfen Sie. Es bringt nur nichts. Ich muss Ihnen meine Entscheidung nicht erklären.« Er sah mit Trotz im Blick zu ihr auf.

Julia bemühte sich erneut um Freundlichkeit. »Herr Vollmer, ich weiß aus Ihren E-Mails, dass Sie hier aufgewachsen sind. Bestimmt ist Ihnen nicht egal, was aus Ihrem Elternhaus wird. Ich kann Ihnen versichern, dass es mir unglaublich viel bedeuten würde, in diesem Haus zu wohnen und zu arbeiten.«

»Kann schon sein«, brummte Vollmer.

»Aber?«

»Aber Sie kriegen es nicht. Ich habe es bereits einem Interessenten versprochen, der hier was mit Sportwetten machen will.«

»Irgendwas mit Sportwetten?« Julia traute ihren Ohren nicht. »Und Sie glauben, das wäre eine Bereicherung für die Wyker Strandpromenade? Bitte, Herr Vollmer, nennen Sie mir den Preis, auf den Sie sich mit dem anderen Interessenten geeinigt haben. Ich bin bereit, dasselbe zu zahlen.«

»Mir egal, Sie kriegen es nicht«, wiederholte Oskar Vollmer starrköpfig. »Und wenn Sie unbedingt eine Erklärung wollen, bitte sehr. Ich halte nichts von euch Künstlern. Pinselschwingende Besserwisser seid ihr. Zu faul zum Arbeiten und so neunmalklug, dass einem schlecht wird. Ich will nichts mit euch zu tun haben.«

Julia war ein Stück zurückgewichen. Der scharfe Tonfall, den Oskar Vollmer anschlug, hatte sie erschreckt. Sie unternahm einen letzten Versuch. »Ich bin Galeristin. Ich handele mit Kunst, so wie Sie mit Tabakwaren. Ja, ich male selber auch, aber nur als Hobby. Im Wesentlichen mache ich Geschäfte. Genau wie Sie.«

»Sie kriegen das Haus nicht. Wie oft soll ich das noch sagen? Und jetzt ist Schluss. Sie können gehen.« Oskar Vollmer war laut geworden und hatte sich so in Rage geredet, dass ihm ein Sabberfaden übers Kinn lief. Mit einer ruckartigen Bewegung drehte er sich um und verschwand wieder in dem angrenzenden Raum, aus dem er gekommen war. Julia stand einen Moment fassungslos mitten im Verkaufsraum. Dann verließ sie den Laden mit Tränen der Wut und Enttäuschung in den Augen.

Als Julia die Pension betrat, stellte sie erleichtert fest, dass niemand zu Hause war. Sie zog sich in ihr Zimmer zurück und fand dort auf dem Fußboden erneut einen Briefumschlag, den Greta unter der Tür durchgeschoben hatte. Julia hob das Kuvert auf, öffnete es und war nicht verwundert darüber, ein weiteres Kunstmotiv vorzufinden. Diesmal war auf der Karte das Gemälde Wanderer über dem Nebelmeer von Caspar David Friedrich zu sehen. Auf der Rückseite stand: Manchmal sieht man auch im Nebel klar. Sonst nichts. Wieder ohne Unterschrift. Vielleicht lag es daran, dass Julia sehr verärgert war über den Verlauf ihres Gesprächs mit Oskar Vollmer, jedenfalls stieg beim Anblick der neuen Karte keine Angst in ihr auf. Sie war nur genervt von diesem Nachmittag, musste sich ihre nächsten Schritte überlegen und hatte auf das perfide Spielchen mit den Kunstkarten absolut keine Lust mehr.

Warum sagte der anonyme Absender nicht einfach, was er von ihr wollte? Warum gab er sich nicht zu erkennen und stellte seine Forderungen? Julia war sicher, dass sie die ein oder andere passende Antwort parat hätte, aber von diesem Katz-und-Maus-Spiel war sie nur genervt. Sie nahm die Karte in beide Hände zwischen Daumen und Zeigefinger, um sie zu zerreißen, aber dann überlegte sie es sich doch anders und legte sie zu den ersten beiden Briefen in die Schublade des Nachttisches.

Kapitel 20

Zur selben Zeit schäumte Franziska in Harvestehude vor Wut. Sie hatte in der Galerie eine kleine Skulptur für einen Kunden verpackt, als Dominik angerufen und ihren geplanten Wochenend-Kurzurlaub in ein sündhaft teures Wellnesshotel gecancelt hatte. Dabei war heute erst Mittwoch. Er hatte es scheinbar eilig, ihr abzusagen. Franziska umklammerte ihr Smartphone so fest, dass ihre Fingerknöchel hell hervortraten. Ihre Kiefermuskeln mahlten und sie wusste kaum wohin mit ihrem Zorn. Auf keinen Fall durfte sie ihre Wut an der Skulptur auslassen, die heute den Besitzer wechselte, denn die Kaufsumme war so hoch, dass Franziska damit ihre Miete für ein halbes Jahr hätte bezahlen können. Wie sie diese Geldsäcke hasste. Und dennoch wünschte sie sich nichts sehnlicher, als selbst zu einer Frau zu werden, die ohne nachzudenken, mit Kohle um sich werfen konnte.

Mit Dominik von Bahlstedt, diesem unattraktiven und langweiligen Berufssohn, hatte sie sich nur eingelassen, um ihr Ziel zu erreichen. Drei Wochen lang hatte sie viele Stunden und oft sogar ganze Tage und Nächte mit ihm verbracht. Auch wenn das nicht immer ein Vergnügen gewesen war. Aber nun hatte sie das ungute Gefühl, dass er sich von ihr zurückzog. Gestern hatte sie zig Mal vergebens versucht, ihn zu erreichen und ihm Nachrichten geschickt, die ohne Antwort geblieben waren. Bisher hatte er immer sofort reagiert. Und jetzt sogar die Absage für das kommende Wochenende, an dem sie noch mal alle Register hatte ziehen wollen, um ihn bei Laune zu halten.

Was sollte aus ihren Plänen werden, Teilhaberin an der Galerie zu werden, wenn er sie abservierte? Was bildete der Knilch sich eigentlichn ein? Der bekam nie wieder eine Frau wie sie. Immerhin hatte sie es vorhin am Telefon geschafft, ihre Wut zu verbergen und dafür herzzerreißend enttäuscht zu wirken. Daraufhin hatte er für den späteren Abend einen Spaziergang an der Außenalster vorgeschlagen.

Franziska hatte das ungute Gefühl, dass das ihre letzte Chance sein würde, Dominik von ihrer angeblichen Liebe zu überzeugen und weiterhin an sich zu binden, bis er die Anteile für sie gekauft hatte. Sie beschloss, die Galerie heute eine Stunde eher zu schließen, um sich sowohl thematisch als auch optisch so akribisch wie möglich auf das Treffen mit Dominik vorzubereiten.

Kapitel 21

»Julia? Bist du da?« Gretas Stimme klang dumpf durch die geschlossene Zimmertür.

»Ja, komm rein.«

Greta öffnete die Tür nur einen Spaltbreit, streckte den Kopf ins Zimmer und fragte: »Hey, alles klar? Wie ist dein Termin mit Vollmer gelaufen?«

»Ach, lass uns später darüber reden, okay?«

»Okay, kein Problem. Gleich gibt es Porrenpann.« Als Greta Julias fragendem Blick begegnete, fügte sie hinzu: »Das ist friesisch und bedeutet Krabbenpfanne. Die will ich am Freitag zu Fennas Geburtstagsfeier beisteuern, und da ich sie lange nicht zubereitet habe, kommt Marina gleich zum Probeessen. Wir wollen ja am Freitag keine böse Überraschung erleben. Hast du Lust, mit uns zu essen?«

»Klar, ich bin dabei.« Julia war froh über die Ablenkung.

»Gut«, freute sich Greta, »dann bis gleich.«

Wenige Minuten später saßen die drei Frauen zusammen am Küchentisch und ließen es sich schmecken.

»Greta, das Essen ist der Hit«, schwärmte Marina. »Fenna wird begeistert sein. Und alle anderen auch.«

»Wirklich lecker«, stimmte Julia zu und nahm sich eine zweite Portion. Sie merkte erst jetzt, wie hungrig sie war, trotz des erfolglosen Termins am Nachmittag.

Greta freute sich sichtlich über das Lob. »Und es passt hervorragend zum Rest des Menüs, hat mir Johanna versichert. Mehr hat sie mir allerdings nicht verraten.«

Eine Weile gaben sie sich schweigend dem Genuss hin. Als sie ihre Teller von sich schoben, verkündete Greta, dass sie zum Nachtisch einen Marmorkuchen gebacken hatte.

»Oh nein, ich kann nicht mehr«, stöhnte Marina.

»Ich bin auch pappsatt«, stimmte Julia zu.

»Aber ich würde nicht nein sagen«, ertönte in diesem Moment eine männliche Stimme vom Flur. Greta und Marina grinsten sich wissend an. Julia sah die beiden irritiert an.

»Komm rein«, forderte Greta den unangekündigten Gast auf, und wenige Sekunden später betrat ausgerechnet der Mann die Küche, der Julia in Oskars Laden erwischt hatte, während sie sich ungefragt dort umsah. Jetzt trug er einen dunkelblauen Anzug, der ihm ausgezeichnet stand, und ein blütenweißes Hemd. Seinen Hund hatte er diesmal nicht dabei, vielleicht kam er von einem amtlichen Termin.

Marina wandte sich an Julia. »Darf ich vorstellen? Das ist Axel Wellensiek, unser geschätzter Bürgermeister.« Und zu ihm sagte sie: »Dir entgeht aber auch nicht, wenn's irgendwo um Kuchen geht, oder?«

Er zuckte lächelnd mit den Schultern, dann reichte er Julia die Hand und antwortete: »Wir sind uns bereits über den Weg gelaufen, hatten aber leider nicht die Gelegenheit, uns vorzustellen.«

Julia amüsierte sich nicht halb so gut wie er. *Nicht die Gelegenheit*, dass sie nicht lachte. Sie hatte nicht eingesehen, einem Wildfremden ihren Namen zu nennen. Und er selbst hatte es ja auch nicht für nötig gehalten, sich vorzustellen. Sie ließ sich ihren Ärger aber nicht anmerken, daher ergriff sie die dargebotene Hand. »Julia Lessing, freut mich.«

»Tatsächlich?«, fragte er nach, und Julia wurde etwas nervös unter dem Blick aus seinen sanften braunen Augen, neben denen sich deutliche Lachfältchen zeigten. Machte er sich etwa über sie lustig?

Greta war aufgestanden, um den Kuchen und einen Teller für den Bürgermeister zu holen. Jetzt setzte sie sich wieder, verkündete Selbstbedienung und plauderte munter drauflos. »Weißt du, Axel, unsere Freundin Julia, die schon seit langer Zeit regelmäßig auf die Insel kommt, hat sich entschieden, ganz hierher überzusiedeln. Von Hamburg. Da ist sie eine erfolgreiche Galeristin. Aber jetzt zieht es sie auf unsere schöne Insel. Sie will das Haus kaufen, in dem sich dieser Tabakladen befindet. Julia, wie heißt der Laden noch mal? Na, ist ja auch egal. Axel, du weißt bestimmt, welches Haus ich meine. Julia, du wolltest doch erzählen, wie dein Termin dort heute Nachmittag gelaufen ist.«

Julia staunte wieder mal darüber, dass Greta scheinbar redete, ohne zu atmen. Gleichzeitig ärgerte sie sich ein bisschen über die Freundin, denn sie hatte absolut keine Lust, das Thema in Anwesenheit dieses hinterlistigen Bürgermeisters zu besprechen. Aber anlügen konnte und wollte sie Greta und Marina nicht.

»Nicht besonders gut. Ehrlich gesagt hat Herr Vollmer mich nicht mal beim Guten Tag ausreden lassen. Er hat mir stattdessen deutlich zu verstehen gegeben, dass ich als Käufer für ihn nicht infrage komme. Aber jetzt würde ich gerne wissen, wie die Zubereitung dieser leckeren Krabbenpfanne funktioniert.« Julia interessierte sich zwar nicht sonderlich für Rezepte, hoffte aber, dass Greta auf den beabsichtigten Themenwechsel einging. Leider klappte es nicht.

»Später gerne mal, aber jetzt erzähl uns lieber, warum dieser Kerl nicht an dich verkaufen will.«

Julia zog die Schultern hoch. »Er hat es nicht begründet. Ein Interessent, der Sportwetten anbieten will, sagt ihm als Käufer mehr zu. Warum auch immer.«

»Sportwetten, dass ich nicht lache«, ereiferte sich Greta, »als ob wir so was an der Promenade bräuchten.«

»Das passt doch gar nicht zu Föhr«, meinte auch Marina. »Der Erholung im Urlaub dient das bestimmt nicht. Dazu würde der Besuch deiner Galerie, vielleicht auch einer Ausstellungseröffnung, schon eher beitragen.«

»Ich weiß, aber was soll ich machen? Am meisten ärgert es mich, dass ich nicht ruhig und sachlich geblieben bin, sondern mich aus lauter Enttäuschung in Rage geredet habe. Dabei wird uns Frauen nun wirklich schon oft genug mangelnde Sachlichkeit vorgeworfen, nur weil denken und fühlen für uns keinen Widerspruch darstellt. Ach, vielleicht finde ich ein anderes geeignetes Objekt auf der Insel. Und wenn nicht, ist das möglicherweise ein Wink des Schicksals, dass ich in Harvestehude bleiben soll.«

Marina sah Julia erstaunt an. »Du willst doch nicht etwa schon aufgeben? Der Vollmer'sche Laden ist perfekt für die Galerie, hast du gesagt. Und dann noch mit der Wohnung gleich mit im Haus. Da lohnt es sich doch wohl, ein bisschen mehr zu kämpfen. Meinst du, ich musste nicht über ziemlich viele Hürden springen, um das Flensenhaus zu dem zu machen, was es heute ist?«

»Doch klar«, gab Julia zu, »aber ich sehe keinen Ansatzpunkt. Er hat mir klipp und klar gesagt, dass er sein Haus auf keinen Fall an mich verkaufen wird.«

Axel Wellensiek, der dem Gespräch der Frauen schweigend zugehört und sich mit Hingabe dem Marmorkuchen gewidmet hatte, lehnte sich jetzt entspannt zurück, lockerte seine Krawatte und öffnete den obersten Knopf seines Hemdes. Dann fragte er Julia: »Erlauben Sie, dass ich versuche, Herrn Vollmer umzustimmen?«

Bevor Julia etwas sagen konnte, antwortete Greta: »Ja, Axel, mach das. Unbedingt. Auf dich hört er bestimmt.«

Julia war nicht begeistert von der Idee, dass der Bürgermeister für sie in die Bresche sprang, nachdem sie bei ihrem ersten Aufeinandertreffen keine besonders gute Figur abgegeben hatte. Das hatte ihr gerade noch gefehlt, dass ausgerechnet dieser Typ, der zwar zweifellos attraktiv war, sie aber die ganze Zeit frech angrinste, sich zu ihrem Retter aufspielte. Sie war es gewohnt, ihre Angelegenheiten allein zu regeln, privat und beruflich. Andererseits hatte Oskar Vollmer sich nicht so angehört, als könnte ihn überhaupt irgendwer oder irgendwas von seinem Entschluss abbringen. Außerdem war Julia nicht klar, wie sie das kommunalpolitische Hilfsangebot ablehnen könnte, ohne wie ein zickiges Kampfweib dazustehen. Sie begnügte sich daher mit einer schnippischen Antwort. »Tun Sie, was Sie nicht lassen können. Aber nützen wird es wohl nichts.«

»Abwarten«, meinte Axel Wellensiek und belohnte sich selbst mit einem weiteren Stück Kuchen.

Kapitel 22

Noch eine halbe Stunde unterhielt die Runde sich über die neuesten Inselereignisse, und Julia gab sich alle Mühe, möglichst unbeteiligt zu wirken, als der Leichenfund beim Golfplatz thematisiert wurde. Dann sagte Wellensiek mit einem Blick auf seine teuer aussehende Armbanduhr, dass es Zeit für ihn würde. Zum Abschied hob er die Hand zum Gruß und versprach: »Sobald ich mit Oskar Vollmer gesprochen habe, melde ich mich bei Ihnen.« Dann war er verschwunden.

Nachdem die drei Frauen gemeinsam die Küche aufgeräumt hatten, verabschiedete sich Marina. Greta verkündete, dass sie müde sei und ins Bett wolle. Julia lagen neben dem unerfreulichen Termin mit Oskar Vollmer jetzt auch noch die Krabbenpfanne und die Begegnung mit Bürgermeister Wellensiek schwer im Magen, und sie sehnte sich nach frischer Luft und etwas Bewegung. Sie zog sich bequeme Sneakers und ihre Jacke an, verließ die Pension und marschierte schnellen Schrittes Richtung Ortskern.

Wie ferngesteuert lenkte sie ihren Weg zum Friesendom und zum Friedhof. Sie hielt sich gerne auf Friedhöfen auf. Nirgendwo sonst fühlte man sich gleichzeitig so lebendig und so sterblich, nirgendwo sonst wurde einem die Endlichkeit des eigenen Daseins so klar. Kummer und Sorgen verloren an Kraft, man erhielt einen anderen Blickwinkel und kam dadurch manchmal der Lösung eines Problems näher. Außerdem hatten Friedhöfe und insbesondere die sprechenden Grabsteine beim Friesendom eine beruhigende Wirkung auf Julia, die sich auch heute nach wenigen Minuten einstellte und ihr das Gefühl gab, wieder freier atmen zu können. Sie würde trotz der Ablehnung von Oskar Vollmer hier auf Föhr ihre Galerie eröffnen und neu anfangen. Es gab immer eine Lösung, auch wenn man sie manchmal nicht sofort sah. Sie würde nicht aufgeben und sich nicht unterkriegen lassen. Es lag hoffentlich eine Menge ungelebtes Leben vor ihr und sie wollte nichts davon vergeuden. Wenigstens war das Drama um Valentin heute weit in den Hintergrund getreten und Julia hoffte, dass es dort blieb.

Als sie wenig später die Haustür der Pension aufschloss, fand sie einen mit Tesafilm befestigten Briefumschlag an der Türklinke. Der war bei ihrem Aufbruch definitiv nicht da gewesen. Jemand musste ihn dort während ihres Spaziergangs platziert haben. Sie sah sich nach allen Seiten um, entdeckte aber niemanden. Beschriftet war der Umschlag nicht, aber Julia ahnte, dass der Brief für sie bestimmt war. Mit einem Ruck riss sie ihn ab, betrat das Haus und schlich die Treppe hinauf in ihr Zimmer. Sie legte das Kuvert aufs Bett, schlüpfte aus Jacke und Schuhen, wusch sich im Bad die Hände und hatte immer den Brief im Blick. Welches Gemälde hatte der Unbekannte diesmal ausgesucht? Denn dass es sich um denselben Absender handelte wie bei den anderen, daran bestand für Julia kein Zweifel.

Entschlossen griff sie nach dem Umschlag, riss ihn auf und entnahm ihm wie erwartet eine weitere Postkarte mit einem Kunstdruck. Diesmal war es eines der berühmtesten Bilder der Welt, *Das Abendmahl* von Leonardo da Vinci. Das bekannte Kunstwerk, das oft auch *Das letzte Abendmahl* genannt wurde und als Höhepunkt von da Vincis malerischem Schaffen galt, zeigte Jesus inmitten seiner Apostel am Vorabend seiner Kreuzigung. Beim genaueren Hinsehen entdeckte Julia, dass über dem Kopf von Jesus mit schwarzem Filzstift ihr Name notiert war. Über den Köpfen von zwei Personen auf der rechten Bildseite waren die Worte *Greta* und *Marina* eingetragen, über einem Mann links stand der Name *Axel.*

Julias Hand zitterte. Bewegungslos stand sie da und starrte die Karte an, die gleich mehrere Botschaften für sie enthielt. Erstens machte der anonyme Absender ihr klar, dass er von dem gemeinsamen Abendessen heute Kenntnis hatte, an dem außer Greta und ihr auch Marina und Bürgermeister Axel Wellensiek teilgenommen hatten. Zweitens könnte der Eintrag von Julias Namen über dem Kopf von Jesus verdeutlichen, dass sie ebenso wie er verraten werden würde. Julia kannte das Gemälde gut und wusste genau, bei welcher der gezeigten Personen es sich um den Verräter Judas handelte, und über seinem Kopf stand keiner der eingetragenen Namen. Von Greta, Marina und Axel Wellensiek ging somit keine Gefahr aus. Das hatte Julia auch nicht vermutet. Wer also war ihr persönlicher Judas? Und wann und wie würde er sich zu erkennen geben? Julia ahnte, dass ihr eine weitere schlaflose Nacht bevorstand. Das perfide Spiel mit den Gemälden und den darin enthaltenen Botschaften wurde immer beängstigender.

Kapitel 23

In derselben Nacht fand auch Oskar Vollmer keine Ruhe. Zuerst hatte er sich im Bett hin- und hergewälzt, dann war er aufgestanden, hatte Milch erwärmt und in kleinen Schlucken getrunken. Früher hatte das immer gewirkt. Heute nicht. Seit einer gefühlten Ewigkeit wanderte er durch das Haus, in dem er sein ganzes bisheriges Leben verbracht hatte. Und man musste kein Prophet sein, um vorherzusagen, dass wesentlich weniger Leben vor als hinter ihm lag.

In seinen ausgelatschten Pantoffeln und dem an vielen Stellen schon fadenscheinigen Bademantel schlurfte er durch die Räume, in denen unzählige Erinnerungen wohnten. Die Küche war bis auf neue und moderne Elektrogeräte unverändert. In Gedanken sah er dort noch immer seine Mutter, die so gerne gekocht und gebacken hatte. Wenn er aus der Schule gekommen war , hatte sie ihm manchmal die Schüssel mit einem Rest vom Kuchenteig zum Ausschlecken hingehalten. Im Wohnzimmer musste er nur die Augen schließen, um das Bild mit der damaligen Einrichtung und seinem Vater in dessen Lieblingssessel heraufzubeschwören, der seine Pfeife rauchte und dabei Radio hörte. Und in seinem ehemaligen Kinderzimmer, das inzwischen sein Büro war, entdeckte er noch immer den Geruch seiner Kindheit. Diese Mischung aus selten gelüfteter Räuberhöhle und der salzigen Meeresbrise, die in seiner Kleidung hing, wenn er vom Spielen am Strand zurückkehrte.

Die verschiedenen Bilder aus seiner Kinderzeit tauchten wie ein durchscheinendes Wasserzeichen in seinen Erinnerungen auf. Er war ein Einzelkind, was in der damaligen Zeit eine Seltenheit war. Vielleicht war das der Grund für die enge Verbindung, die er stets zu seinen Eltern und seinem Zuhause gehabt hatte. Ein einziges Mal, wenige Monate nachdem Vater und Mutter kurz nacheinander gestorben waren, hatte es einen Menschen gegeben, mit dem er wieder eine solche enge Verbundenheit für möglich gehalten hätte. Aber dann ... Ach, er wollte nicht schon wieder daran denken. Wann würde diese alte Geschichte endlich aufhören, durch seine Gedanken zu wabern?

Er hatte es sich leichter vorgestellt, das Haus zu verkaufen und seine Zelte auf Föhr abzubrechen. Aber jetzt war es sogar sehr kompliziert. Sein Entschluss, die Immobilie an Theo Klausing aus Husum, den Interessenten mit den Wettbüro-Plänen, zu veräußern, stand keineswegs so felsenfest, wie er es Julia Lessing gegenüber behauptet hatte. Der Kerl, der seinen geliebten Laden zu einer Spielhölle umfunktionieren wollte, denn genau das war ein Wettbüro in Oskars Augen, war ihm vom ersten Gespräch an unsympathisch gewesen. Er war zusammen mit einem ebenfalls zwielichtig anmutenden Typen eines Tages bei ihm aufgetaucht, hatte das Geschäft mit abschätzendem Blick unter die Lupe genommen, hin und wieder eine Augenbraue hochgezogen, einmal sogar deutlich die Nase gerümpft. Oskar hatte er damit das Gefühl gegeben, es sei ein gnädiger Akt der Nächstenliebe, wenn er ihm das Objekt abkaufte.

In den Tagen danach hatte Klausing sich dann nicht mehr persönlich gemeldet, aber der andere Mann, der anscheinend für ihn arbeitete, hatte ihn ständig angerufen und bedrängt, dass er endlich eine Entscheidung zugunsten des Wettbüros treffen solle. Scheinbar konnten die beiden es gar nicht abwarten, sich das Haus mitsamt dem Ladenlokal unter den Nagel zu reißen. Der lästige Anrufer hatte sogar unterschwellige Drohungen ausgesprochen, aber davon hatte Oskar sich nicht einschüchtern lassen. Und Entgegen seinen Erwartungen hatten weder Klausing noch sein Lakai versucht, den angesetzten Preis herunterzuhandeln. Das galt allerdings auch für Julia Lessing. Sie war ebenfalls diskussionslos bereit, die geforderte Summe zu bezahlen.

Oskar ließ seine Finger über die Bleiverglasung an der Wohnzimmertür gleiten. Seine Mutter hatte es geliebt, wenn das Sonnenlicht vom Fenster gegenüber die kunstvoll gemalten Blumenranken zum Leuchten brachte. Er war sich sicher, dass Julia Lessing das Haus zu schätzen wüsste. Und dass sie den Laden mit Herz und Verstand betreiben würde, so wie er es in all den langen Jahrzehnten getan hatte. Und es war auch nicht so, dass sie ihm nicht sympathisch wäre, aber da war nun mal ihr Beruf.

Er wollte nicht zulassen, dass sein Geschäft zu einer Galerie wurde und dass in der Wohnung eine Künstlerin lebte, auch wenn sie selbst nur hobbymäßig malte, wie sie ihm erzählt hatte. Alles, nur das nicht. Die Gründe dafür kannten nur wenige, und verstanden wurde er von niemandem, aber das war ihm egal. Wenn er ihre E-Mails doch nur genauer gelesen hätte! Aber er war so fokussiert gewesen auf die Preisverhandlungen, dass er das mit der Galerie irgendwie übersehen hatte. Ansonsten hätte er den persönlichen Termin sofort abgesagt und sie abgewimmelt. Auf das unschöne Zusammentreffen heute im Laden hätte er gut und gerne verzichten können.

Inzwischen waren Oskars Füße so kalt, dass auch der Rest seines Körpers langsam auskühlte. Er trottete zurück in sein Schlafzimmer, stellte die leere Milchtasse auf den Nachtschrank und kroch unter die Decke. Vor seinem inneren Auge tauchten abwechselnd die Gesichter von Julia Lessing und dem Sportwetten-Typen auf. Keine Frage, die Hamburger Galeristin war ihm wesentlich sympathischer, aber er schaffte es nicht, über seinen Schatten zu springen. Als sich im ersten Halbschlaf ein drittes Gesicht in den Vordergrund schob, eines, das er lange nicht gesehen hatte und dennoch nie vergessen würde, schlief Oskar mit einem Lächeln auf den Lippen tief und fest ein.

Kapitel 24

Am frühen Donnerstagmorgen hörte Julia laute Stimmen, die vom oberen Flur aus in ihr Zimmer drangen. Sie erkannte Greta, die ihren Lüneburger Gästen einen Vortrag über Föhrs Sehenswürdigkeiten hielt und ihnen mehr Ausflugstipps zu geben schien, als sie in der verbleibenden Zeit ihres Aufenthaltes umsetzen konnten.

Soeben erzählte Greta begeistert vom Goting Kliff, dem einzigen Abschnitt der Insel mit einer Steilküste. Außerdem empfahl sie den Lüneburgern einen Ausflug zum Utersumer Strand, dem westlichsten Punkt von Föhr, von dem aus man eine freie Sicht auf die Nachbarinsel Sylt hatte. Von Utersum aus konnte man an geführten Wattwanderungen zum nördlichen Ausläufer von Amrum teilnehmen. Und dann die Trübergen, die Hügelgräber aus der Bronzezeit, die ebenfalls in Utersum zu besichtigen waren – ach, Greta liebte ihre Heimat über alles, und das hörte man aus jedem Wort. In Julia regte sich ein bisschen Neid. Wie angenehm es sein musste, wenn man seinen Platz auf der Welt gefunden hatte und durch nichts anzweifelte.

In der vergangenen Nacht hatte Julia erwartungsgemäß wieder nur wenig geschlafen. Vom Bett aus warf sie einen Blick durchs Fenster und sah, dass der Himmel genauso trüb war wie ihre Stimmung. Mit einem tiefen Seufzer zog sie sich die Decke über den Kopf, um sich noch ein bisschen vor dem neuen Tag zu verstecken.

Julia musste eingeschlafen sein, denn als sie die Augen wieder aufschlug, hatten sich die Wolken verzogen und die

Sonne stand hoch am Himmel und schien direkt in ihr Zimmer. Vom Display ihres Smartphones las sie ab, dass es halb elf war. Nach einer halben Stunde betrat sie geduscht und angezogen die Küche.

»Guten Morgen, du Schlafmütze«, wurde sie von Greta begrüßt, »war das nicht ein gemütlicher Abend gestern? Und ist unser Bürgermeister nicht ein fescher Kerl? Was möchtest du frühstücken?«

»Nichts, nur Kaffee bitte«, antwortete Julia und setzte sich auf den Stuhl, den am Abend der besagte Bürgermeister besetzt hatte. Greta stellte eine Tasse vor Julia und schenkte ihr ein. Julias Gedanken wanderten zum gestrigen Tag und ihre Stirn legte sich dabei wütend in Falten. Zuerst hatte Oskar Vollmer ihr zu verstehen gegeben, dass er sein Haus nicht an sie verkaufte. Und zwar ohne plausible Begründung und entgegen allen vorherigen Absprachen. Danach hatte sie wieder eine Karte mit subtiler Botschaft erhalten. Und dann war auch noch dieser Typ, der sie in Vollmers Laden so dreist angesprochen hatte, aufgetaucht und hatte sich als Bürgermeister entpuppt. Als wäre das alles nicht schlimm genug, hatte sie nachts eine weitere Karte erhalten, die unheimlichste von allen. Ätzend, wie viele schreckliche Dinge an einem einzigen Tag passieren konnten.

Aber Julia wollte nicht herumsitzen und darauf warten, was als Nächstes geschah. Sie hatte Probleme, also brauchte sie Lösungen. Problem Nummer eins waren die Karten und deren Absender. Was wollte er mit seinem Wissen anfangen? Über eine üble Nachrede konnte es ja nicht hinausgehen, und da Julia keine Chance hatte, aktiv etwas in dieser Angelegenheit zu unternehmen, beschloss sie, so wenig wie möglich über die Karten und die Botschaften nachzudenken und sich vor allem nicht ängstlich zu zeigen oder sich zu verstecken. Falls der unbekannte Absender sie beobachtete, sollte er sehen, dass sie sich von seinem boshaften Zeitvertreib nicht einschüchtern ließ.

Problem Nummer zwei war der geplatzte Deal mit dem Hauskauf. Julia glaubte nicht daran, dass Oskar Vollmer seine Meinung zu ihren Gunsten änderte. Auch nicht dadurch, dass der Bürgermeister ihn ins Gebet nahm, was sicher nett gemeint war, aber was gingen den Mann ihre Pläne überhaupt an? Wie auch immer, es hatte keinen Sinn, sich in der Enttäuschung über Vollmers Rückzieher zu verlieren. Sie sollte lieber möglichst schnell nach einem anderen geeigneten Objekt auf der Insel suchen. Obwohl sie befürchtete, dass sie keines finden würde, dessen Größe und Lage so perfekt war.

»Hörst du mir überhaupt zu?«

Erschrocken hob Julia den Kopf und sah in das fragende Gesicht von Greta. »Oh, sorry. Was hast du gesagt?«

»Herrje, du warst aber ganz weit weg, oder? Ich habe dir gerade erzählt, dass es in Hamburg einen Mord gegeben hat. Sagt dir der Name Dominik von Bahlstedt was?«

Julia sah aus dem Küchenfenster und überlegte. »Es gibt in Blankenese eine Bankiersfamilie mit dem Namen. Mord, sagst du?«

»Ja, ist das nicht schrecklich? Der Junior von dieser reichen Familie wurde umgebracht.« Greta nahm ihr Smartphone aus der Schürzentasche, tippte wild darauf herum und hielt Julia dann das Display unter die Nase. Auf der Startseite der Hamburger Morgenpost stand in großen schwarzen Lettern: *Bankierssohn in Hamburg erstochen, Täterin geständig.*

Julia nahm Greta das Handy ab und wischte nach oben, um den ganzen Artikel zu lesen. Demnach war Dominik von Bahlstedt, Sohn und Erbe der Privatbank von Bahlstedt am späten Dienstagabend am Ufer der Außenalster tot aufgefunden worden. Als Todesursache wurde ein Stich ins Herz angegeben. Die Tatwaffe war ein Tranchiermesser. Eine junge Frau, die sich am Tatort aufhielt, wurde routinemäßig von der Polizei befragt. Bei der Befragung war sie auffallend nervös und weigerte sich zunächst, den Beamten ihre Handtasche auszuhändigen. Später wurde darin das Messer gefunden, woraufhin die Frau den Mord an Dominik von Bahlstedt zugab. Was Julia aber am meisten schockierte, war das Foto von der Täterin. Sie las die kurze Bildunterschrift, obwohl sie keine Bestätigung dessen, was sie sah, gebraucht hätte. *Franziska P. gestand den Beamten, Dominik von Bahlstedt ermordet zu haben. Zu ihrem Motiv für die Tat ist bisher nichts bekannt.*

Kapitel 25

»Du kanntest ihn, oder?«, fragte Greta. »Du bist weiß wie die Wand.«

Julia überlegte, ob sie Greta die Wahrheit sagen sollte. Sie hätte gerne zuerst allein ihre Gedanken sortiert, konnte jetzt aber nicht einfach aufstehen und gehen. Ein solches Verhalten verdiente Greta nicht. Franzi hatte einen Menschen ermordet. Woher kannte sie Dominik von Bahlstedt überhaupt? Julia selbst war ihm mal bei einer Vernissage in ihrer Galerie vorgestellt worden, aber da war Franzi nicht dabei gewesen. Und jetzt hatte sie ihn umgebracht. Julia verstand die Welt nicht mehr. Es passierte eine Katastrophe nach der anderen und alles geriet immer mehr aus den Fugen. Sie sah Greta an, die sie mit besorgtem Blick musterte, und beschloss, ihr wenigstens jetzt die Wahrheit zu sagen. Sie hatte in den letzten Tagen schon genug Geheimnisse angehäuft.

»Nein, ihn kannte ich nicht näher. Aber ich kenne seine Mörderin.«

»Was sagst du da?« Greta ließ sich auf den Stuhl neben Julia fallen und legte ihr die Hand auf den Arm. Das war so typisch für Greta. Sie erfuhr etwas Schockierendes, aber sie distanzierte sich nicht, wie es die meisten Menschen instinktiv täten. Nein, Greta rückte näher heran.

»Ja, die Frau auf dem Foto, die den Mord gestanden hat. Franziska Pohlmann. Sie arbeitet bei mir in der Galerie.«

»Ach herrje! Und da denkt man immer, man würde die Leute kennen, mit denen man es täglich zu tun hat. Aber da sieht man es wieder, man guckt den Menschen nur *vor* den Kopf.«

»Das stimmt. Was ist bloß in sie gefahren?« Julia schüttelte den Kopf. Sie konnte das alles trotz des detaillierten Berichts und des Fotos kaum glauben.

»Jetzt musst du bestimmt sofort zurück nach Hamburg, oder?«

»Nein. Ich habe noch eine Aushilfe. Ich frage sie, ob sie spontan einspringen kann. Und dann setze ich mich mit der Polizei oder der Staatsanwaltschaft in Verbindung. Ich muss mit Franziska sprechen, aber dafür brauche ich bestimmt eine

Erlaubnis oder so was. Ich muss wenigstens versuchen, mir die Geschichte von ihr selbst erklären zu lassen.«

Am Nachmittag suchte Julia einen Makler auf, erfuhr aber, dass momentan leider kein passendes Objekt für ihre Galerie angeboten wurde. Der Makler versprach, sich auf die Suche zu machen und sich sofort bei Julia zu melden, wenn er etwas Passendes gefunden hatte. Nachdem sie ihre Aushilfe informiert und einen Besuchsantrag fürs Gefängnis gestellt hatte, saß sie mit Greta im Aufenthaltsraum für die Gäste, wo sie gemeinsam Gretas verhedderte Wollknäuel sortierten. Julia machten Handarbeiten jeglicher Art zwar überhaupt keinen Spaß, aber sie hatte sich von Greta zum Helfen überreden lassen, weil sie nichts Besseres vorhatte und nicht wieder den ganzen Tag lang allein und mit finsteren Gedanken verbringen wollte. Allerdings war sie still und nachdenklich. Auch Greta arbeitete überwiegend schweigend vor sich hin. Gegen halb sechs waren sie fertig und Greta schlug vor, ins Flensenhaus zu gehen und zu fragen, ob Marina noch Hilfe bei den Geburtstagsvorbereitungen brauchte.

»Okay«, stimmte Julia zu, »aber lass uns Marina nichts von der Sache mit Franzi erzählen. Ich muss das alles erst für mich sortieren und möchte heute einfach nicht mehr darüber sprechen.«

Greta nickte und gemeinsam machten die beiden Frauen sich auf den Weg zum Flensenhaus. Dort erwartete sie reges Treiben. Gottlieb harkte mit Hingabe die ohnehin schon perfekt aussehenden Beete im Vorgarten. Johanna war zwar nicht zu sehen, aber das nicht zu überhörende Geklapper, das durch das geöffnete Küchenfenster drang, bewies ihre Anwesenheit und Geschäftigkeit. Marina bog mit einer Stehleiter unter dem Arm um die Ecke.

»Hallo! Schön, dass ihr da seid. Ich habe noch schnell die hinteren Fenster geputzt, damit für die Party morgen alles perfekt ist. Schön, dass ihr gekommen seid, da kann ich Julia mit Fenna bekanntmachen.«

Eine kleine, zierliche Frau in gebückter Haltung näherte sich der Gruppe, und Julia erkannte in ihr sofort die Betende, die sie zu Beginn der Woche im Friesendom gesehen hatte.

»Fenna, das ist Julia Lessing, eine gute Freundin aus Hamburg. Julia, das ist Fenna, unsere neue Mitbewohnerin und der Grund für unsere morgige Feier.«

»Freut mich sehr«, sagte Julia und streckte der alten Frau ihre Hand entgegen. Fenna antwortete nichts, erwiderte aber den Händedruck und lächelte. Gesicht und Hände sahen aus, als hätte sie in ihrem Leben jede Menge Zeit an der frischen Luft verbracht. Obwohl tiefe Falten ihre Haut durchzogen, wirkte sie trotz des strengen, altmodischen Dutts, zu dem sie ihre grauen Haare frisiert hatte, jünger, als sie war. Greta und Marina waren inzwischen ins Haus gegangen, aber Julia wollte nicht unhöflich sein und Fenna stehen lassen.

»Freuen Sie sich auf Ihre Geburtstagsfeier morgen?«

»Ja, schon«, antworte Fenna zögernd, »aber der ganze Aufwand ist mir auch unangenehm. Ich bin es nicht gewohnt, so im Mittelpunkt zu stehen.«

»Genießen Sie es einfach. Der achtzigste ist schließlich ein besonderer Geburtstag. Haben Sie sich denn hier im Flensenhaus schon gut eingelebt?«

»Also, Nieblum ist wirklich sehr schön. Ich muss mich nur noch an das Nichtstun gewöhnen.«

Während ihrer Antwort war Fenna langsam durch den Garten geschlendert bis zur Rückseite des Hauses. Julia war mitgegangen, um die Unterhaltung nicht abrupt abzubrechen.

»Wollen wir uns setzen?«, schlug Fenna vor und zeigte auf zwei Klappstühle. Ohne eine Antwort abzuwarten, nahm sie Platz und wies einladend neben sich. Julia setzte sich neben sie. »Kommt denn morgen zur Feier auch jemand von Ihrer Familie?« Sie bereute ihre Frage sofort, als Fennas Gesichtszüge sich verhärteten. »Nein, es gibt niemanden mehr. Mein zweiter Mann ist letztes Jahr kurz nach dem Bikebrennen gestorben. Die Rottgänse hatten es angekündigt.«

Julia runzelte die Stirn. Sie hatte vom Brauch des Bikebrennens gehört. Jedes Jahr am einundzwanzigsten Februar, dem Vorabend des Petritages, wurden in den Dörfern und auf den Höfen große Feuer angezündet, an denen sich die Leute zum traditionellen Grünkohlessen trafen. Das Bikebrennen war ursprünglich ein heidnischer Brauch und die Insulaner waren vor langer Zeit zum Christentum bekehrt worden, doch sie hatten an der Tradition festgehalten. Aber was hatte das alles mit Rottgänsen zu tun?

Fenna warf Julia einen Seitenblick zu und erklärte ungefragt: »Wenn Rottgänse ums Feuer fliegen, geschieht auf dem Hof ein Unglück. Die Rottgänse sind nämlich die Geister von ertrunkenen Friesen, die um ihr versunkenes Land weinen.«

»An so etwas glauben Sie?«

»Ja«, antwortete Fenna Askens mit einer Stimme, die keinen Widerspruch und kein weiteres Nachfragen duldete.

Beide schwiegen einen Moment. Dann begann Fenna, vor sich hin zu murmeln. Dabei gestikulierte sie mit den Händen, als ob sie einem imaginären Gegenüber etwas verdeutlichen wollte. Julia begriff, dass Marina wahrscheinlich genau dieses Verhalten gemeint hatte, als sie Fenna als seltsam und manchmal auch gruselig beschrieben hatte. Die alte Frau schien ganz und gar in ihr Gemurmel versunken zu sein, und Julia überlegte, wie sie die Unterhaltung wieder aufnehmen und auf ungefährlicheres Terrain lenken konnte. Sie hätte gerne mehr über Marinas neue Mitbewohnerin erfahren, hatte aber gleichzeitig keine Lust auf weitere Beispiele für Fennas Verwirrtheit und ihren Aberglauben. In diesem Augenblick ertönte von drinnen Gretas Stimme. »Hey, ihr zwei, kommt mal rein und seht euch an, wie toll alles aussieht.«

Fenna sah Julia an und lächelte. »Jetzt bin ich ja doch gespannt.«

Von der Außentreppe aus traten Fenna und Julia direkt in den größten Raum des gesamten Hauses, den Marina Salon nannte und der als gemeinsames Wohnzimmer oder Aufenthaltsraum genutzt wurde. Und manchmal als Esszimmer für besondere Gelegenheiten. Gottlieb trat nach ihnen ebenfalls ein und sogar Johanna ließ in der Küche für einen Moment alles stehen und liegen und gesellte sich zu den anderen. In der Mitte des Raumes stand ein großer rustikaler Holztisch mit acht Stühlen. Auf dem Tisch lag eine blütenweiße Damastdecke, über die sich ein seidenes Band in Lindgrün zog. Die kunstvoll gefalteten Servietten hatten dieselbe Farbe. Ein fünfarmiger silberner Kerzenleuchter thronte mitten auf dem Tisch, darin steckten ebenfalls lindgrüne Tafelkerzen. Die Stuhllehnen zierten üppige grüne Seidenschleifen, in die Buchsbaumzweige eingebunden waren. Alles sah geschmackvoll und feierlich aus. Fenna stand da mit großen Augen und sah aus wie ein Kind am Weihnachtsabend.

»Und der leere Tisch da an der Wand, der ist für deine Geschenke«, verkündete Marina.

Fenna lachte und winkte ab. »Ach was, Geschenke. Eine alte Schachtel wie ich braucht doch nichts mehr. Herrje, was ihr euch meinetwegen für eine Mühe macht.«

»Na, immerhin wirst du achtzig.«

»Aber das ist nicht mein Verdienst. Das ist einfach so passiert.«

»Freust du dich denn?«, wollte Marina wissen.

»Ja, das tue ich.«

»Siehst du, dann hat sich der ganze Aufwand jetzt schon gelohnt.« Marina umarmte Fenna. Sie hatte zu allen Bewohnern ihrer Senioren-WG ein herzliches Verhältnis, auch Fenna bildete da keine Ausnahme, auch wenn Marina das Verhalten ihres neuen Schützlings oft seltsam und schwer nachvollziehbar fand. Vielleicht wurde ja alles besser, wenn Fenna sich erst richig eingelebt hatte. Ein paar Minuten lang unterhielten sich alle, dann wünschte Fenna eine gute Nacht und ging langsam die Treppe hinauf zu ihrem Zimmer.

Die drei Freundinnen umarmten sich zum Abschied, dann machten sich Greta und Julia endlich auf den Heimweg.

Als sie an ihrem am Straßenrand geparkten Auto vorbeikamen, sah Julia, dass etwas hinter dem Scheibenwischer steckte. Hatte sie jetzt etwa im beschaulichen Nieblum ein Knöllchen kassiert? Aber dann erkannte sie, dass es ein Briefumschlag war. Sie ließ sich Greta gegenüber nichts anmerken und betrat mit ihr das Haus. Erst als Greta sich in ihr Schlafzimmer zurückgezogen hatte, lief Julia erneut nach draußen. Sie setzte sich mit dem Brief in ihr Auto und öffnete ihn. Zum Vorschein kam eine weitere Karte mit einem Kunstmotiv. Diesmal handelte es sich um Monets *Seerosenteich*, ein Gemälde, das Julia bisher immer gemocht hatte. Heute aber rief es Angst in ihr hervor, denn dieses Mal gab es eine Unterschrift auf der Rückseite, und zwar ein großes geschwungenes *V*.

In diesem Augenblick ahnte Julia, von wem die Briefe kamen. Der Absender konnte nur Oskar Vollmer sein. V wie Vollmer. Er war der Einzige, der ausdrücklich gegen ihre Idee mit der Galerie an der Promenade war. Und er war der Einzige, der wusste, dass Kunst sowohl beruflich als auch privat ihr Lebensinhalt war. Außer ihm hatten davon nur Greta und die Bewohner des Flensenhauses Kenntnis gehabt, aber die schickten ihr keine anonymen Karten. Und Valentin, aber der schickte an niemanden mehr etwas. Blieb nur Oskar Vollmer. Anscheinend hatte er sich am Sonntagmorgen bei Valentins Haus herumgetrieben. Aus welchem Grund auch immer und hatte sie bei ihrer *Flucht* beobachtet. Wollte er dieses Wissen nutzen, um sie von der Insel zu vertreiben? Weil es ihm nicht reichte, ihre Pläne zu durchkreuzen, indem er ihr sein Haus nicht verkaufte? Aber was hatte sie ihm getan? Woher käme eine solch tiefe Abneigung?

Kapitel 26

Am frühen Freitagmorgen hatte Julia einen Entschluss gefasst. Sie würde Oskar Vollmer einen erneuten Besuch abstatten und ihn wegen der Briefe zur Rede stellen. Ihr anfänglicher

Verdacht, dass es sich bei dem anonymen Absender um ihn handelte, war über Nacht in ihrem Kopf mehr und mehr zur Gewissheit geworden.

Es war kurz nach neun, als sie sich auf den Weg zu Vollmers Laden machte. Um elf Uhr wurden sie zu Fennas Geburtstagsfeier erwartet. Julia hatte für Greta eine Notiz hinterlassen und versprochen, rechtzeitig zurück zu sein, um mit ihr zusammen zum Flensenhaus zu laufen. Wie lange konnte es schon dauern, diesem engstirnigen und hinterlistigen alten Mann die Meinung zu sagen?

Julia parkte den Porsche auf dem Parkplatz am Hafen und ging zu Fuß den Sandwall entlang bis zu Vollmers Laden. Es versprach ein warmer Tag zu werden, die Sonne schien von einem strahlend blauen Himmel. Nur Julia rollte wie eine düstere Gewitterwolke auf den kleinen Tabakladen zu. Vollmer öffnete zwar offiziell erst um halb zehn, aber die Tür stand trotzdem schon sperrangelweit offen. Vermutlich zum Lüften.

Julia betrat den Laden. Nach dem hellen Sonnenlicht draußen mussten ihre Augen sich erst an das schummrige Licht im Innenraum gewöhnen. Sie blinzelte ein paar Mal, denn sie hörte Oskar Vollmer reden, erblickte ihn aber nirgends. Dann entdeckte sie ihn doch. Er saß auf einem Hocker hinter dem Tresen und wurde beinahe von der fast schon nostalgisch anmutenden Registrierkasse verdeckt. Julia wollte ihn ansprechen, erkannte aber rechtzeitig, dass er telefonierte.

»Gar nichts habe ich versprochen. Ich habe mich noch nicht endgültig entschieden. Warum lassen mich nicht einfach mal alle in Ruhe?« In Vollmers Stimme lagen Ablehnung und Trotz. Genauso hatte er bei Julias Gespräch mit ihm geklungen. »Ich entscheide ganz allein, an wen ich verkaufe. Da lass ich mir nicht reinreden.«

Telefonierte er mit Bürgermeister Wellensiek? Er hatte ja versprochen, Vollmer wegen seiner Absage an Julia noch einmal auf den Zahn zu fühlen.

»Also das ist doch ... Sagen Sie mal ... Wollen Sie mir etwa drohen?« Jetzt schwang unterschwellige Angst in Vollmers Stimme mit. Also war bestimmt nicht Axel Wellensiek am anderen Ende der Leitung, der würde doch nie zu solch drastischen Mitteln greifen.

»Was wollen Sie denn schon wieder hier?«, bellte Vollmer in diesem Moment in Julias Richtung. Sie hatte gar nicht mitgekriegt, dass er aufgelegt hatte. Jetzt erhob er sich von seinem Hocker und kam auf sie zu. »Falls es um den geplatzten Hauskauf geht, hätten Sie sich den Weg sparen können. Und falls Sie Zigaretten brauchen, kommen Sie später wieder. Hab noch gar nicht geöffnet. Ich lass nur frische Luft rein. Konnte ja nicht wissen, was noch alles mit reingeweht wird.«

Oskar Vollmer hatte unverkennbar unterirdisch miese Laune. Julia aber auch.

»Da ich nicht rauche, brauche ich keine Zigaretten.«

»Also geht's um mein Haus. Dazu habe ich Ihnen nichts mehr zu sagen. Warum sind Sie nicht so klug, endlich Ruhe zu geben?«

»Das kann ich Ihnen sagen«, sagte Julia. »Weil ich nichts halte von dem Spruch *Der Klügere gibt nach.* Denn das würde bedeuten, dass immer der Dümmere die Entscheidungen trifft, was keine gute Idee ist, oder? Und zu dem Hauskauf müssen Sie gar nichts sagen, sondern nur zuhören. Ich habe keine Ahnung, warum Sie Ihre mündliche Zusage zurückgezogen haben und mir das Objekt doch nicht mehr verkaufen möchten. Ich werde es wohl auch nie erfahren, weil Sie es ja nicht für nötig halten, es mir zu erklären. Was übrigens nicht nur unfair, sondern höchst unprofessionell ist. Dass Sie aber versuchen, mich komplett von der Insel zu vertreiben, das lasse ich mir nicht gefallen. Was soll dieser Mist mit den Briefen? Warum schicken Sie mir diese Karten mit den kryptischen Botschaften? Haben Sie mir was zu sagen? Dann tun Sie's doch.«

Oskar Vollmer fiel ihr ins Wort. »Jetzt drücken Sie mal auf Pause. Ich versteh nur Bahnhof. Was für Briefe? Was für Karten?«

»Oh bitte, stellen Sie sich nicht dumm. Sie glauben, Sie hätten mich in der Hand, aber das stimmt ganz und gar nicht.«

»Ich weiß nicht, wovon Sie reden.« In Vollmers Gesicht war deutlich zu lesen, dass er die Wahrheit sagte.

Julia reckte ihr Kinn etwas höher, um zu verbergen, dass sie inzwischen nervös wurde. »Ich rede von der Karte mit dem Bild der *Mona Lisa* von Michelangelo.«

»Warum sollte ich Ihnen eine Karte schicken? Ich weiß nicht mal, wo Sie hier auf der Insel wohnen. Und dass ich mit diesem ganzen Kunstkram nichts zu tun haben will, habe ich doch wohl auch deutlich gesagt. Was wollen Sie eigentlich?«

Das fragte sich Julia inzwischen selbst. Da ihr nichts einfiel, um die Situation zu entschärfen, drehte sie sich wortlos um und verließ den Laden. Den verständnislosen Blick, mit dem Vollmer ihr nachsah, spürte sie beinahe körperlich. Sie lief so schnell sie konnte zum Parkplatz, ließ sich in ihr Auto fallen und schlug die Hände vors Gesicht. Was war nur in sie gefahren? Sie war sich ihres Verdachtes zu sicher gewesen, aber

Vollmer hatte nicht gewusst, wovon sie redete. Seine Irritation war auf keinen Fall gespielt. Und er hatte nicht die leiseste Ahnung von Kunst. Sie hatte behauptet, die *Mona Lisa* sei ein Werk von Michelangelo, dabei gehörte es zur Allgemeinbildung, dass Leonardo da Vinci das Bild gemalt hatte. Ein Kunstkenner hätte sie an dieser Stelle instinktiv und vermutlich zwanghaft korrigiert. Die Auswahl der Motive zu den jeweiligen Botschaften setzte einen gewissen Kunstverstand und etwas Hintergrundwissen voraus. Über beides schien Vollmer nicht zu verfügen. Nein, Oskar Vollmer war nicht der Absender der Briefe. Aber wer war es dann?

Kapitel 27

Greta erwartete Julia schon an der Haustür. »Wo warst du denn? Na, egal, jetzt bist du ja da. Ich habe die Krabbenpfanne in einen Topf umgefüllt, damit wir sie leichter transportieren können. Bei Marina muss das Ganze noch ein paar Minuten auf den Herd. Johanna weiß Bescheid und wartet sicher schon.«

Sie drückte Julia einen Henkel der Tasche, in der der große Topf steckte, in die Hand und zog die Tür hinter sich zu. Unterwegs redete Greta ununterbrochen von der bevorstehenden Feier. Julia war froh, von ihren Gedanken abgelenkt zu werden und kurz vor ihrer Ankunft im Flensenhaus so etwas wie Vorfreude auf die Geburtstagsfeier zu empfinden. Die Haustür stand offen, so dass sie sofort eintraten. Sie brachten den Topf zu Johanna in die Küche, wo es so köstlich duftete, dass Julia das Wasser im Mund zusammenlief.

»Können wir dir hier noch bei irgendwas helfen?«, fragte Greta.

Marina, die in diesem Augenblick die Küche betrat, schüttelte energisch den Kopf. »Auf keinen Fall, ihr seid schließlich unsere Gäste.« Und mit einem Augenzwinkern fügte sie hinzu: »Trotzdem danke für die Krabbenpfanne.«

Greta und Julia schlenderten hinüber in den Salon, wo schon leises Stimmengewirr zu hören war. Auf dem festlich gedeckten Tisch brannten die Kerzen. Das Sonnenlicht fiel durch die Fenster und die Terrassentür und tauchte alles in ein warmes goldenes Licht. Fenna saß am Kopfende des Tisches. Sie trug eine cremeweiße Bluse und sogar eine Perlenkette und sah ganz und gar nicht aus wie die Bäuerin, die sie ihr Leben lang gewesen war. Ihre Wangen waren vor Aufregung und Freude leicht gerötet und ihre Augen strahlten mit der Sonne um die Wette. Als Greta und Julia eintraten, stand Fenna auf, um ihre Glückwünsche entgegenzunehmen. Greta herzte die alte Frau, und auch Julia umarmte Fenna herzlich, obwohl sie sich kaum kannten.

Fenna wies auf den Tisch an der Wand und zeigte ihre Geschenke. Von Marina hatte sie eine kuschelweiche Wolldecke bekommen, von Gottlieb eine wunderschöne Vase, die er mit Blumen aus dem Garten gefüllt hatte. Daneben stand eine dicke Kerze mit Worten aus dem Psalm 23, die Pfarrer Petersen mitgebracht hatte. Julia kannte den Nieblumer Pastor zwar nicht, hatte aber ausschließlich Gutes von ihm gehört, da Greta eine fleißige Kirchgängerin war. Johannas Geschenk bestand darin, dass sie das Festmahl für den heutigen Tag gekocht und die Kuchen und Torten für den Nachmittag gebacken hatte. Greta und Julia schenkten Fenna zusammen einen Bildband über Föhr. Außerdem stand auf dem Tisch ein kleiner Präsentkorb, an dessen Henkel mit Draht eine silberne Achtzig befestigt und der bis zum Rand gefüllt war mit allerlei Leckereien. Den Korb hatte Bürgermeister Wellensiek mitgebracht, der in diesem Moment wieder von draußen durch die Terrassentür hereintrat. Er nickte Greta und Julia zur Begrüßung freundlich zu. Heute trug er graue Jeans, dazu wieder ein weißes Hemd und darüber ein schwarzes Sakko. Julia gestand sich ein, dass dieser Mann in jedem Outfit perfekt aussah. Geschmackvoll, gepflegt und stets dem Anlass entsprechend, aber dabei immer lässig und echt.

Als Marina wenige Minuten später hinter den Stuhl rechts von Johanna trat, verkündete sie, dass das Essen fertig sei und der Platz am Tischende gegenüber von Fenna bitte für Johanna freigehalten werden solle. Dann setzte sie sich und nickte allen auffordernd zu, es ihr gleichzutun. Gottlieb wählte den Platz an Fennas linker Seite und Pastor Petersen schloss sich gleich daneben an. Greta, die mit dem Pfarrer ins Gespräch vertieft war, ließ sich auf dem dritten und letzten Stuhl der Reihe nieder. Auf der anderen Seite direkt neben Marina nahm Bürgermeister Wellensiek Platz. Julia stand noch immer am Geschenketisch und beobachtete die Szene. Axel Wellensiek drehte sich zu ihr um, klopfte auf die Sitzfläche des freien Stuhls neben ihm und sagte einladend: »Wie wär's mit dem Platz an meiner grünen Seite?«

Julia rang sich ein Lächeln ab. Sie hatte keine andere Wahl, als sich neben den Bürgermeister zu setzen. Erstens wollte sie

Fennas Ehrentag nicht durch ein kindisches Benehmen stören, das keiner hätte nachvollziehen können. Und zweitens war nun mal kein anderer Platz mehr frei an der festlich gedeckten Tafel.

Begleitet von viel Lob und Anerkennung für das leckere Essen genoss die Geburtstagsgesellschaft Vorspeise, Hauptgang und auch ein köstliches Dessert. Fenna plauschte ungewohnt gesprächig mit Gottlieb, Greta redete mit Pastor Petersen passenderweise über Gott und die Welt, Marina und Johanna gaben den neuesten Inseltratsch zum Besten. Julia unterhielt sich zu ihrem eigenen Erstaunen angeregt mit Axel Wellensiek, der sich für alles, was sie betraf, brennend zu interessieren schien.

Als Marina und Johanna zum Schluss Kaffee und einen Verdauungsschnaps anboten, lehnte Julia dankend ab und erhob sich mit der Bemerkung, sich nach diesem üppigen Essen dringend im Garten ein bisschen die Beine vertreten zu wollen. Draußen sog sie tief die frische Luft ein und schlenderte an den Blumenbeeten entlang, die Gretas und Gottliebs ganzer Stolz waren. Hyazinthen, Krokusse, Narzissen und Primeln blühten um die Wette und boten eine bunte Pracht. Julia war froh darüber, endlich etwas Distanz zwischen sich und Axel Wellensiek zu bringen. Obwohl sie seine Gesellschaft beim Essen genossen hatte. Sie gestand sich ein, dass die tiefen Blicke, die er ihr hin und wieder zugeworfen hatte, sie durcheinandergebracht hatten. Was war bloß mit ihr los? Sie hatte ihn doch anfangs gar nicht gemocht. Warum fand sie ihn jetzt interessant? Und sogar ... anziehend?

»Julia, warten Sie! Ich komme mit«, hörte sie da wieder seine Stimme hinter sich. *Oh nein*, meinte ihr Kopf. *Oh ja*, widersprach ihr Herz. Herrje, sie war doch nun wirklich keine sechzehn mehr.

Mit wenigen Schritten hatte er sie eingeholt. »Also, Greta hat wirklich einen grünen Daumen und Gottlieb hat die notwendige Geduld für einen solchen Garten. Bei mir hat bisher keine Zimmerpflanze länger als einen Monat überlebt.«

Julia lachte. »Es gibt inzwischen sehr echt aussehende Textilblumen.«

»Danke für den Tipp, ich werde es mir überlegen.« Er stimmte in ihr Lachen ein, wurde aber sofort wieder ernst. »Ich werde übrigens heute Abend noch mal mit Oskar Vollmer sprechen. Freitags ist er immer mit Skatfreunden in seiner Stammkneipe, der *Pinte.* Für gewöhnlich ist er dann immer bester Laune. Ob das am Kartenspiel, an seinen Kumpeln oder am frisch gezapften Bier liegt, weiß ich nicht, aber das ist ja auch egal. Hauptsache, ich kann ihn dazu bringen, sich das mit dem Verkauf seines Hauses an Sie noch mal zu überlegen.«

»Es ist wirklich sehr nett, dass Sie versuchen wollen, ihn umzustimmen. Auch wenn ich nicht glaube, dass es Ihnen gelingen wird«, antwortete Julia. *Schon gar nicht nach unserem Gespräch von heute Morgen*, setzte sie in Gedanken hinzu. Sie hatte jetzt keine Lust, Axel Wellensiek davon zu erzählen. Das konnte der Vollmer ja selbst erledigen.

»Jedenfalls werde ich ihn nicht vom Haken lassen, ohne ihm zu sagen, dass seine Beweggründe dumm und Ihnen gegenüber unfair sind.«

»Heißt das, Sie kennen den Grund für seinen Rückzieher?«

»Ich habe eine Vermutung. Und wenn die stimmt, muss ihm mal gehörig einer den Kopf waschen. Und da ich heute Abend nichts Besseres vorhabe …« Er grinste.

»Normalerweise schlage ich meine Schlachten selbst«, räumte Julia ein.

»Und das soll auch so bleiben. Aber unter Freunden darf man sich doch helfen, oder?«

Julia nickte und lächelte. Es gefiel ihr, dass er sie als Freunde bezeichnete. Sie schlenderten eine Weile schweigend durch den kleinen Garten, dann verabschiedete sich Axel Wellensiek. Johanna packte ihm rasch etwas von dem Kuchen ein, der am Nachmittag noch serviert werden sollte, denn die Vorliebe des Bürgermeisters für Süßes war allgemein bekannt. Bevor er ging, versprach er Julia, sich wegen Oskar Vollmer wieder bei ihr zu melden. Julia registrierte erstaunt, dass sich darauf freute.

Kapitel 28

Gegen Abend machten sich Greta und Julia auf den Heimweg. Nachdem Fenna und Gottlieb sich erschöpft von den Feierlichkeiten in ihre Zimmer zurückgezogen hatten, hatten sie Johanna dazu genötigt, ebenfalls schlafen zu gehen. Schließlich war sie seit den frühen Morgenstunden auf den Beinen, um das Festessen für alle zuzubereiten. Greta und Julia hatten Johanna versprochen, sich ums Aufräumen und den Abwasch zu kümmern und erst zu verschwinden, wenn die Küche wieder in tadellosem Zustand war.

Als sie beim Haus *Marina* eintrafen, sagte Greta: »Holst du bitte noch die Post aus dem Briefkasten? Das habe ich heute Morgen ganz vergessen. Ich setze in der Zeit schon mal Wasser auf. Einen Tee haben wir uns jetzt redlich verdient.«

Julia schnappte sich den Briefkastenschlüssel vom Brett neben der Haustür, trat wieder einen Schritt nach draußen und öffnete den Kasten. Abgesehen von einigen Postwurfsendungen und einem amtlich aussehenden Brief, der an Greta adressiert war, fiel ihr ein Kuvert in die Hände, auf dem ihr eigener Name stand. *Nicht schon wieder*, dachte Julia, denn sie ahnte, dass es sich nur um eine weitere Karte des anonymen Absenders handeln konnte. Sie steckte den Briefumschlag in die hintere Tasche ihrer Jeans, um ihn vor Greta zu verbergen, und brachte die übrige Post in die Küche.

Während Julia mit Greta Tee trank, konnte sie sich nur schwer auf die Unterhaltung konzentrieren. Zum einen lag das daran, dass sie erschöpft von dem langen und ereignisreichen Tag war. Und zum anderen hatte sie das Gefühl, als ob sich das Kuvert in ihrer Hosentasche in ihre Haut brannte. Endlich in ihrem Zimmer, riss sie es ungeduldig auf. Zum Vorschein kam wie vermutet wieder eine Karte mit einem Gemälde. Diesmal war es *Die Beständigkeit der Erinnerung*, das bekannteste Werk des spanischen Künstlers Salvador Dali. Julia kannte das Bild, das aus dem Jahr 1931 stammte und in Kunstkreisen auch unter den Titeln *Die zerrinnende Zeit* oder *Die weichen Uhren* bekannt war.

Ihre Haltung zu diesem kleinformatigen Ölbild war schon immer ambivalent. Zwar gefielen ihr die Komposition und die Farbgebung, aber andererseits stimmte sie die Aussage des Bildes, dass alles vergänglich war, oft traurig. Auf der Karte war kein weiterer Kommentar vermerkt, aber das war auch nicht notwendig. Egal, an welchen der drei Namen, die es für das Bild gab, der Absender gedacht hatte, die Botschaft an Julia war klar. Deine Tat ist unvergessen. Deine Zeit, bis alles auffliegt, zerrinnt.

Nach einer Nacht, die Julia wieder mal endlos erschien, weil sie nicht zur Ruhe gekommen war, stand sie am Samstagmorgen früh auf und versuchte, an der Küche vorbei ins Freie zu huschen. Ihr Vorhaben missglückte.

»Moin, Julia! Schon so früh wach?«

Julia fügte sich in ihr Schicksal, kehrte um und betrat die Küche. »Moin, Greta, ich habe nicht gut geschlafen und leichte Kopfschmerzen. Bevor ich eine Tablette einwerfe, wollte ich es lieber mit frischer Luft versuchen.«

»Ja, das ist eine gute Idee. Geh spazieren, und wenn du wieder da bist, gibt's ein leckeres Frühstück. Wirst sehen, Seeluft und Inselfrühstück sind eine unschlagbare Kombination.«

Julia rang sich ein Lächeln ab, hob die Hand zum Gruß und verließ das Haus. Sie schlug den Weg zum Strand ein und war erleichtert, als sie sah, dass dort außer ihr kaum jemand unterwegs war. Normalerweise hüpfte ihr Herz immer vor Freude, wenn sie an der Wasserkante entlangschlenderte, den Blick auf die Nordsee richtete, den Möwen zuhörte und die gesunde Luft einatmete. Aber heute stellte sich das gewohnte Glücksgefühl nicht ein. Es gab zu viel, worüber sie nachdenken musste.

Da war die Suche nach einem geeigneten Haus für die Galerie auf Föhr. Und die nach einer Teilhaberin in Hamburg, da Franziska als Nachfolgerin ja nach den neuesten Entwicklungen ausfiel. Franziska hatte einen Mord begangen und saß im Gefängnis. Diese Sätze kamen Julia so absurd vor, dass sie sie kaum denken wollte. Und doch schienen sie der Wahrheit zu entsprechen. Gut, dass sie eine Besuchserlaubnis beantragt hatte. Sie wollte mit Franziska reden. Ihr zeigen, dass sie für sie da war, um ... Ach, was konnte sie schon tun?

Auf jeden Fall musste Julia jemanden finden, der die Teilhaberschaft für die Galerie übernehmen würde. Sie brauchte das Geld. Die bisherigen Föhr-Pläne waren zwar ins Stolpern geraten, aber in Hamburg bleiben und weitermachen wie bisher wollte Julia auf keinen Fall. Allerdings konnte es dauern, bis eine geeignete Person für die Teilhaberschaft gefunden war. Julia graute schon bei dem Gedanken an die entsprechende Suche und die notwendigen Gespräche. Und wenn sie die Galerie aufgab? Das Geld aus der Teilhaberschaft würde sie verlieren, aber dafür fielen die hohen Mietzahlungen für das exklusive Ladenlokal weg. Ein finanziell nicht uninteressanter Gedanke. Allerdings würde sie damit ihre letzte Verbindung nach Hamburg und zu ihrem alten Leben auflösen. War sie dazu bereit?

Und dann waren da diese Karten mit den versteckten Botschaften. Wenn sie nur wüsste, wer ihr die Briefe schickte und was er oder sie damit bezwecken wollte. Inzwischen vermutete sie immer stärker, dass der Absender ihr Verschwinden aus Valentins Haus beobachtet hatte. Und dass er den Leichnam abgeholt und beim Golfplatz abgelegt hatte. Aber warum? Der einzige plausible Grund wäre doch, Julia zu erpressen. Das war allerdings bisher nicht passiert. Die Botschaften auf den Karten waren beängstigend und unheimlich, doch es war keine Forderung darin enthalten. Und ohne Forderung keine

Erpressung. Oskar Vollmer schied als Absender der Briefe aus, das hatte das Gespräch bei Julias Kurzbesuch gestern klar ergeben. Aber wer war es dann?

Julia hatte schon immer ein geübtes Auge für Handschriften und war inzwischen sicher, dass die Karten von einem Mann kamen. In Gedanken ging sie alle Männer durch, die sie auf der Insel überhaupt kannte. Als sie an Axel Wellensiek dachte, legte sich ein winziges Lächeln auf ihre Lippen. Er war ein äußerst angenehmer Tischherr gewesen, gestern bei Fennas Geburtstagsfeier. Und es war nett, dass er ihr in der Angelegenheit mit Vollmer zu helfen versuchte. Aber diesen sturen Tabakfuzzi würde der Bürgermeister nicht umstimmen. Vielleicht waren diese vielen Unwägbarkeiten ein Zeichen. Julia blieb stehen, legte den Kopf in den Nacken und sah in den Himmel. *Mama, Papa, Heiko, Valentin, Gott,* dachte sie, *kann mir bitte jemand sagen, was ich tun soll? Ist Föhr doch nicht der richtige Ort für mein neues Zuhause? Passe ich tatsächlich nicht hierher? Soll ich besser in Hamburg bleiben?*

Kapitel 29

»Ah, da bist du ja wieder«, wurde Julia von Greta begrüßt, als sie in die Pension zurückkehrte. »Wie geht's deinem Kopf? Ich mache dir jetzt erst mal ein ordentliches Frühstück und danach legst du dich am besten noch ein bisschen hin. Übrigens hattest du Besuch. Möchtest du Rühr- oder Spiegeleier?«

Julia wurde wieder mal fast schwindelig von Gretas Redseligkeit. »Ja. Besser. Nein, danke. Ja. Wer? Weder, noch.«

Greta sah sie verwirrt an. »Was?«

Julia grinste. Sie hatte es geschafft, Greta mit ihren eigenen Waffen zu schlagen. »Ja, da bin ich wieder. Besser geht es meinem Kopf. Nein danke, ich möchte kein Frühstück. Ja, ich lege mich noch etwas hin. Wer war der Besucher? Und ich möchte weder Rühr- noch Spiegeleier.«

»Oh, ach so«, murmelte Greta, »da hab ich wohl wieder mal zu viel gequatscht, oder?«

»Ist ja zum Glück eine absolute Ausnahme«, lachte Julia und nahm Greta spontan in den Arm. Wie gern sie diese Frau hatte! Sie ging zur Treppe, um sich in ihr Zimmer zurückzuziehen. Auf der zweiten Stufe drehte sie sich um und rief: »Wer wollte mich denn nun besuchen?«

Greta lehnte sich an den Rahmen der Küchentür. »Axel Wellensiek war da. Er würde dich heute Abend gerne treffen. Er hat dir was zu sagen.« Sie grinste vielsagend und zog eine Notiz aus ihrer Schürzentasche. »Hier ist seine Nummer. Du sollst ihn bitte anrufen.«

Julia nahm den Zettel entgegen. Als Gretas Grinsen immer breiter wurde, schüttelte sie nur lachend den Kopf und ging hinauf in ihr Zimmer. Sie streifte ihre Sneakers von den Füßen und warf sich aufs Bett. Dann wählte sie auf ihrem Smartphone die Nummer, die auf dem Zettel stand.

»Wellensiek?«

»Hallo, hier ist Julia Lessing. Ich sollte Sie anrufen?«

»Hallo! Ja, genau. Danke, dass Sie sich melden. Ich wollte fragen, ob Sie Lust hätten, heute Abend mit einem Gentleman zu essen?«

»Gerne. Kennen Sie denn einen?«

Anstatt beleidigt zu sein wegen Julias frecher Antwort, lachte er. »Treffer, aber noch nicht versenkt. Also noch mal: Haben Sie Lust, heute Abend zum Essen zu mir zu kommen?«

»Warum?«, fragte Julia.

»Tja, wissen Sie, der menschliche Körper braucht Nahrung, um zu funktionieren, also könnten wir diese Aufgabe doch heute gemeinsam erledigen. Außerdem habe ich großartige Neuigkeiten für Sie.«

Julia ging nur auf den wesentlichen Teil seiner Antwort ein. »Und diese Neuigkeiten können Sie mir nicht am Telefon erzählen?«

»Doch, könnte ich«, sagte Axel Wellensiek, »aber dann würde es sich so belanglos anfühlen. Und belanglos ist es für Sie absolut nicht, das kann ich schon mal verraten. Also, um halb acht bei mir?«

Julia überlegte kurz, dann siegte die Neugier. »Okay.«

»Schön.« Er schien sich ehrlich zu freuen und nannte ihr die Adresse. »Dann bis später.«

Als Julia am Nachmittag in die Küche kam, lag auf dem Tisch eine Notiz. Bin im Garten, stand da in Gretas Handschrift. Julia ging hinaus, wo ihre Pensionswirtin dabei war, die frisch gewaschene Bettwäsche in der Aprilsonne aufzuhängen.

»Kann ich dir dabei helfen?«, fragte Julia.

»Ach was, das bisschen Wäsche. Das schaffe ich locker allein.« Greta zeigte keine Verwunderung über das ungewöhnliche Angebot.

Julia schlenderte zu der verwitterten Gartenbank unter der Blutbuche,setzte sich und ließ sich von der Sonne wärmen.

Als auch das letzte Laken wie eine Flagge im Nordseewind flatterte, kam Greta herüber und nahm neben Julia Platz. »Hast du gelesen, dass der Künstler an einem geplatzten Blutgefäß im Gehirn, also einem Aneurysma gestorben ist?«

»Ja, habe ich. Furchtbare Sache«, sagte Julia leise. *Erst recht, wenn es beim Sex passiert*, fügte sie in Gedanken hinzu.

»Axel meinte noch, dass die polizeilichen Ermittlungen jetzt eingestellt werden«, fuhr Greta fort, »es liegen wohl keinerlei Hinweise auf Fremdverschulden vor. Sie gehen davon aus, dass der arme Kerl während seines Spaziergangs dahingerafft wurde. Wenn ich's mir recht überlege, ist es gar nicht so übel, auf diese Weise abzutreten, oder? Beerdigt wird er jetzt auf dem Festland. Da, wo sie die Leichenschau durchgeführt haben. Da es kein Testament gibt und bisher auch keine Angehörigen ausfindig gemacht wurden, kümmern sich die Behörden um seinen Nachlass und die Beerdigung. Es ist schon seltsam, dass die Gemeinde mit der Klärung der Eigentumsrechte an seinem Haus und der Suche nach möglichen Erben nur so schleppend vorankommt. Sie wären bestimmt froh, die Beerdigungskosten an einen Verwandten zu übertragen. Wer weiß, warum sich das gerade so schwierig gestaltet. Jedenfalls können sie mit der Beisetzung nun wohl nicht mehr länger warten. Und dann wird er seinen Frieden finden, dafür wird der Herrgott sorgen.«

Julia hoffte, dass Greta Recht hatte. Ein derartig unpersönliches Begräbnis war zwar ein trauriger Abschluss für das Leben eines talentierten Künstlers, aber wenn sie sich einmischte, käme ihre Verbindung zu Valentin ans Licht. Und war es nicht egal, wo sein Körper zur Ruhe gebettet wurde? Valentin jedenfalls hatte sich darüber keine großen Gedanken gemacht, das hatte sie herausgefunden, als sie einmal mit ihm über den Tod ihrer Eltern gesprochen hatte. Die Seele war ohnehin unsterblich, war seine Ansicht gewesen, also spielte es keine Rolle, was mit der Hülle passierte. Vielleicht wäre es schön gewesen, sein Grab auf dem Friedhof beim Friesendom besuchen zu können. Aber so konnte sie definitiv besser mit allem abschließen.

Greta unterbrach Julias Überlegungen. »Übrigens kann ich wohl davon ausgehen, dass du heute zum Abendessen nicht da bist, stimmt's?«

Wieder mal staunte Julia über Gretas abrupten Themenwechsel. »Ja, ich bin verabredet.«

Gretas Grinsen reichte von einem Ohr bis zum anderen. »Dann wünsche ich Axel und dir einen wunderschönen Abend.«

Kapitel 30

Pünktlich um halb acht parkte Julia ihren Porsche direkt vor Axel Wellensieks Haustür. Er wohnte in der Süderstraße in einem alten und geradezu winzigen Kapitänshaus. Sollte sie klingeln oder doch lieber schnell wieder verschwinden? Natürlich wollte sie unbedingt wissen, welche Neuigkeiten er für sie hatte. Hatte er es tatsächlich geschafft, Oskar Vollmer umzustimmen? Oder gab es gar nichts zu erzählen und er wollte sie nur in seine Wohnung locken? Um sich zu unterhalten, hätten sie sich an einem neutralen Ort treffen können, zum Beispiel in einem Restaurant. Warum hatte er sie zu sich nach Hause bestellt? Die Neugier hatte sie spontan zusagen lassen, aber jetzt kamen ihr Zweifel, ob das eine gute Idee war. Vielleicht war er ja ein Kettensägenmörder mit gutem Aussehen und geschliffenen Manieren, auf den sie gerade hereinfiel. Ach was! Sie war kein junges Mädchen mehr und er immerhin der Bürgermeister. Er hatte einen Ruf zu verlieren. Ich sehe inzwischen überall Gespenster, dachte Julia kopfschüttelnd.

Entschlossen hob sie die Hand in Richtung Klingelknopf, aber in diesem Moment wurde die Tür geöffnet. Axel Wellensiek empfing sie mit einem Lächeln, das unwiderstehliche Grübchen auf seine Wangen zauberte. Er trug heute ein schwarzes Hemd, dessen Ärmel bis zu den Ellbogen hochgekrempelt waren, und dazu wieder Jeans. Aus der Hosentasche hing ein kariertes Geschirrhandtuch, an dem er sich schnell die Hände abtrocknete.

»Julia, wie schön! Ich freue mich so, dass Sie da sind.« Das Strahlen in seinem Gesicht unterstrich jedes Wort.

»Danke, ich freue mich auch sehr«, antwortete Julia, und sie meinte es auch so.

Er bat sie herein und führte sie in ein geräumiges Wohnzimmer. Die Einrichtung ließ nicht den geringsten Zweifel aufkommen, dass es sich um ein reines Männerdomizil handelte. Julia konnte sich selbst nicht erklären, warum sie darüber so erfreut war. An einer Wand hing ein riesiger Fernsehbildschirm, auf einem Lowboard darunter stand eine sündhaft teuer aussehende Hifi-Anlage. Axel war sogar im Besitz eines Plattenspielers und einer beeindruckenden Schallplattensammlung. Julia konnte sich nicht vorstellen, dass ein Insel-

Bürgermeister im Geld schwamm, also lag sein Fokus ganz klar auf der technischen Ausstattung seiner Wohnung. Er war offensichtlich ein großer Musik-Fan und sparte dafür an anderer Stelle, was die beiden etwas abgewetzten Ledersofas und der geradezu billig aussehende Teppichboden bewiesen. Für ein Haus in dieser Lage, selbst für ein so kleines, hatte er bestimmt einen hohen Kredit aufnehmen müssen, den er jetzt zu bedienen hatte. Julia wusste inzwischen nur allzu gut über die hiesigen Immobilienpreise Bescheid. Oder hatte er, genau wie sie, geerbt? Oder vor seiner Zeit als Bürgermeister ein Vermögen verdient, womit auch immer? Was wusste sie schon über ihn? Vielleicht würde sie im Lauf des Abends ja noch das ein oder andere erfahren.

Auf einem der sich gegenüberstehenden dunkelgrauen Sofas lag Sunny und schlief. Bei Julias Eintreten hob er nur kurz den Kopf und döste dann sofort weiter.

»Ein Wachhund ist er ja nicht gerade«, sagte Julia und wies in Sunnys Richtung.

»Er ist nicht mehr der Jüngste und lässt sich nicht mehr so schnell aus der Ruhe bringen. Und schlafen ist nun mal sein liebstes Hobby. Außerdem darf er normalerweise nicht aufs Sofa, also wird er den Platz heute mit allen Mitteln verteidigen. Ist ein ganz besonderer Abend für ihn. Genau wie für sein Herrchen«, gab Axel zurück.

Julia wurde verlegen und war froh, als Axel in der Küche verschwand. Sie trat an das breite Regal an der Wand neben dem Sofa und studierte die Buchrücken. Dort standen ordentlich aufgereiht zahlreiche Romane von John Grisham. Julia, die die Bücher dieses Autors ebenfalls liebte, erkannte, dass es sich um Grishams Justizthriller handelte. Das neueste Werk von 2021 mit dem deutschsprachigen Titel *Der Verdächtige* fehlte allerdings noch.

»Haben Sie die alle gelesen?«, fragte Julia, als Axel wieder ins Wohnzimmer kam.

»Natürlich«, antwortete er. »Und ich finde eins besser als das andere. Aber wollen wir nicht zum Du wechseln? Ich habe noch nie jemanden zum Essen in meine Wohnung eingeladen, den ich gesiezt habe.«

»Was mich zu der Frage bringt, warum Sie mich unbedingt hier treffen wollten und nicht an einem, ich meine, einem ...«

»An einem neutralen Ort? Das hatte ich zuerst vor. Ich wollte mit Ihnen ins *Föhrer Fisch Restaurant* gehen. Das ist hier in Wyk in der Waldstraße. Waren Sie da schon mal?« Er wartete ihre Antwort nicht ab. »Die machen das beste Sushi der ganzen Insel. Und Sie sagten gestern, dass Sie für Sushi durch einen brennenden Reifen springen würden.«

»Das haben Sie sich gemerkt?« Julia war geschmeichelt. »Ich glaube zwar nicht, dass ich es genau so formuliert habe, aber es stimmt. Ich esse Sushi für mein Leben gern.«

»Und da ich im *Föhrer Fisch Restaurant* für heute Abend leider keinen Tisch mehr ergattern konnte, habe ich mir das Sushi eben liefern lassen. Ich hatte zwar auch kurz darüber nachgedacht, für Sie zu kochen, aber wir können es ja erst mal im Guten versuchen.« Wieder dieses entwaffnende Lächeln. Dann zeigte Axel auf den gedeckten Tisch. »Wollen wir?«

»Gerne.«

Julia setzte sich an den gläsernen Esstisch, während Axel eine Sushi-Platte mit allem hereintrug, was Julias Gaumen begehrte. Sunny hob kurz den Kopf und schnupperte, stellte dann aber fest, dass es sich für ihn nicht lohnte, das gemütliche Sofa zu verlassen.

»Nein, mein Junge, das ist nichts für dich. Aber du hattest dein Abendessen ja auch schon«, sagte Axel in Sunnys Richtung. Dann nahm er ihr gegenüber Platz, schenkte Weißwein ein und hob sein Glas. »Ich versuche es noch mal. Wollen wir zum Du wechseln, Julia?«

Sie mochte es, wie er ihren Namen aussprach. Vorsichtig berührte sie sein Weinglas mit ihrem und sagte: »Einverstanden, Axel. Und danke für die Einladung.«

Als sie nach der Serviette griff, musste sie lachen. Es handelte sich um ein Blatt Küchenpapier, auf das Axel geschrieben hatte *Schön, dass du da bist.*

»Männerhaushalt«, erklärte er und zog scheinbar verlegen die Schultern hoch.

»Ist doch eine tolle Idee. Wäre nur blöd, wenn das mit dem Duzen nicht geklappt hätte, oder?«

»Das Risiko musste ich eingehen.« Da war es wieder, sein verschmitztes Lächeln, das Julia von Mal zu Mal besser gefiel.

Sie ließen sich das Sushi schmecken. Beim Essen erzählte Axel, dass er bereits als Kind beschlossen hatte, später mal auf Föhr zu leben. Sein Geburtsort war Rendsburg, aber schon seine Eltern hatten die Insel geliebt und mit ihrem einzigen Sohn alle Ferien und verlängerte Wochenenden hier verbracht. Die schönsten seiner Kindheitserinnerungen verband er mit Föhr, deshalb war er direkt nach dem Studium, also bereits im Alter von knapp dreißig Jahren auf die Insel gezogen.

Nach mittlerweile über zwanzig Jahren auf Föhr fühlte er sich wie ein echter Insulaner. Vor drei Jahren hatte er sich zur Wahl des Bürgermeisters von Wyk aufstellen lassen. Julia erfahr, dass es um ein Ehrenamt handelte, für das man brennen musste, da man es neben der eigentlichen Berufstätigkeit ausübte. Die Wahlberechtigten der ungefähr viertausend Einwohner hatten ihn gewählt. Bis 2023 würde er dieses Amt bekleiden und sich um die Geschicke der Stadt kümmern.

»Und was ist mit den anderen Ortschaften auf der Insel?«, frage Julia interessiert.

»Die einzelnen Dörfer auf Föhr sind politisch selbständig. Sie haben gewählte Gemeindevertretungen, aus denen ihre ehrenamtlichen Bürgermeister hervorgehen. In Utersum und Wrixum sind das übrigens Frauen. Wir sind ganz schön fortschrittlich auf Föhr.«

»Du machst das also gar nicht hauptamtlich. Mit welchem Beruf verdienst du denn dein Geld?«

»Ich bin Fachanwalt für Medizinrecht, Sozialrecht und Versicherungsrecht und bin nach vielen Berufsjahren zum Notar bestellt worden. Es gibt immer was zu beurkunden. Außerdem finden die Leute auch an so einem beschaulichen Fleckchen Erde genug, worum sie sich streiten können.«

»Ja, ich glaube, das ist wirklich überall auf der Welt so«, antwortete Julia, »deshalb kann ich mir vorstellen, dass Rechtsanwalt ein sehr schwieriger Beruf ist.«

»Es ist kompliziert. Man muss immer wieder fest an etwas glauben und es genauso stark anzweifeln. Man muss immer auch das Gegenteil von allem in Erwägung ziehen. Das ist anstrengend, aber nur so funktioniert es.«

»Und um deine Klienten bei Verhandlungen vor Gericht zu vertreten, musst du immer aufs Festland, oder? Ist das nicht sehr aufwändig?«

»Ja, das wäre es. Aber ich habe eine Sozietät mit einem Kollegen in Husum. Er übernimmt viele Termine vor Gericht, so dass ich nicht ständig pendeln muss. Also alles halb so wild.«

Julia nickte. Sie schwiegen einen Moment. Dann forderte sie ihn auf, ihr mehr über die Insel zu erzählen. Sie war zwar sicher, das meiste bereits zu wissen, aber sie hörte ihm gerne zu.

»Okay«, kam er ihrer Aufforderung nach, »wusstest du schon, dass Föhr im Jahr 1819 zum ersten eingetragenen Seebad im Herzogtum Schleswig erklärt wurde? Die Insel ist zwar nur 6,8 Kilometer breit und zwölf Kilometer lang, aber dennoch die größte Insel Deutschlands. Sylt, Fehmarn und Rügen sind zwar flächenmäßig größer, aber aufgrund ihrer Landverbindungen sind sie eigentlich gar keine echten Inseln. Übrigens findet man auf Föhr auch ein kleines Stück Amerika.«

»Amerika auf Föhr?«, hakte Julia nach, »das musst du mir erklären.«

»Das kann ich dir sogar irgendwann zeigen, denn ich hoffe, dass dies nicht unsere einzige Verabredung bleibt.« Axel sah sie hoffnungsvoll an, aber Julia beließ es vorerst bei einem unverbindlichen Lächeln.

»Das war zumindest kein Nein«, lachte Axel und erzählte weiter. »Im Nordwesten der Insel gibt es den Ort Klein-Dunsum, und da wiederum liegt der Hof von Bauer Hinrichsen. Neben einem Hofcafé und einem Streichelzoo gibt es da *Hinrichsen's Farm Distillery*, wo echter Föhrer Whisky entsteht.«

Julia war beeindruckt. »Wie kommt ein Inselbauer auf die Idee, Whisky herzustellen?«

»Das hat mit der Geschichte der Insel zu tun«, erklärte Axel, der jetzt sicht- und hörbar in seinem Element war. »Nach dem deutsch-dänischen Krieg 1864 wanderten viele Menschen nach Amerika aus, auch der Ururopa des jetzigen Hofbetreibers Jan Hinrichsen. Jans Uropa und auch noch der Opa gingen ebenfalls für mehrere Jahre in die USA und kehrten irgendwann mit vielen neuen Eindrücken im Gepäck zurück. Durch Besuche bei seiner noch heute in Amerika lebenden Verwandtschaft kam Jan dann auf die Idee, hier auf Föhr Whisky herzustellen. Mit eigener Hof-Destille und Zutaten, die alle von der eigenen Farm kommen. Und er hat großen Erfolg damit.«

»Jetzt hast du mich neugierig gemacht. Auf einen Besuch bei Bauer Hinrichsen hätte ich große Lust«, sagte Julia.

»Toll, dann machen wir das bald mal. Und eine Weinverkostung beim Weingut Waalem steht auch noch auf dem Programm.«

»Ziemlich alkoholgeschwängerte Pläne, findest du nicht?«

»Ja, schon. Am besten machen wir beides an einem Sonntag, dann können wir uns vorher stärken beim Brunch im *Café Klein Helgoland.*«

»Das ist beim Yachthafen, oder?«, fragte Julia.

Axel warf ihr einen erstaunten Blick zu. »Das kennst du? Kompliment. Damit bist du schon eine echte Inselkennerin.«

»Na ja, immerhin gibt es Hinweisschilder. Und Werbung macht die Besitzerin Frau Meyerhof ja auch, um Gäste aufmerksam zu machen.«

»Stimmt. Jedenfalls ist ihr Sonntagsbrunch legendär. Selbstgebackene Brötchen, Räucherlachs, Rührei mit Bacon«, Axel geriet ins Schwärmen.

»Du klingst ja halb verhungert«, lachte Julia, »dabei haben wir doch gerade gegessen.«

Axel grinste und zeigte auf Julias leeren Teller. »Hat es dir geschmeckt?«

»Es war perfekt.«

»Das freut mich. Setz dich doch rüber auf das noch freie Sofa und schenk uns noch mal Wein nach. Ich bin gleich da.« Er begann, die Teller abzuräumen.

Kapitel 31

Julia nahm die Weinflasche und beide Gläser und ging hinüber zur Sitzecke. Sie öffnete ihre Handtasche und warf einen kurzen Blick auf ihr Smartphone. Schon fast neun Uhr. Sie war bereits knappe eineinhalb Stunden bei Axel und hatte noch immer nicht erfahren, welche Neuigkeiten er ihr zu erzählen hatte. Jetzt wollte sie aber endlich den eigentlichen Grund ihrer Verabredung wissen.

In diesem Augenblick kam Axel wieder ins Wohnzimmer und sagte: »Du hast bisher kaum etwas von dir erzählt.«

Julia hatte nicht die geringste Lust, über sich zu reden, aber sie wollte nicht unhöflich sein, also rückte sie mit ein paar harmlosen Infos raus: »Ich bin die einzige Tochter von zwei Hamburger Richtern. In meiner Kindheit wollte ich Geige spielen, war aber vollkommen untalentiert. Dann habe ich angefangen, Kunst zu studieren, weil ich Bilder für die Ewigkeit malen wollte, aber auch dafür war ich nicht gut genug. Mit der Kunstgeschichte hat's dann geklappt, und so wurde ich Galeristin.«

Axel hatte aufmerksam zugehört. Jetzt überlegte er kurz und sagte: »Ich wette, du warst immer und überall gut genug. Und du warst die Einzige, die daran gezweifelt hat.« Und dann lächelte er wieder auf diese unnachahmliche Art, die Julias Knie weich werden ließ.

»Ich wette außerdem, alle Jungs der feinen Hamburger Gesellschaft waren hinter dir her«, vermutete Axel jetzt. »Erzähl mir von deinem ersten Kuss!«

»Nein, der war schrecklich. Ich erinnere mich nicht gerne daran«, erwiderte Julia. »Kann ich stattdessen von meinem besten Kuss erzählen?«

Axel rückte etwas näher an Julia heran. »Ich glaube nicht, dass du den schon hattest.«

»Und du?«, lenkte Julia ab. »Warst du nie verheiratet?«

»Nein, ich war schon immer gut darin, Risiken vorherzusehen.«

Beide lachten und Julia war froh, dass sich die Lage wieder entspannte.

»Erfahre ich nun endlich die tollen Nachrichten, die du für mich hast?«

»Ja, jetzt habe ich dich lange genug zappeln lassen.«

»Das stimmt«, antwortete Julia, »dann mal raus mit der Sprache.«

Plötzlich hob Sunny ruckartig den Kopf, sprang vom Sofa und lief zur Haustür. Dort gab er ein kurzes Bellen von sich.

»Was hat er denn?«, fragte Julia.

»Keine Ahnung«, antwortete Axel, »ich sehe mal kurz nach.« Er lief über den Flur zu seinem Hund. »Was ist denn, Junge? Ist da jemand?«

Julia hörte, wie Axel die Haustür öffnete und dann laut rief: »Hey, bleiben Sie stehen? Was soll das? Was wollen Sie hier?«

Sunny unterstrich jede Frage mit einem wütenden Knurren. Dann wurde die Tür wieder geschlossen und Axel kam mitsamt Sunny, der also doch Wachhund-Qualitäten hatte, zurück ins Wohnzimmer.

»Da war so ein Typ und lungerte vor dem Haus rum. Vielleicht ist er besoffen und findet nicht nach Hause. Jedenfalls ist er jetzt weg. Wo waren wir stehengeblieben?«

»Du wolltest mir erzählen, warum ich heute überhaupt hier bin«, erinnerte ihn Julia.

»Also«, begann Axel und machte es sich auf dem Sofa neben ihr bequem, »ich habe gestern Abend wie versprochen noch einmal mit Oskar Vollmer über den Verkauf seines Hauses gesprochen.« Er legte eine Pause ein. Julia rutschte gespannt bis auf die vorderste Sofakante. »Die Sache geht klar, du bekommst das Haus und den Laden.«

»Wirklich? Wie hast du, ich meine, was hat er, also warum will er jetzt doch an mich verkaufen?«

»Wie ich gestern schon sagte, hatte ich eine Vermutung, warum er absolut nicht an dich verkaufen wollte. Damit habe ich ihn konfrontiert. Und ich hatte Recht. Also habe ich ihm klargemacht, dass sein Verhalten nicht nur dickköpfig und dumm, sondern dir gegenüber auch extrem unfair ist, weil du nicht schuld bist an dem, was ihm passiert ist und warum er so bockig und verbittert ist.«

»Was ist ihm denn passiert?«, fragte Julia und ärgerte sich im selben Moment über ihre Neugier.

»Ich musste Oskar versprechen, dass ich dir darüber nichts erzähle«, erwiderte Axel, »und an dieses Versprechen werde ich mich halten.«

»Oh, natürlich. Entschuldige, ich wollte nicht ...«

»Ist schon gut. Es spielt doch auch gar keine Rolle mehr, oder? Oskar kann mit dem Geld aus dem Verkauf seinen Ruhestand genießen, du bekommst das Haus, kannst deine Galerie eröffnen und in die Wohnung einziehen, und ich kann mich darüber freuen, dass du für immer auf Föhr bleibst.«

»Weil du in mir eine weitere Wählerin gewonnen hast?«, neckte ihn Julia.

Axel rückte auf dem Sofa näher an sie heran und legte vorsichtig seine Hand auf ihre. »Weil ich hoffe, dass ich viel mehr gewonnen habe als eine Wählerin.«

Julia genoss seine Berührung und ihr Herz lief über vor Dankbarkeit, weil er ihr zu ihrem Traumhaus in Wyk verholfen hatte. Dennoch schoben sich Bilder wie zuckende Blitze in ihre Gedanken. Valentin an ihrem letzten gemeinsamen Abend. So lebendig, so kraftvoll, so zärtlich. Dann Valentin tot im Bett. Franziska im Gefängnis wegen Mordes. Die Karten mit den Gemälden und Botschaften. Es gab in ihrem Leben so viel zu klären und aufzuräumen.

Abrupt stand sie auf. »Ich danke dir sehr für deine Unterstützung. Und ich freue mich mehr, als ich gerade zeigen kann. Und irgendwann ... Jetzt muss ich jedenfalls gehen.« Sie stolperte fast zur Tür.

Axel folgte ihr. »Julia, was ist denn los? Du bist ja ganz durcheinander. Kann ich dir helfen?«

Julia blieb stehen und drehte sich zu ihm um. Sie standen nah beieinander.

»Das hast du doch längst.« Sie stellte sich auf die Zehenspitzen und gab ihm einen Kuss auf die Wange. »Aber mehr als meinen Dank kann ich dir momentan nicht geben. Es tut mir leid.«

Und dann brach sie schnell auf, damit er nicht sah, dass sie weinte. Sie sprang in ihr Auto und brauste davon. Als sie in Nieblum vor Gretas Pension parkte, blieb sie einen Moment lang im Wagen sitzen und ließ ihren Tränen freien Lauf. Sie war so glücklich darüber, dass sie ihre Pläne auf der Insel doch verwirklichen konnte. Aber da gab es immer noch die Sache mit Valentin und den unheimlichen Briefen des anonymen Absenders. Sie gestand sich ein, dass sie dabei war, sich in Axel Wellensiek zu verlieben. Aber sie wusste auch, dass sie eigentlich gar nicht bereit war, sich ernsthaft auf ihn und eine Beziehung einzulassen.

Kapitel 32

Wenn nur dieser blöde Köter nicht wäre. Durch das geöffnete Fenster im Flur hatte er jedes Wort verstanden, das der vermaledeite Bürgermeister und die Galerie-Tussi wechselten. Die Unterhaltung beim Essen war zwar nur bruchstückhaft an sein Ohr gedrungen, aber er hatte genug mitgekriegt, um zu wissen, dass es sich um harmloses Gewäsch gehandelt hatte, gespickt mit ein paar kleineren Flirtversuchen seitens des Bürgermeisters. Spannend war es erst nach dem Essen geworden. Und er hatte laut und deutlich alles gehört. Beinahe wäre es ihm sogar gelungen, ein Foto von den beiden durchs Fenster aufzunehmen. Da es weder Rolläden noch Gardinen gab und es draußen dunkel, aber drinnen hell war, wäre das bestimmt sogar ganz.gut geworden.

Ein Glück, dass Theo ihm das Smartphone gegeben hatte. Mit seinem alten Nokia-Handy konnte er nur telefonieren, aber Theo wollte Fotos, zum Beispiel von Situationen wie dieser. Mit seinem Einsatz heute würde Theo jedenfalls zufrieden sein, die Bespitzelung lief wie am Schnürchen. Jedenfalls bis die olle Töle ihn bemerkt und angeschlagen hatte. Jetzt konnte er nur warten, bis die beiden sich wieder verabredeten und sich hier in Wellensieks Haus trafen. Aber dann musste er selbst besser vorbereitet sein. Er würde einen Weg finden, den Hund bei nächster Gelegenheit aus dem Weg zu räumen. Es konnte ja nicht so schwer sein, ihn mit einem präparierten Leckerchen ins Land der Träume zu befördern. Der ewigen Träume.

Kapitel 33

Am nächsten Tag erwachte Julia erst gegen halb elf. Sie wunderte sich darüber, dass sie frisch und ausgeruht war. Wahrscheinlich hatte ihr Körper den Schlaf dringend benötigt, der ihr eine kleine Verschnaufpause von ihren Problemen und Sorgen geschenkt hatte. Und die waren ja auch kleiner geworden. Daher hatte sicher auch die Gewissheit, dass sich ihre Inselpläne realisieren lassen würden, ihr diesen erholsamen Schlaf ermöglicht. Und die Entscheidung, wie es mit ihrer Galerie in Hamburg weitergehen würde, die sie nach dem Abend mit Axel und noch kurz vor dem Einschlafen getroffen hatte. Sie würde die Suche nach einem Teilhaber für ihr Geschäft in Harvestehude gar nicht erst wieder aufnehmen, sondern die Galerie schließen. Wozu sollte sie dieses Standbein behalten? Ihr war doch längst sonnenklar, dass sie nicht nach Hamburg zurückkehren wollte.

Oskar verkaufte ihr sein Haus und den Laden! Sie konnte es noch immer nicht fassen, dass Axel es geschafft hatte, ihn umzustimmen. Als Rechtsanwalt und Notar würde Axel ihnen beim Vertragsabschluss sicher helfen. Julia war froh, dass Oskar nicht der anonyme Briefeschreiber war. Es hätte ihrem Deal einen üblen Beigeschmack gegeben. Jetzt musste sie nur herausfinden, wer ihr die Karten schickte und warum. Und wie sie diesem Treiben ein Ende setzen konnte.

Neuer Kampfgeist war in Julia erwacht. Sie würde sich nicht von Föhr vertreiben lassen. Oskar Vollmer hatte es nicht geschafft und der hinterlistige Briefschreiber würde es auch nicht schaffen.

Heute war Sonntag und sie hatte Greta versprochen, sie am Nachmittag zum Friedhof beim Friesendom zu begleiten, wo sie regelmäßig das Grab ihres Mannes besuchte. Julia duschte, zog sich an, zupfte ihre kurzen Haare zurecht und verzichtete auf ein Make up.

Unten in der Küche trank sie ein Glas Orangensaft. Hunger

hatte sie nicht. Mit Greta, die wie an jedem Sonntag gerade den Gottesdienst im Friesendom besuchte, hatte sie vereinbart, um halb drei loszugehen zum Friedhof. Julia hatte also noch reichlich Zeit. Sie nahm den aktuellen *Inselboten* vom Küchentisch und ging in den Garten, wo sie es sich mit der Zeitung im Liegestuhl bequem machte.

»Moin, Frau Lessing!«

Julia hob den Blick von dem Artikel, den sie gelesen hatte, und sah zur Straße. Fenna Askens, unverkennbar an ihrer nun wieder schwarzen Kleidung und ihrem gebückten Gang, winkte von der Gartenpforte aus zu ihr herüber. Beseelt von ihrem eigenen Glück antwortete Julia ungewohnt herzlich.

»Moin, Frau Askens! Möchten Sie mir einen Moment Gesellschaft leisten?«

»Nur, wenn ich nicht störe.«

»Aber nein, ich würde mich freuen.« Julia stand auf, ging der alten Frau entgegen und führte sie untergehakt zu der Gartenbank, wo sie nebeneinander Platz nahmen.

»Gehen Sie spazieren oder haben Sie etwas zu erledigen?«, setzte Julia das Gespräch fort.

»Ach, Kindchen, in meinem Alter hat man nichts mehr zu erledigen. Man lässt nur noch jeden Tag vorbeigehen. Und oft wacht man morgens auf mit der Hoffnung, es möge der letzte sein. Aber das bestimmt ja nur der da oben.« Sie wies mit einem ihrer knochigen Finger zum Himmel.

»Sie sind sehr gläubig, stimmt's?«, fragte Julia.

»Wie kommen Sie darauf?«

»Ich habe Sie mal im Friesendom beim Beten gesehen. Das war vor Ihrer Geburtstagsfeier. Also, bevor wir uns überhaupt kennengelernt hatten.«

»Ach das«, Fenna Askens machte eine wegwerfende Handbewegung. »Ja, ich bete. Und ja, ich glaube. Aber nicht so, wie die meisten Menschen.«

Auf diese seltsame Auskunft fiel Julia keine passende Antwort ein. Also saßen die beiden Frauen einige Zeit beieinander, ohne zu reden. Aber beide empfanden das Schweigen nicht als bedrückend. Dann stand Fenna abrupt auf, strich sich eine graue Haarsträhne, die der Wind aus ihrem strengen Knoten gelöst hatte, aus der Stirn und sagte: »Ich muss jetzt weiter.«

Und ohne ein weiteres Wort verließ sie den Garten und setzte ihren Weg fort. Julia schüttelte stumm den Kopf. Ein bisschen seltsam war sie ja schon, die neue WG-Bewohnerin. Aber im Flensenhaus wurde sie von allen gemocht. Und seine kleinen Macken musste man schließlich jedem Menschen zubilligen.

Am Nachmittag spazierten Greta und Julia wie vereinbart zum Friedhof. Julia las vereinzelt die Inschriften auf den Grabsteinen, die einem viel über das Leben der hier Beigesetzten erzählten. Greta ging zu einer Ruhestätte am äußeren Friedhofsrand. Julia folgte ihr. Hier gab es nur einen kleinen und schlichten Stein mit der Inschrift *Hinnerk Mortensen – Für immer geliebt.*

Greta hockte sich hin, nahm die verwelkten Blumen aus der Vase und stellte die frischen hinein, die sie in ihrem Garten gepflückt hatte. Dann strich sie mit der Hand zärtlich über den Grabstein, stand wieder auf und lächelte Julia an. »Ich weiß natürlich, dass mein Hinnerk beim Herrgott ist und nicht in diesem Erdloch, aber ich fühle mich ihm hier trotzdem nah.«

Anstatt zu antworten, nahm Julia ihre Freundin in den Arm. Eine Weile standen sie nur da. Dann lächelte Greta und sagte: »Mir geht's gut, keine Sorge. Ich nehme das Leben, wie es kommt, auch wenn ich mit den Entscheidungen, die der Herrgott für uns trifft, nicht immer einverstanden bin. Aber es bringt nichts, mit dem Kopf gegen die Mauern der Wirklichkeit anzurennen.«

»Trotzdem weiß ich nicht, wie du es schaffst, immer so gut gelaunt zu sein.«

»Für jeden ist das Leben manchmal wie eine Party, auf die man keine Lust hat«, versuchte Greta zu erklären. »Man kann dann entweder in der Ecke sitzen und Trübsal blasen, während sich alle anderen amüsieren, oder man tanzt trotz allem mit und macht das Beste daraus. Ich halte Möglichkeit zwei für die bessere. Du nicht auch?«

Julia lächelte zurück und wünschte sich, sie wäre etwas mehr wie ihre Freundin.

»Moin, Greta!«

Sie hatten gar nicht bemerkt, dass eine Frau neben sie getreten war.

»Moin, Ulrike«, erwiderte sie den Gruß, dann zeigte sie auf Julia. »Darf ich vorstellen? Das ist Julia Lessing, eine Freundin aus Hamburg, die bald hier bei uns auf Föhr leben wird. Sie eröffnet eine Galerie in dem Tabakladen an der Promenade. Dieser Oskar Vollmer hat sich anfangs ziemlich gesträubt, Julia als Käuferin zu akzeptieren, warum auch immer. Aber Axel hat sich der Sache angenommen und jetzt klappt alles.«

Die fremde Frau lächelte Julia freundlich an. »Ich bin Ulrike Reuter, die Sekretärin von Alex Wellensiek, allerdings kurz vor der Rente«, fügte sie hinzu.

»Guten Tag, Frau Reuter. Schön, Sie kennenzulernen.«

Julia schätzte Ulrike Reuter auf ungefähr sechzig Jahre, was ja auch zu ihrer Aussage passte, dass sie bald in Rente gehe. Sie war eine eher unscheinbare Person, die ihre ergrauten Haare kurz geschnitten trug. Ihre Kleidung war ebenso farblos wie ihr Gesicht, und auf ihrer etwas zu spitzen Nase saß eine unvorteilhafte Brille, die ihr überhaupt nicht stand. Aber all das lenkte nicht ab von ihrem offenen und freundlichen Blick und ihrem ehrlichen Lächeln. Julia ahnte, dass Ulrike Reuter eine herzensgute und warmherzige Frau war, die wieder einmal bewies, dass man die Menschen nicht nach ihrem Aussehen beurteilen oder abstempeln durfte.

»Herzlich willkommen auf Föhr«, sagte Ulrike Reuter, »Sie hätten sich kein schöneres Fleckchen Erde für einen Neubeginn aussuchen können. Schon 1844 schrieb der Märchenerzähler Hans Christian Andersen, der sich ja häufig auf Föhr aufhielt, in sein Tagebuch: *Das Blut wird in die wunderbarste Bewegung versetzt, und man brennt den ganzen Tag wie Feuer.*«

»Ja«, lachte Julia, »das trifft es ziemlich gut.«

»Es freut mich jedenfalls für Sie, dass Sie Ihre Galeriepläne nun doch umsetzen können. Oskar, den ollen Sturkopp, muss man zu nehmen wissen.«

»Kennen Sie Herrn Vollmer?«, fragte Julia.

»Und ob ich den kenne«, antwortete Ulrike Reuter, »wir sind schon zusammen zur Schule gegangen. Er war früher eigentlich ein netter Kerl, aber mit den Jahren ist er immer mürrischer geworden. Und nach der Sache mit dieser Frau wurde er dann endgültig zum Griesgram.«

»Herr Vollmer hatte eine Frau?«, fragte Julia erstaunt.

»Sie war nicht seine Frau, aber sie haben eine Zeit lang zusammengelebt«, gab Ulrike Reuter bereitwillig Auskunft.

»Und was ist dann passiert?«, hakte Greta nach, die solchen Tratsch über alles liebte.

»Sie kam aus Florenz. Eine feurige Italienerin. Beatrice hieß sie. Was die ausgerechnet zu uns hier nach Föhr verschlagen hat, weiß der Himmel. Jedenfalls kaufte sie Zigaretten bei Oskar im Laden und es war sofort um ihn geschehen. Verliebt bis über beide Ohren wie ein Teenager, dabei waren beide schon Ende dreißig. Fünf oder sechs Jahre blieb sie bei ihm. Er hat ihr mehrere Heiratsanträge gemacht, aber die hat sie alle abgelehnt.«

»Woher wissen Sie das alles so genau?«, fragte Julia.

»Wir kennen uns wie gesagt schon sehr lange, der Oskar und ich. Außerdem habe ich regelmäßig bei ihm den Pfeifentabak für meinen Mann gekauft. Da habe ich so manches mitgekriegt. Jetzt gehe ich ja nicht mehr in seinen Laden. Gibt seit einem Jahr keinen Grund mehr.« Ihre Stimme wurde traurig und ihr Blick wanderte zu einem Grab in der Nähe.

Greta legte den Arm um Ulrike Reuters Schultern. »Sie sind immer bei uns. Immer.«

»Ja«, erwiderte Ulrike und lächelte tapfer, »aber es ist schwer, nach so vielen Jahrzehnten allein weiterzumachen. Dabei wusste ich ja lange genug, dass mein Jonte gehen muss, er war zu krank, um weiterzuleben. Aber als er dann gegangen ist, habe ich auch ein Stück von mir verloren.«

»Ihr wart seit der Schulzeit zusammen, stimmt's?«, fragte Greta mitfühlend.

Ulrike Reuter nickte. »Ja, stimmt. Weißt du, wenn man fast sein ganzes Leben teilt, dann kommt vielleicht bei manchen

Paaren das Gefühl auf, dass sie was verpasst haben, und dann suchen sie sich neue Partner. Aber wir beide, mein Jonte und ich, wir konnten uns nie vorstellen, ohne den anderen zu sein. Und genau das muss ich jetzt und es ist nur schwer zu ertragen.«

»Du musst es jeden Tag aufs Neue versuchen. Das Leben ist und bleibt ein Geschenk, auch wenn einem manchmal nichts geschenkt wird. Und du bist nicht allein. Komm mich doch mal wieder besuchen, ich backe uns was Feines.«

»Ach, Greta. Mit dir zu schnacken, fühlt sich immer an wie ein heißes Bad.«

Alle drei lachten. Dann griff Julia das Thema Oskar Vollmer erneut auf. »Warum hat Herr Vollmer sich von Beatrice getrennt?«, wollte sie wissen.

»Das hat er gar nicht. Sie hat ihn verlassen. Nach Jahren, einfach so bei Nacht und Nebel, ohne Gespräch, ohne Erklärung. Ist einfach mit ihren Siebensachen abgehauen und nie mehr zurückgekommen.«

»Wie schrecklich für Herrn Vollmer.«

»Ja, er hat lange gewartet und gehofft, dass sie zurückkommt zu ihm. Aber sie kam nicht. Sie war Künstlerin. Bildhauerin. Hat wohl gemerkt, dass die Kunstszene in Florenz mehr hergibt als hier auf Föhr. Oh, Entschuldigung, das war nicht gegen Sie und Ihre Galerie gerichtet. Ich bin ganz sicher, dass Sie hier Erfolg haben werden. Aber für Beatrice und ihre Bildhauerei war es wohl doch nicht der richtige Ort. Und ihre Gefühle für Oskar waren offenbar nicht groß genug, um aus Liebe zu bleiben. Seitdem hasst er alles, was mit Kunst zu tun hat. Deshalb konnte er sich wohl zuerst nicht dazu durchringen, sein Haus ausgerechnet an eine Galeristin zu verkaufen.

Aber unser Bürgermeister hat ihm dann ja den Kopf gewaschen, was auch dringend nötig war. Schön, dass Sie nun das Haus und den Laden übernehmen. Fühlen Sie sich bitte ganz herzlich willkommen.«

»Das tue ich«, beteuerte Julia, »und ich würde mich freuen, wenn Sie zur Eröffnungsfeier kommen. Ich lasse Ihnen eine Einladung zukommen. Und vielen Dank für Ihre freundlichen Worte.« *Und für die Aufklärung über Oskar Vollmer und seine anfängliche ablehnende Haltung*, setzte sie in Gedanken hinzu.

Kapitel 34

Oskar spazierte am Montagvormittag entspannt den Sandwall entlang. Er war mit sich und der Welt im Einklang, ein ungewohntes Gefühl für ihn. Vorsichtshalber hatte er seine übliche finstere Miene aufgesetzt, denn das fehlte ihm gerade noch, dass ihn jemand auf seine fröhliche Stimmung ansprach. Denn fröhlich war er. Er würde sein Haus doch an die Galeristin aus Hamburg verkaufen und dieser Entschluss fühlte sich klug und richtig an.

Gut, dass Axel ihm den Kopf gewaschen und ihn überredet hatte, seine Entscheidung zu überdenken. Die Hamburgerin war ja wirklich viel sympathischer als dieser Theo Klausing, der Typ mit dem Wettbüro. Außerdem hatte der am Schluss doch noch versucht, den Preis zu drücken, indem er angefangen hatte, an allem Möglichen rumzumeckern. Aber Oskar wollte sein Elternhaus nicht als Sonderangebot verramschen. Die Galeristin hatte nicht verhandelt, sondern den Wert des Hauses anerkannt. Von Anfang an hatte er gespürt, dass Haus und Laden bei ihr in den wesentlich besseren Händen wären, aber sein friesischer Dickkopp hatte ihm wieder mal im Weg gestanden. Er wollte nun mal nie wieder was mit diesem Künstlerpack zu tun haben, nachdem Beatrice ihn vor vielen Jahren so sang- und klanglos abserviert hatte und ohne ein einziges Wort von der Insel und aus seinem Leben verschwunden war. Aber es gab im Künstlermilieu wohl auch anständige Menschen. Axel hatte Recht mit allem, was er dazu gesagt hatte.

Am Freitagabend war der Bürgermeister höchstpersönlich in der *Pinte* aufgetaucht und hatte Oskar um ein Gespräch gebeten, nachdem der sein Skatspiel mit seinen Kumpels beendet hatte. Zuerst versuchte Oskar, sich diese Unterredung mit der üblichen Patzigkeit vom Leib zu halten, aber Axel lachte nur und sagte: »Es ist mir ein Rätsel, wie ein Sonnenschein wie du seinen Laden überhaupt so lange am Laufen halten konnte.«

Widerwillig schmunzelte Oskar, was Axel als Aufforderung verstand, sich zu setzen und ihm die Leviten zu lesen. Am Ende des einseitigen Gesprächs, denn Oskar musste nur zuhören, hatte er dann eingesehen, dass es unfair und dumm war, den Hausverkauf mit diesem zwielichtigen Typen abzuwickeln, dem Ansehen der Gemeinde damit zu schaden und dabei sogar einen finanziellen Verlust hinzunehmen. Und das nur, um seinen alten Groll auf Beatrice und ihre Zunft auszuleben. Was konnte Frau Lessing dafür, dass ihm so übel mitgespielt worden war? Außerdem juckte Beatrice schon lange nicht mehr, wie er lebte und wie es ihm erging. Was also brachte ihm diese Wut noch ein, außer schlechter Laune?

Er hatte letztlich zugestimmt, Julia Lessing den Zuschlag zu geben. Axel würde den Vertrag aufsetzen und den Verkauf als Notar abwickeln. Und Oskar? Der fühlte sich seit Freitagabend so leicht und unbeschwert wie lange nicht mehr. Wie hätte es sonst sein können, dass er an einem ganz normalen Montag ein Schild mit der Aufschrift *Bin gleich wieder da* in die Ladentür gehängt hatte und jetzt entspannt die Promenade entlangspazierte? Anstatt wie üblich nur schnell sein Frühstücksbrötchen im *Inselcafé* zu kaufen und mit gesenktem Kopf zurück zu seinem Geschäft zu eilen?

»Moin, Oskar! Hü gungt at di?«

Oskar schrak aus seinen Überlegungen hoch, als sich jemand auf Fering, dem friesischen Dialekt der Insel, nach seinem Befinden erkundigte. Er liebte die alte Sprache und war froh, dass sie als Unterrichtsfach an beiden Grundschulen auf Föhr gelehrt wurde.

»Wo bist du denn mit deinen Gedanken? Du hättest mich ja beinahe umgelaufen.«

Oskar sah auf und erkannte Ulrike Reuter, die direkt vor ihm stand. Sofort verschwand das leichte Lächeln aus seinem Gesicht und er setzte wie aus alter Gewohnheit seinen mürrischsten Blick auf. »Ach nee, die Ulrike. Gud Dai. Dachte, du wärst längst tot.«

»Bedaure«, lachte Ulrike, »den Gefallen kann ich dir nicht tun. Aber du bist ja auch immer noch hier. Wahrscheinlich wissen sie nicht, wohin mit dir.«

»Du glaubst also nicht, dass ich in den Himmel komme?«, wollte Oskar wissen.

»Nein, aber das wäre ja auch nicht schön für dich. Da kennst du ja niemanden.«

Oskar musste schmunzeln, was ihm sichtbar gegen den Strich ging. Deshalb grummelte er sofort weiter: »Bist jedenfalls mit den Jahren nicht hübscher geworden. Und krumm gehst du.«

»Ja, weil ich mich von einem Hexenschuss erhole.«

»Hexenschuss? Guck an! Ich dachte immer, die schießen nicht auf die eigenen Leute.«

Ulrike, die seinen fiesen Humor kannte, konterte: »Vielen Dank auch. Und du siehst immer noch aus wie etwas, das die Katze ins Haus geschleppt hat.«

Als Oskar weitergehen wollte, legte Ulrike eine Hand auf seinen Arm, um ihn aufzuhalten. Irritiert und stirnrunzelnd sah er sie an. »Was willst du?«

»Dir sagen, dass ich mich darüber freue, dass du zu Verstand gekommen bist und der jungen Frau aus Hamburg dein Haus verkaufst.«

»Und was genau geht dich das an?«

»Eigentlich nichts, aber als Sekretärin des Bürgermeisters freue ich mich für Wyk und die Promenade.«

Als Antwort kam von Oskar nur ein undefinierbares Geräusch. Ulrike ließ sich nicht beirren. »Ich kenne dich lange genug, um zu wissen, dass ein guter und weicher Kern in dir steckt. Auch wenn du den inzwischen unter diesem grantigen Panzer versteckst.«

»Du musst es ja wissen«, grummelte Oskar und unternahm einen weiteren Versuch, seinen Weg fortzusetzen.

Ulrike hielt ihn erneut zurück. »Was sollte denn bloß diese dumme Idee mit dem Wettbüro? Wer braucht so was? Frau

Lessings Galerie passt viel besser auf die Promenade. Und sie kann doch nun wirklich nichts dafür, was dir damals passiert ist.«

Der Blick, mit dem Oskar sie nach dieser Bemerkung ansah, ließ Ulrike kurz das Blut in den Adern gefrieren. Scheinbar war sie zu weit gegangen und hatte ihn wütend gemacht. Dann aber legte sich ein Grinsen auf Oskars Gesicht und er sagte: »Halt dich da raus, du Faltenrock!«

»Mach ich, du Strickpullunder.«

Bei der Verwendung der Spitznamen, die sie sich schon in der Schulzeit gegeben hatten, musste Ulrike laut lachen. Oskar stimmte in ihr Lachen ein und stellte selbst erstaunt fest, wie lange er dieses Geräusch nicht mehr gehört hatte.

»Na also, du kannst es ja noch. Lachen, meine ich«, rief Ulrike.

Oskar winkte ab und sah seine alte Schulkameradin ernst an. Dann sagte er leise: »Tut mir übrigens leid, das mit deinem Mann.«

»Danke, Oskar. Das ist nett von dir«, antwortete Ulrike, »sein Tod hat mir den Boden unter den Füßen weggerissen. Das Fell wird im Alter nämlich nicht dicker, nur grauer. Meinst du nicht?«

Oskar grinste noch einmal schief und setzte seinen Weg fort.

Kapitel 35

Am Abend war Marina zur Pension gekommen. Zu dritt hatten die Frauen es sich im Aufenthaltsraum gemütlich gemacht. Sie tranken Rotwein und hatten eine Platte mit Käse und Weintrauben vorbereitet. Das Ehepaar aus Lüneburg, das sich für eine Woche eingemietet hatte, war gestern wieder abgereist, so dass Greta und ihre Freundinnen das Haus ein paar Tage lang für sich allein hatten. Greta hatte die alte DVD von Sex and the city in den Player gesteckt und nun entspannten sie bei dem Film, den sie alle so oft gesehen hatten, dass sie die Dialoge mitsprechen konnten.

Julias Gedanken schweiften jedoch immer wieder ab zu den ungelösten Fragen, die in ihrem Kopf hin und her rollten wie die Kugel in einem Flipperautomaten. Seit Freitag, also schon seit drei Tagen, war kein Brief mehr für sie angekommen. Hatte der anonyme Absender endlich selbst genug von seinem perfiden Spiel? Julia hatte ja inzwischen herausgefunden, dass Vollmer nicht dahintersteckte. Aber wer dann? Wer sonst hatte etwas dagegen, dass sie hier auf Föhr sesshaft wurde? Greta und Marina schieden aus, ebenso wie die anderen Bewohner aus der Senioren-WG. Axel hatte sich bei Vollmer für sie eingesetzt und damit deutlich zum Ausdruck gebracht, dass er sie sich als neue Inselbewohnerin wünschte. Außerdem hatten die alle kein V im Namen, aber damit war ja die eine Karte unterzeichnet. Valentin selbst kam als Absender aus buchstäblich totsicheren Gründen nicht infrage. Den Zwischenfall in der Radiosendung und den Mann mit der irritierenden Ähnlichkeit, den sie neulich bei ihrem nächtlichen

Spaziergang vor Astrids Haus gesehen hatte, konnte sie sich allerdings noch immer nicht erklären.

Ihre Überlegungen wanderten weiter zu Sybille, die ohne zu zögern eingesprungen war und jetzt in der Galerie in Harvestehude die Stellung hielt, und dann zu Franziska, die im Gefängnis in Hamburg auf ihren Mordprozess wartete. Sie hatte sich so darauf gefreut, die Galerieanteile zu kaufen, also wäre sie schön dumm gewesen, wenn sie Julias Inselpläne durchkreuzt hätte. Außerdem hatte auch sie kein V im Namen und, soweit Julia wusste, auch keinen Spitznamen, der mit diesem Buchstaben anfing. Aber was wusste sie überhaupt über ihre langjährige Mitarbeiterin? Ehrlicherweise hätte sie ihr ja auch niemals einen Mord zugetraut.

»Das ganze Leben lang geht es immer nur darum«, sagte Marina.

Oh je, Julia hatte überhaupt nicht zugehört. Greta grinste und nickte, und auf dem Bildschirm freute sich Carrie Bradshaw über ihren riesigen begehbaren Kleiderschrank in der neuen gemeinsamen Wohnung mit Mr. Big.

»Entschuldige, Marina. Was hast du gerade gesagt?«

»Na, sag mal. Du bist mit den Gedanken ja ganz woanders. Ich sagte, dass es im Leben einer Frau scheinbar immer nur darum geht, den Richtigen zu finden. Und wenn man dann glaubt, man hat ihn gefunden, ist er am Ende auch nur ein ganz normales und ziemlich unspektakuläres Exemplar Mann. Glaubt mir, ich weiß, wovon ich rede.«

»Ja, dein Prinz hat sich am Ende doch als Frosch entpuppt«, antwortete Greta.

»Und du bist nach Hinnerks Tod immer allein geblieben. Bereust du es?«

»Nein. Ich hatte lange Zeit in meinem Herzen keinen Platz für einen neuen Mann. Und jetzt bin ich zu alt, um mit jemandem ganz von vorne anzufangen. Man muss die Weintraube vernaschen, bevor sie zur Rosine wird.« Sie wandte sich an Julia. »Und du? Wie war dein Abend mit unserem Bürgermeister? Du hast noch gar nichts erzählt.«

Julia sah Greta tadelnd an, musste gleichzeitig aber lachen. »Ich habe nichts erzählt, weil ich mal wissen wollte, wie lange du es aushältst, nicht zu fragen.«

»Julia hat einen Abend mit dem Bürgermeister verbracht? Wieso weiß ich denn davon nichts?«, empörte sich Marina.

»Herrje, ihr seid ja schlimmer als vierzehnjährige Mädchen auf dem Schulhof. Ja, ich hatte eine Verabredung mit Axel. Er hat mich zu sich zum Essen eingeladen, um mir zu sagen, dass er Oskar Vollmer dazu bringen konnte, sein Haus nun doch an mich zu verkaufen. Wofür ich ihm wirklich sehr dankbar bin. Wir haben Sushi gegessen und es war sehr nett. Zufrieden?«

Greta und Marina wandten sich einander zu, als wäre Julia gar nicht im Raum

»Aha, es gab Sushi.«

»Ja, und es war sehr nett.«

»Sie nennt ihn jetzt Axel.«

»Und hat sich bestimmt sehr herzlich für seine Hilfe bedankt.«

Julia nahm ein paar Weintrauben und warf sie in Richtung ihrer Freundinnen. »Ihr seid unmöglich!«

»Hey, mit Essen spielt man nicht. Sag uns lieber, wann ihr euch wiederseht.«

»Keine Ahnung, wir haben nichts verabredet, aber wirklich lange aus dem Weg gehen kann man sich in Wyk ja wohl kaum. Außerdem wurde mir das alles auf einmal zu viel, da bin ich ziemlich überstürzt aufgebrochen. Wahrscheinlich habe ich ihn damit ohnehin schon in die Flucht geschlagen.«

»Dann ruf ihn an und erklär's ihm«, schlug Marina vor. »Sag ihm, du hättest deine Medikamente nicht vertragen.«

»Welche Medikamente?«

»Das war ein Witz. Sag ihm irgendwas, aber bieg das wieder gerade.«

»Axel Wellensiek ist ein feiner Kerl, der eine tolle Frau wie dich mehr als verdient hätte«, meinte nun auch Greta.

»Es ist mir sowieso ein Rätsel, warum er Single ist«, überlegte Marina laut.

»Oh, das kann ich euch sagen. Immerhin kenne ich ihn schon sehr lange. Er war das, was man mit Fug und Recht einen Frauenhelden, einen Schwerenöter, einen Schürzenjäger nennt. Kaum eine hübsche Touristin war vor ihm sicher. Er hat das Leben genossen, das könnt ihr mir glauben. Und zwar ganz ohne Verpflichtungen oder Versprechungen. À la carte, sozusagen. Aber jetzt, mit Anfang fünfzig, befindet er sich schon lange im Abenteuer-Ruhestand. Und die Richtige für was Festes hat er anscheinend nie gefunden. Jedenfalls bisher nicht.« Greta warf Marina einen vielsagenden Blick zu und dann kicherten beide los.

Julia verdrehte die Augen und tat so, als würde sie sich voll und ganz auf den Film konzentrieren.

»Schnapp ihn dir. Nicht, dass noch jemand versucht, auf deiner Weide zu grasen«, riet Greta, und Marina ergänzte: »Wenn du das nächste Mal mit Axel Wellensiek verabredet bist, dann tu nichts, was ich nicht auch tun würde. Und glaub mir, das verschafft dir einiges an Möglichkeiten.«

»Klingt ja wild.«

»Ach was, ich träume nur ein bisschen. Wisst ihr, wann ich das letzte Mal Sex hatte?«

»Nein«, antworteten Greta und Julia fast gleichzeitig, »wir wollen es auch gar nicht wissen.«

»Dann ist es ja gut. Ich kann mich nämlich sowieso nicht dran erinnern.«

Als Carrie einige Zeit später von Mr. Big vor dem Traualtar im Stich gelassen wurde, sagte Marina seufzend: »Manchmal grenzt es an ein Wunder, dass wir Frauen uns in Männer verlieben, denn sie geben uns nur selten Gründe dafür.«

Greta und Julia nickten, während Carrie vor Kummer weinte und vor Wut tobte. Es ging doch nichts über einen gemütlichen Abend unter Frauen.

Kapitel 36

»Was hätte ich denn machen sollen?«

»Dich ein bisschen mehr anstrengen, wie wär's damit?«

»Theo, ehrlich, da war nichts zu machen. Der alte Vollmer hat sich vom Bürgermeister belabern lassen. Dass die Sache noch schiefgeht, konnte ich echt nicht ahnen. Der Tabakfritze hatte so eine Abneigung gegen die Tussi aus Hamburg, dass ich dachte, alles wäre geritzt.«

»Du dachtest? Das wäre ja das erste Mal gewesen. Und was dabei rausgekommen ist, sehen wir ja jetzt. Ich brauche den Standort auf dieser verschlafenen Insel, und du weißt genau, wofür. Bis die Polizei uns da auf die Schliche kommt, vergeht garantiert eine Ewigkeit, und damit ist es die perfekte Location. Ich dachte, das hättest du kapiert. Mir geht da ein echt gutes Geschäft durch die Lappen, nur weil du zu blöd bist, sofort Nägel mit Köpfen zu machen. Hast den Alten zu früh von der Angel gelassen, ich fasse es nicht.«

»Mann, Theo, ich könnte mir doch selber in den Arsch beißen.«

»Das würde ich gerne sehen. Aber wahrscheinlich bist du sogar dafür zu dämlich. Ich darf gar nicht drüber nachdenken, wie du mir die Tour vermasselt hast. Sei bloß froh, dass ich jetzt nicht in deiner Nähe bin, sonst könntest du was erleben.«

»Kann ich's irgendwie wieder ausbügeln, Theo?«

»Nee, kannste nicht. Du weißt, wie's jetzt weitergeht. Deine Schulden wirste mir zurückzahlen, und zwar auf Heller und Pfennig. Das war der Deal: Du machst mir die Sache mit Vollmer klar und ich erlass dir deine Schulden. Da du versagt hast, ist jetzt die komplette Summe fällig.«

»Wo soll ich das Geld denn hernehmen, Theo? Ich hab's echt nicht. «

»Ist mir scheißegal. So war die Vereinbarung und so wird's jetzt auch gemacht. Ich gebe dir genau eine Woche, weil ich einfach ein feiner Kerl bin und ein gutes Herz habe. Besonders für Versager wie dich.«

»Theo, das kann nicht dein Ernst sein. Ich schaff das nicht. Theo?«

Aber Theo hatte aufgelegt. Was nun? Er brauchte Geld. Viel Geld. Und schnell. Plötzlich kam ihm eine Idee. Bisher war das mit der Hamburger Kunsttussi nur Spaß gewesen. Ein

Zeitvertreib, nicht mehr und nicht weniger. Aber jetzt konnte sie ihm nützlich sein. Immerhin hatte sie ihm den Ärger mit Theo eingebrockt, indem sie nicht lockergelassen und sogar den Bürgermeister für sich eingespannt hatte. Da war es doch nur recht und billig, wenn sie seine Schulden bezahlte. Mit Theo war nicht zu spaßen, also musste er das Geld besorgen. Und genau das würde er tun.

Kapitel 37

Julia stand im Vorgarten der Pension Marina und arbeitete seit Stunden hochkonzentriert. Vor ihr auf der Staffelei befand sich ein halbfertiges Bild des Hauses. Am Morgen war sie nach Oldsum gefahren zu einem Laden namens Mariechen – Wohnen, Mode & Hobby, den Greta ihr ans Herz gelegt hatte. Julia hatte sich aufgrund von Gretas Schwärmerei mit entsprechend großen Erwartungen auf den Weg gemacht, und sie war nicht enttäuscht worden. Schon draußen konnte sie sich kaum sattsehen an all den verschiedenartigen Dekorationen. Es gab alles für ein rustikales, ein modernes oder ein verspieltes Zuhause. Und im Inneren des Ladens konnte man erst recht nach Herzenslust stöbern. Julia nahm sich vor, schon bald wiederzukommen und sich in der Modeabteilung eine der schicken Blusen zu kaufen, falls es eine erneute Verabredung mit Axel geben sollte. Heute war sie erst einmal auf der Suche nach einer Leinwand und Acrylfarben, auch damit konnte Mariechen dienen. Wieder in der Pension angekommen, hatte Greta eine alte Staffelei aus dem Keller geholt, die seit Jahren niemand mehr gebraucht hatte.

»Kurz nach Hinnerks Tod war ich auf der Suche nach einem Hobby, mit dem ich meine Gedanken von der Trauer ablenken konnte«, hatte sie Julia erklärt. »Aber ich musste recht schnell einsehen, dass ich fürs Malen absolut talentfrei bin. Und seitdem steht das Ding nur noch rum.«

Julia hatte sich gefreut wie ein Kind an Heiligabend und sofort losgelegt. Sie hatte so lange nicht gemalt, dass sie befürchtet hatte, keinen gelungenen Strich mehr auf die Leinwand zu bringen, aber dann lief es wie am Schnürchen. Sie freute sich schon darauf, dieses Hobby wieder regelmäßig zu betreiben, wenn ihr Umzug in das Vollmer'sche Haus und die Eröffnung der Galerie hinter ihr lagen. Mit gerunzelter Stirn versuchte sie gerade, die spezielle Struktur des Reetdaches nachzuempfinden, als Greta von ihren morgendlichen Besorgungen zurückkam.

»Hier sind zwei Briefe für dich, Julia«, rief sie schon von Weitem und schwenkte Kuverts über ihrem Kopf. »Der eine ist aus Hamburg, der andere steckte an deinem Scheibenwischer. Komisch, oder?«

Julia wurde flau im Magen. Seit fünf Tagen hatte sie keinen anonymen Brief mehr bekommen und gehofft, dass es so bliebe. Aber diese Hoffnung erfüllte sich scheinbar nicht, denn um was konnte es sich sonst bei dem Kuvert handeln, das Greta an Julias Auto gefunden hatte?

Im Näherkommen fing Greta breit an zu grinsen. »Ich wette, der Scheibenwischer-Brief ist von unserem lieben Bürgermeister. Von deinem Axel. Bestimmt will er sich wieder mit dir verabreden und fand diesen Weg romantischer als einen Anruf. Ich kann mich nur wiederholen: Schnapp ihn dir!«

Julia verkniff sich die Bemerkung, dass sie Gretas Meinung aber gar nicht hatte hören wollen, dass er nicht *ihr* Axel war und dass der Brief von Romantik so weit entfernt war, wie Föhr von der Zugspitze. Sie lächelte nur stumm, nahm beide Kuverts an sich und steckte sie in die Gesäßtasche ihrer Jeans.

»Ah, ich verstehe. Den Liebesbrief liest du lieber später ganz in Ruhe und allein«, schlussfolgerte Greta. Dann zwinkerte sie Julia verschwörerisch zu, machte auf dem Absatz kehrt und trug ihre Einkäufe ins Haus. Julia wünschte sich nichts sehnlicher, als dass Greta mit ihrer Vermutung Recht hätte, aber schon dieser eine flüchtige Blick auf den Briefumschlag hatte ihr gezeigt, dass es sich um eine Nachricht von dem anonymen Absender handelte.

Julia griff erneut zum Pinsel und versuchte, sich wieder ihrem Bild zu widmen. Aber die Lust war ihr vergangen. Wenn sie nicht riskieren wollte, ihr Werk mit wenigen unkonzentrierten Strichen zu zerstören, sollte sie für heute besser aufhören. Sie räumte die Sachen zusammen und stellte alles wie mit Greta vorher besprochen in das kleine Holzhaus am Rand des Grundstücks, in dem die Polster für die Gartenmöbel, der Grill und einige Gartengeräte aufbewahrt wurden. Dann ging sie mit hängenden Schultern ins Haus und direkt nach oben in ihr Zimmer.

Sie öffnete das Fenster, holte tief Luft und gleichzeitig die Briefe aus der Hosentasche. Wie erwartet kam aus dem Umschlag ohne Adresse wieder eine Postkarte mit einem Kunstmotiv zum Vorschein. Diesmal war es das Gemälde *Sternennacht* von Vincent van Gogh. War es Zufall, dass der anonyme

Absender überwiegend Bilder wählte, die Julia gemocht hatte, bevor sie sie mit Angst und Schrecken in Verbindung bringen musste? Oder kannte der Briefeschreiber sie besser als sonst irgendjemand? Auch dieses Bild hatte Julia immer gemocht. Es hieß, der Künstler habe es aus der Erinnerung heraus gemalt, da er sich zur Zeit der Entstehung des Gemäldes in einer Nervenheilanstalt in Frankreich befunden hatte, die er nicht oder höchstens in Begleitung verlassen durfte. Sollte das heißen, dass der Absender beabsichtigte, Julia mit den Briefen ebenfalls reif für die Anstalt zu machen?

Sie drehte die Karte um und stutzte. Die Rückseite war komplett vollgeschrieben, das hatte es bisher nicht gegeben. In exakten, sauberen Druckbuchstaben, die es einem Graphologen schwer machen würden, Rückschlüsse auf den Verfasser zu ziehen, stand da: *Willst du wissen, wer dir diese Briefe schickt? Dafür gibt es so viele Möglichkeiten wie Sterne am Himmel. Du wirst es bald erfahren. Danach lasse ich dich vielleicht in Ruhe. Aber das kostet. Wie viel, teile ich dir noch mit. Ich melde mich wieder, V.*

Julia ließ die Hand sinken, in der sie die Karte hielt. Es war nicht vorbei. Es wurde sogar schlimmer. Jetzt wurde sie tatsächlich erpresst. Auf Julias Stirn trat kalter Schweiß. Angst, Bedrohung und Machtlosigkeit kreisten über ihr wie Geier über einem Tierkadaver. Sie streckte den Kopf aus dem Fenster und atmete ein paar Mal tief ein und aus, um sich zu beruhigen. Es funktionierte nicht. *V.* – wer immer er war – hatte dafür gesorgt, dass Julia sich so machtlos und ausgeliefert fühlte wie selten zuvor in ihrem Leben.

Sie versuchte, einen Verdacht beiseitezuschieben, der in den vergangenen Tagen immer mal wieder aufgeblitzt war.

Heute hielt er sich hartnäckig und ließ sich nicht abschütteln. Was, wenn die Karten mit den Botschaften von Konstantin Schöller kamen? Hatten die Zeitungen in Hamburg doch über Valentins Tod berichtet? Aber wie brachte er das mit ihr in Zusammenhang? Allerdings wusste man bei Typen wie ihm nie, wie weit ihre Verbindungen reichten. Hatte er herausgefunden, dass sie häufig Zeit auf Föhr verbrachte und jemanden auf sie angesetzt, der ihn über ihr Leben, ihre Pläne, ihre Freundschaften und alles andere auf dem Laufenden hielt? Er wartete seit vielen Jahren auf die Gelegenheit, sich für seine Verurteilung an ihr zu rächen. Er kannte ihren Beruf, ihre Galerie und somit ihre Leidenschaft für Kunst. Und er kannte sie, er duzte sie in dem Erpresser-Brief.

Dagegen sprach, dass Schöller zwar ein Mistkerl, aber nicht dumm war. Bestimmt war ihm klar, dass sein Verbrechen schwerer wog als ihres, wenn ans Licht kam, was er aus unerklärlichen Gründen wusste. Julia überlegte angestrengt, wie er überhaupt von ihrer Beziehung zu Valentin erfahren haben konnte. War er ihr gefolgt? Aber das hätte ihr doch auffallen müssen. Wenn nicht auf dem Weg zum Anleger, dann doch zumindest auf der Fähre und bei der Ankunft in Wyk. Sie hatte ihr Umfeld immer gut im Blick und würde ausgerechnet Konstantin Schöller nicht übersehen. Dennoch wusste er Bescheid. Auch über das, was am Sonntamorgen geschehen war. Aber hatte sie sich überhaupt im juristischen Sinn schuldig gemacht? Sie hatte sich zweifellos falsch und unehrenhaft verhalten, als sie aus Valentins Haus abgehauen war und die Leiche zurückgelassen hatte, ohne den Notarzt zu rufen. Aber war das vor dem Gesetz ein Verbrechen? Eine Erpressung dagegen war auf jeden Fall eins. Außerdem war da die Sache mit der Unterschrift. Konstantin Schöller hatte kein V im Namen. Stand es für Vergeltung, die er suchte, weil sie ihn verlassen hatte? Nein, das war dann doch zu weit hergeholt. Oder nicht?

Erst gegen Abend öffnete sie den zweiten Brief, der für sie angekommen war und den sie durch den Schock über den Erpresserbrief kurzzeitig vergessen hatte. Er war von der Staatsanwaltschaft Hamburg und enthielt die Besuchserlaubnis für das Untersuchungsgefängnis. Der Termin war für den kommenden Montag angesetzt. Sie durfte Franziska besuchen. Aber nun machte sich doch ein mulmiges Gefühl in Julia breit. Sie hatte nie zuvor eine Haftanstalt betreten und war nicht besonders scharf darauf. Außerdem saß Franziska nicht wegen einer Kleinigkeit ein, sondern wegen Mordes. Aber Julia würde nicht kneifen. Sie hatte den Besuchsantrag nicht gestellt, um es sich dann anders zu überlegen. Außerdem wollte sie sich Franzis Version des Dramas anhören, das war sie ihrer langjährigen Mitarbeiterin schuldig.

Dazu kam, dass ihr hier auf Föhr gerade alles zu eng wurde. Ihr Pensionszimmer, das Haus *Marina*, sogar Gretas Gesellschaft und die ganze Insel. Auf einmal sehnte sie sich nach den gewohnten Abläufen in der Galerie, der Ruhe ihrer Hamburger Wohnung, dem Alleinsein, das sie für sich gewählt und stets genossen hatte. Noch immer träumte sie davon, hier auf Föhr ein neues Leben anzufangen. Und natürlich freute sie sich sehr, dass Oskar Vollmer sie nun doch als Käuferin seines Hauses akzeptiert hatte, aber über all das hatte sich dieses Gefühl von Bedrückung, Bedrohung und Unwohlsein gelegt wie eine schwere nasse Decke. Außerdem musste sie die Schließung der Galerie organisieren. Vor allem müsste sie die Künstler, mit denen sie laufende Verträge hatte, informieren und sich um eine gute Lösung für alle Beteiligten bemühen. Mit dem Verkauf ihrer Wohnung wollte Julia einen Makler beauftragen. Und dann war da auch noch der Banktermin für den benötigten Kredit. Es gab also einiges für sie in Hamburg zu tun.

Kapitel 38

Julia beschloss, ihre Heimreise um zwei Tage vorzuverlegen und am morgigen Donnerstag und nicht erst am Samstag abzureisen. Sie brauchte dringend ein bisschen Abstand von den Geschehnissen um Valentins Tod, von den anonymen Briefen, von der Erpressung – und auch von Axel. Sie war dabei, sich in ihn zu verlieben, in diesem Punkt hatte es absolut keinen Sinn, sich selbst zu belügen. Aber der Zeitpunkt für eine Männerbekanntschaft, aus der mehr werden könnte, hätte nicht unpassender sein können. Julias Leben schien eine einzige Baustelle zu sein. Und damit meinte sie nicht die zu erwartenden Baumaßnahmen im Vollmer'schen Haus, die für die Realisierung ihres Plans notwendig waren und auf die sie sich freute, sondern die emotional und nervlich belastende innere Unordnung.

Julia nahm ihr Smartphone und öffnete die Internetseite der Wyker Dampfschiffs-Reederei. Auf der Fähre, die um kurz vor elf am nächsten Morgen ablegen sollte, waren noch Plätze frei. Sie buchte online die Überfahrt für sich und ihren Porsche. So blieb ihr beim Frühstück genug Zeit, Greta ihre spontane Abreise zu erklären und ihr zuzusichern, trotzdem die Kosten für ihren ursprünglich geplanten Aufenthalt zu bezahlen. Auf keinen Fall wollte sie, dass ihre Freundin einen finanziellen Verlust erlitt, sich sorgte oder das Gefühl bekam, nicht alles getan zu haben, damit Julia auch diesmal wieder eine rundum angenehme Zeit auf Föhr verbracht hatte.

Nachlässig warf Julia ihre Sachen in die Reisetasche. Wozu jetzt noch auf Ordnung achten? Sie würde ohnehin alles in die Waschmaschine stecken. Nachdem bis auf die Kleidung, die sie morgen tragen wollte, und ihre Kosmetikartikel alles eingepackt war, legte Julia sich ins Bett. Sie stöpselte sich ihre Kopfhörer in die Ohren, suchte auf ihrem Smartphone nach Meditationsmusik und versuchte, sich zu entspannen. *Du darfst nicht komplett die Nerven verlieren, sonst bist du ein zu leichter Gegner*, ermahnte sie sich selbst in Gedanken. Sie hoffte, dass die Ereignisse, die sich hier auf der Insel abgespielt hatten, von Hamburg aus betrachtet weniger dramatisch erschienen. Entfernung funktionierte doch häufig wie eine Art Weichzeichner. Vielleicht klappte das ja auch in diesem Fall. Julia brauchte Abstand, um mit einem Blick von außen alles besser einordnen zu können. Sie hatte in ihrem Leben schon viele schwierige Situationen gemeistert und sich dabei immer auf sich selbst verlassen. Sie würde es auch dieses Mal schaffen.

Am nächsten Vormittag saß Julia mit geschlossenen Augen im Bordbistro der Fähre und hing ihren Gedanken nach. Greta hatte beim Frühstück erwartungsgemäß überrascht reagiert, als Julia von der für heute geplanten Abreise erzählte, von der gestern noch nicht die Rede war. Julia hoffte, dass Greta ihr die Geschichte abkaufte, dass der Besuch bei Franzi der Hauptgrund für ihre Rückkehr nach Hamburg war. Und dass sie nicht genau sagen konnte, wann sie wieder auf die Insel kam, weil sie in der Galerie einige Dinge zu erledigen hatte, da Franzi ja bis auf Weiteres ausfiel. Von Marina hatte Julia sich auch verabschiedet, allerdings nur telefonisch.

Julia gegenüber saß eine Familie, die sich nicht unterhielt, sondern in der alle nur auf ihre Handys starrten. Alle, bis auf den etwa vierjährigen Jungen, der neben dem großen Wanderrucksack des Mannes hockte, der höchstwahrscheinlich sein Vater war, und sich langweilte. Er starrte Löcher in die Luft und öffnete und schloss ohne Unterbrechung den Klettverschluss seines linken Schuhs. Niemand beachtete ihn, aber Julia raubte das Geräusch den letzten Nerv, deshalb stand sie auf und ging an die frische Luft.

Sie richtete ihren Blick in Richtung Dagebüll. Wenn sie das Festland erreicht hatten, waren es noch knapp zweieinhalb Stunden Autofahrt und sie war zu Hause. Zu Hause. Wie lange würde es noch dauern, bis sie Wyk auf Föhr so nennen konnte?

Beim Betreten des schneeweißen und modern geschnittenen Hauses in Harvestehude, in dem sich Julias Eigentumswohnung befand, begegnete ihr zum Glück niemand. Sie vermied ohnehin weitestgehend den Kontakt zu ihren Nachbarn und auf Small Talk über das Wetter oder ähnlich uninteressante Themen hatte sie heute erst recht keine Lust. Dass sie die Wohnung würde verkaufen müssen, um sich den Neubeginn auf Föhr mit allem Drum und Dran leisten zu können, machte ihr nichts aus. Sie wohnte hier zwar schon seit einigen Jahren, fühlte sich aber in ihren vier Wänden trotzdem nicht wirklich heimisch. Einen Käufer für die Immobilie zu finden, dürfte kein Problem sein, und der Verkauf würde ihr eine ansehnliche Summe aufs Konto spülen.

Beim Öffnen des Briefkastens im Treppenhaus fiel ihr ein dicker Stapel Briefe entgegen. Ohne genauer hinzusehen, klemmte sie sich die Post unter den Arm, stieg in den Aufzug und fuhr hinauf zu ihrer Wohnung in der dritten Etage. Drinnen führte der erste Weg Julia in ihre stylische Hochglanzküche, wo sie die Briefe auf der Arbeitsplatte ablegte und den Blick durch den Raum gleiten ließ. Direkt neben der Tür stand ein Gourmet-Kühlschrank, ein High-End-Gerät, das ein kleines Vermögen gekostet hatte und keine Wünsche offen ließ. Es gab umluftgekühlte Fächer für Lebensmittel, Eis-, Chrushed Ice- und Wasserspender, LED-beleuchtete Kühl- und Gefrierfächer und vieles mehr. Den Mittelpunkt der Küche bildete die große Induktionskochinsel mit dem seitlich angebrachten Dunstabzug. Hier könnte sie problemlos Freunde bekochen und bewirten, aber … Sie dachte den Gedanken lieber nicht zu Ende. Damals im Möbelhaus war sie davon überzeugt gewesen, dass genau diese Küche sie glücklich machen und dafür sorgen würde, dass sie ab sofort regelmäßig und raffiniert kochen und sich vorbildlich ausgewogen ernähren würde. Aber es hatte sich schnell herausgestellt, dass die Traumküche keine Hobbyköchin aus ihr gemacht hatte. Und inzwischen wusste sie dank Greta und Marina, dass ein Haus oder eine Wohnung nicht durch die Einrichtung zu einem Zuhause wurde.

Julia goss sich ein Glas Wasser ein und trank es in einem Zug aus. Dann sah sie sich ihre Post genauer an. Bei den meisten Schreiben handelte es sich erwartungsgemäß um Rechnungen und Werbung. Aber ihr fiel auch ein Kuvert in die Hände, bei dessen Anblick ihr Herzschlag aus- und Schnappatmung einsetzte. Sie erkannte sofort die exakt gemalten Druckbuchstaben, mit denen der anonyme Absender gestern die Erpressung formuliert hatte. Bitte nicht. Nicht schon wieder. Und dann auch noch an ihre private Adresse. Der unheimliche Unbekannte wusste also mehr über sie, als sie bisher gedacht und befürchtet hatte.

Mit zitternden Fingern öffnete sie den Briefumschlag. Wieder enthielt er eine Postkarte mit dem Motiv eines Gemäldes. *Die Geburt der Venus* hieß das Kunstwerk, das der Erpresser für diesen Brief gewählt hatte. Das Bild des Künstlers Sandro Botticelli galt allgemein als Huldigung der Liebe. Einen begleitenden Text gab es auf der Karte nicht. Auch keine Unterschrift. Julia warf einen erneuten Blick auf das Kuvert und stutzte. Der Brief war auf Föhr abgestempelt worden, und zwar am Tag nach Valentins Tod. Ein weiterer Beweis dafür, dass der Unbekannte von ihrem Verhältnis gewusst und sie bei ihrer Flucht beobachtet hatte? Hatte er Vorsorge getroffen, falls sie die Insel nach diesem schrecklichen Ereignis sofort wieder verlassen hätte und nach Hause gefahren wäre, um so viel Distanz wie möglich zwischen sich und die Geschehnisse zu bringen? Mit dem Versenden dieses Briefes an ihre Hamburger Adresse war er auf Nummer sicher gegangen, hatte ihr auch hier klargemacht, dass er Bescheid wusste. Dass sein Wissen Folgen für sie hatte. Und dass sie ihm nicht entkommen würde, egal wo sie sich aufhielt.

In Julia stieg Wut auf. Sollte sie sich jetzt hier in Hamburg auch unwohl und unsicher fühlen? Wollte er sie am Boden sehen? Das durfte sie nicht zulassen. Sie musste sich wehren, anstatt nur abzuwarten. Mit einer wütenden Bewegung wischte sie den ganzen Stapel Briefe von der Arbeitsplatte, bis alles verstreut auf dem gefliesten Fußboden lag. Am liebsten hätte sie ihren Zorn laut herausgeschrien, aber das würde womöglich die Nachbarn auf den Plan rufen. Sie biss sich auf die Faust und wartete, bis der Impuls nachließ. Erneut füllte sie das Wasserglas bis zum Rand und leerte es mit gierigen Schlucken. Dann lenkte sie ihre Schritte Richtung Badezimmer, zog sich auf dem Weg dorthin aus und ließ ihre Sachen achtlos auf den Boden fallen. Sekunden später stand sie unter der Dusche, drehte kaltes Wasser auf und versuchte, sich zu beruhigen.

Anschließend fühlte sich Julia besser. Abgekühlt. Gereinigt. Erfrischt. Sie zog ihren flauschigen Bademantel an und machte es sich auf ihrem Sofa bequem. In ihr tobten noch immer die widersprüchlichsten Gefühle, aber etwas hatte sich verändert. Sie fühlte sich stärker, widerstandsfähiger. Sie war entschlossen, den Kampf mit diesem Unbekannten aufzunehmen, der es sich herausnahm, sich wie ein Eindringling in ihrem Leben breitzumachen und der ihr mit diesem Brief an ihre Privatadresse noch enger auf die Pelle rückte. Sie hatte schon ganz andere Probleme gelöst. *Ich werde mit ihm fertig werden*, machte sie sich selbst Mut. Natürlich war sie seit gestern frustriert, weil nach Tagen, in denen sie sich fast ein bisschen sicher gefühlt hatte, wieder ein Brief bei Greta für sie angekommen war. Und natürlich hatte sie Angst, denn zum ersten Mal hatte der Absender sie direkt angesprochen und war dadurch realer geworden als vorher.

Aber sie war trotz allem ein bisschen erleichtert, denn endlich kam Bewegung in die Sache. Die Karten waren nicht länger nur furchteinflößende Andeutungen, bei denen sie auf ihre eigenen Interpretationen angewiesen war, die ebenso falsch wie richtig sein konnten. Julia war gespannt darauf, wie es jetzt weitergehen würde. Von ihrer Abreise von der Insel hatte der Kerl sicher längst Wind bekommen. Was plante er als nächsten Schritt? Würde eine weitere Karte eintreffen? Oder wie würde er ihr sonst mitteilen wollen, wie viel Geld er von ihr verlangte. Und wann, wo und wie sie es ihm zukommen lassen sollte. Sofern sie sich überhaupt dazu entschied, zu bezahlen.

Sie musste auf die nächste Kontaktaufnahme warten. Dann würde sie entscheiden, ob sie auf die Geldforderung eingehen oder sich an die Polizei wenden wollte. Schließlich handelte es sich jetzt um eine lupenreine Erpressung. Und wenn die Beamten fragten, womit der Briefeschreiber sie erpresste, würde sie halt die Wahrheit sagen. Was hatte sie sich zu Schulden kommen lassen? Nichts strafrechtlich Relevantes. Allerdings war ihr Handeln wohl moralisch verwerflich gewesen, und es wäre ihr lieber, es würde nicht bekannt, aber alles war besser, als sich einem Erpresser auszuliefern. Und wieso sollte die Polizei es öffentlich machen? Zur Not müsste sie sich einen Rechtsanwalt nehmen, der das hoffentlich zu verhindern wüsste. Erleichtert stellte sie fest, wie ihre bisherige Hilf- und Machtlosigkeit neuen Kampfgeist wich. Und dieses Gefühl half ihr nicht nur, motiviert in der Galerie nach dem Rechten zu sehen, sondern auch das Wochenende zu überstehen, das sich endlos zu dehnen schien.

Kapitel 39

Am Montagnachmittag parkte Julia ihr Auto am Bahnhof Dammtor. Dann ging sie zu Fuß zum Holstenglacis 3, wo sich die Hamburger Untersuchungshaftanstalt befand. Sie wusste, dass alle Personen, die in der Hansestadt verhaftet wurden, zuerst hier landeten. Dass die Polizei somit ihre vorläufig Festgenommenen bereits vor dem Erlass eines Haftbefehls an die Justiz übergab, war einzigartig in der Bundesrepublik. Außer in Hamburg gab es das in keinem anderen Bundesland.

Das rote Backsteingebäude wirkte erwartungsgemäß wenig einladend. Im Bereich des Haupteingangs entdeckte Julia eine Gedenktafel, die darüber aufklärte, dass während der NS-Herrschaft hier Tausende Männer und Frauen festgehalten worden waren. Dass im Gefängnishof fast fünfhundert Todesurteile durch Enthauptung vollstreckt worden waren, ließ ihr einen Schauer über den Rücken laufen. Julia hätte nie gedacht, dass sie selbst einmal einen Grund haben würde, diesen Ort aufzusuchen. Ihr Mund war vor Aufregung staubtrocken, obwohl sie nur als Besucherin hier war und in einer Stunde wieder in ihr Auto stieg. Wie würde es sein, Franziska gegenüberzutreten?

Im Eingangsbereich des Besucherzentrums legte Julia ihre Handtasche in eins der Schließfächer und steckte eine Zwei-Euro-Münze in den Geldschlitz, um abschließen zu können. Dabei erinnerte sie sich an die Schwimmbadbesuche ihrer Kindheit. Den Schlüssel behielt sie in der Hand, während sie von einer Justizbeamtin abgescannt und abgetastet wurde. Dann wurde Julia an einen der männlichen Kollegen übergeben. Der Beamte bat Julia, ihm zu folgen. Sie marschierten über einen langen Flur, der immer wieder unterbrochen wurde von vergitterten Türen, die der Justizbeamte auf- und hinter ihnen wieder abschloss. Seine Gummisohlen quietschten auf dem Linoleumfußboden.

Julia war erleichtert über das Outfit, das sie trug. Als sie sich in ihrer Marlenehose mit Seidenbluse und Highheels zu Hause im Spiegel betrachtet hatte, war sie sich selbst fremd vorgekommen. Diese Aufmachung passte einfach nicht mehr zu der Person, die sie jetzt war und unbedingt bleiben wollte. Also hatte sie sich umgezogen und folgte dem Beamten jetzt in Chinohose, Shirt mit Blazer und Sneakers über den Gefängnisflur. Sie erreichten ein Schild, aus dem hervorging, dass sie sich nun im Frauentrakt befanden. Der Beamte öffnete eine Tür, und Julia betrat einen Raum mit schmucklosen weißen Wänden, in dem sich keine Personen aufhielten. Es gab ein paar Tische mit Holzstühlen, die an ein Klassenzimmer erinnerten. Der Beamte zeigte auf einen der Tische, forderte Julia auf, sich zu setzen, und ließ sie allein.

Nach wenigen Augenblicken kam er zurück und brachte Franzi mit. Sie war stilvoll gekleidet wie immer, da sie in der Untersuchungshaft ihre eigene Kleidung tragen durfte. Allerdings sah man den Sachen deutlich an, dass sie sie inzwischen schon unverhältnismäßig lange trug. Im Gesicht war Franzi kreidebleich, was Julia bestimmt auch deswegen so auffiel, weil sie ihre Kollegin nie zuvor ungeschminkt gesehen hatte. Franzis Haare sahen stumpf und glanzlos aus und sie presste die Lippen verbittert zusammen, was sie älter aussehen ließ.

Julia räusperte sich, schluckte trocken und hoffte, dass ihre Stimme ihr gehorchte.

»Hallo, Franzi. Geht es dir gut?« Im selben Moment hätte sie sich ohrfeigen können für die blöde Frage. Franzi hatte einen Mord gestanden, saß in Untersuchungshaft und würde zu einer mehrjährigen, wahrscheinlich sogar lebenslangen Freiheitsstrafe verurteilt werden. Wie sollte es ihr da gutgehen?

»Was willst du hier?«, war alles, was Franzi erwiderte.

»Ich wollte dich sehen. Ist es denn wirklich wahr? Ich meine, dass du den Mann erstochen hast? Aber warum? Und was hattest du überhaupt mit ihm zu tun? Woher kanntest du ihn?«

»Ganz schön viele Fragen auf einmal, findest du nicht? Du hörst dich an wie die Bullen.«

»Entschuldige. Ich bin nur so durcheinander. Ich kann das alles nicht glauben«, gab Julia zu.

»Solltest du aber«, antwortete Franzi.

Dann sagten beide eine Zeit lang kein Wort. Julia wollte nicht noch mehr Fragen stellen. Jetzt war es an Franzi, zu antworten oder eben nicht. Es dauerte einige Minuten, in denen Julia stocksteif auf dem unbequemen Stuhl saß, während Franzi unruhig hin- und herrutschte. Dann brach es plötzlich aus ihr heraus. »Ich war mit dem Typen zusammen, okay? Also, jedenfalls dachte er, wir wären ein Paar und würden heiraten und für immer zusammen sein bis dass der Tod uns scheidet und dieser ganze Scheiß. Aber mir ging es um sein Geld, klar? Er hatte die Kohle, die ich für die Anteile an der Galerie brauchte. Um endlich aufzusteigen in der Gesellschaft. Um Billstedt und den ganzen Dreck hinter mir zu lassen, aus dem ich komme. Eine wie du kapiert das natürlich nicht. Wenn einem von Geburt an die Sonne aus dem Arsch scheint, weil man immer Geld und nie Probleme hat, dann kann man das auch nicht kapieren.« Der Blick, mit dem sie Julia bedachte, war hasserfüllt.

»Jedenfalls hatte er mir versprochen, mir aus lauter Liebe die Galerie zu schenken. Aber dann hat er plötzlich den Schwanz eingezogen und was gefaselt von unkluger Investition und dass unsere Beziehung für einen solchen Schritt noch nicht genug gereift war und so weiter. Und da sind mir die Sicherungen durchgebrannt. Ich war so nahe dran und dann macht der Kerl diesen Rückzieher. Ich meine, ich habe mich wochenlang mit dem getroffen, war sogar mit ihm in der Kiste, was kein Vergnügen war, das kannst du mir glauben. Allein damit hätte ich mir die Kohle schon redlich verdient. Und dann überlegt der Herr es sich anders und ich soll das einfach so hinnehmen? Nee, nicht mit mir. Da hab ich das Messer aus der Tasche genommen und zugestochen.«

Julia wusste nicht, was sie mehr überraschte. Die Abgeklärtheit, mit der Franzi ihre Tat schilderte, oder die schnodderige Ausdrucksweise, die im krassen Gegensatz zu ihrer stilvollen Garderobe stand und außerdem nichts mit der Franzi zu tun hatte, die Julia bisher gekannt hatte. Franzi sah sie aus müden Augen an und erwartete scheinbar eine Reaktion.

»Wieso bist du eigentlich in U-Haft? Du hast die Tat doch gestanden.« *Als ob das eine Rolle spielte.*

»Wegen Fluchtgefahr. Sie haben Schiss, dass ich mich absetze. Allerdings fehlt mir ja sogar dafür das Geld.«

»Und wieso hattest du überhaupt ein Tranchiermesser in deiner Handtasche?« *Wenigstens eine etwas schlauere Frage.*

»Weil ich nicht auf einer Blumenwiese wohne, so wie du, sondern in Billstedt. Hast du's noch immer nicht gecheckt? Da muss jeder auf sich selber aufpassen. Du musst dich wehren können, weil dich der Heimweg nun mal nicht nur an schicken Villen und teuren Boutiquen vorbeiführt.«

»Wenigstens hat dein Gewissen noch dafür gereicht, den Mord umgehend zuzugeben«, sagte Julia und hörte selbst, dass sie so überheblich klang, wie Franzi sie soeben eingeschätzt hatte.

Franziska warf den Kopf in den Nacken und lachte laut, aber es war ein künstliches Lachen. »Ja, das haben die Bullen auch gesagt. Postdeliktische Reue haben sie es genannt. Ich nenne es Ausweglosigkeit. Was hätte ich denn machen sollen? Irgendwann hätten sie mich sowieso gekriegt. Außerdem ist mir sowieso scheißegal, was aus mir wird. Mein Leben war es von Anfang an nicht wert, gelebt zu werden. Einmal Slum, immer Slum.« Sie zuckte mit den Schultern und blies sich eine Haarsträhne aus der Stirn.

»Aber die Anstellung in der Galerie war doch ein Anfang. Ein Schritt in ein besseres Leben. Und du bist so gut in deinem Job.«

»Ja, aber die dicke Kohle hast du verdient und nicht ich.«

»Geld ist ja nicht alles im Leben«, sagte Julia, obwohl ihr klar war, wie seltsam sich das ausgerechnet aus ihrem Mund anhören musste. Trotzdem fügte sie hinzu: »Weißt du, Geld polstert die harten Kanten vieler unangenehmer Situationen im Leben. Aber es macht nicht glücklich. Oder glaubst du, ich wäre jeden Tag glücklich und hätte nicht die geringsten Probleme, nur weil ich Geld habe?«

»Mir kommen die Tränen«, gab Franziska abfällig zurück. »Du hattest durch deine Kohle aber Möglichkeiten. Ich hatte nie welche, bis auf die Chance mit den Galerieanteilen. Und als daraus dann auch nichts wurde, hab ich eben rotgesehen.«

»Ich hätte dich bestimmt nicht unter Druck gesetzt wegen des Verkaufs der Anteile. Wir hätten eine andere Lösung gefunden. Du hättest doch mit mir darüber reden können.«

Franzi schnaubte und verdrehte die Augen. »Ach ja? Du hast mich doch kaum wahrgenommen. Hast dich nie für irgendwas Privates von mir interessiert. Hast mich nicht ein einziges Mal gefragt, ob wir die Mittagspause gemeinsam verbringen oder uns mal abends treffen wollen.«

»Okay«, räumte Julia ein, »wir waren vielleicht nicht unbedingt Freundinnen, aber zumindest doch gute Kolleginnen, oder?«

»Nein, Julia«, widersprach Franzi, »wir waren Chefin und Angestellte, nicht mehr und nicht weniger. Du bist nun mal die Goldmarie und ich die Pechmarie. So sieht's aus.«

Dass die Pechmarie im Märchen von Frau Holle sich das ganze Pech durch ihr Verhalten selbst eingebrockt hatte, behielt Julia für sich, aber sie wiederholte: »Ich bin ganz sicher, dass ich dir hätte helfen können.«

Franzi zuckte gleichgültig die Schultern. »Ich wollte mir aber lieber selbst helfen. Und ich hätte es auch fast geschafft, ich war so kurz davor.« Sie hielt Daumen und Zeigefinger nahe zusammen, so dass sie sich fast berührten. »Einen Spaziergang an der Außenalster hat er vorgeschlagen. Er dachte wohl, ein bisschen Romantik kann nicht schaden, während er meinen Traum platzen lässt. Und um mir das zu sagen, bist du mit mir hierhergefahren, hab ich ihn gefragt. Da meinte er, dass er sich nebenbei auch nach einem anstrengenden Tag den Kopf durchpusten lassen wollte. Tja, ich hätte ihm zu gerne den Kopf durchgepustet, aber 'ne Knarre hatte ich nun mal nicht. Nur das Messer. Hätte nicht gedacht, dass dabei so 'ne

Sauerei rauskommt. Echt viel Blut!« Julia war bei Franzis emotionsloser Schilderung der Tat erneut zusammengezuckt. Erleichtert stellte sie fest, dass der Beamte an der Tür sie ansah, auf seine Armbanduhr zeigte und ihr damit zu verstehen gab, dass die Besuchszeit zu Ende war.

»Ich muss gehen, Franzi. Und ich weiß auch ehrlich gesagt nicht, was ich noch sagen soll.«

»Es gibt nichts mehr zu sagen. Mich buchten sie ein und du machst weiter wie bisher. So einfach ist das.«

Julia stand auf und überlegte, wie sie sich am besten von Franzi verabschiedete. Da ihr nichts Passendes einfiel, legte sie ihr nur kurz die Hand auf die Schulter und ging wortlos Richtung Tür.

Als sie schon auf dem Gang stand, rief Franzi ihr nach: »Mach's gut, Goldmarie.«

Kapitel 40

Zurück in Harvestehude parkte Julia das Auto vor ihrem Wohnhaus. Doch als sie die Haustür aufschließen und hineingehen wollte, wurde ihr klar, dass sie die Einsamkeit ihrer Wohnung nicht würde ertragen können. Seltsam, sie war immer gerne allein gewesen. Auf einmal war das anders. Wie schön wäre es jetzt, in der gemütlichen Küche in Nieblum auf Greta zu treffen, ihr von dem heutigen Nachmittag zu erzählen und sich dabei von Minute zu Minute wieder besser zu fühlen.

Denn genau das schaffte Greta immer, dass es einem leichter ums Herz wurde. Weil sie es trotz aller Lebhaftigkeit und Redseligkeit wie kaum eine andere verstand, zuzuhören und kluge, klärende, oft sogar weise Bemerkungen einzustreuen.

Julia straffte die Schultern und seufzte. Greta war nicht hier, also musste sie allein klarkommen. Das hatte sie doch bisher immer geschafft. Sie schlug den Mantelkragen hoch, weil ein kühler Wind aufgefrischt hatte, und entfernte sich mit energischen Schritten von ihrem Wohnhaus. Ein Spaziergang war jetzt genau das Richtige, um die Grübeleien zu durchbrechen und die Erinnerungen an das Gefängnis, Franziska und die furchtbare Tat, die sie begangen hatte, in den Hintergrund zu drängen.

Mit gesenktem Kopf marschierte Julia drauflos. Für die Häuser und Geschäfte links und rechts von ihr, für die gepflegten Grünflächen oder die Menschen, die ihr begegneten, hatte sie keinen Blick übrig. Zu tief war sie in Gedanken versunken. Sie hatte geglaubt, Franziska zu kennen. Aber was hatte sie wirklich von ihr gewusst? Kleider machten eben Leute und Franziska hatte immer ausgesehen wie aus dem Ei gepellt. Daraus Rückschlüsse auf den Charakter eines Menschen zu ziehen, war ebenso oberflächlich wie gefährlich. Hinter jedem in Lumpen gekleideten Obdachlosen konnte sich ein wahrer Engel verbergen. Und hinter jedem Designerkleid eine Mörderin.

Julia lief es zum wiederholten Mal kalt den Rücken hinunter, als sie sich Franziska dabei vorstellte, wie sie kaltblütig und emotionslos auf ihr Opfer einstach. Auf einmal wurde Julia klar, wie schlecht sie Franziska kannte. Franziskas Vater lebte irgendwo im Ausland, ihre Mutter war vor einigen

Jahren an Krebs gestorben. Bis zu ihrem Tod war sie von Franziskas einziger Schwester gepflegt worden, die aber den Kontakt zu Franziska abgebrochen hatte, nachdem diese nicht zur Beerdigung der Mutter erschienen war. Warum, wusste Julia nicht, ebenso wenig, wieso sie zum Vater keinen Kontakt hatte. Dank Skype, Facetime und so weiter konnte man inzwischen mit Angehörigen in fast allen Teilen der Welt regelmäßigen Kontakt halten. Darauf angesprochen hatte Julia ihre Mitarbeiterin allerdings nie. Und näher darüber nachgedacht, das musste sie zugeben, hatte sie sie auch nicht. Weil sie nicht neugierig erscheinen wollte? Oder weil es sie gar nicht interessiert hatte, wie Franziska ihr heute vorgeworfen hatte?

Hätte Julia genauer hinsehen und bemerken müssen, wie unzufrieden Franzi mit ihrem Leben war? Wie sehr sie sich ein anderes Dasein wünschte, nach mehr gierte als dem, was sie hatte. Neid, Enttäuschung und der Frust über unerfüllte Wünsche mussten seit langer Zeit ein ständiger Begleiter für Franzi gewesen sein. Natürlich passierten häufig schlimme Dinge in Folge einer Kurzschlussreaktion, aber Julia war sicher, dass Franziska den furchtbaren Mord nur begangen haben konnte, weil sich all diese negativen Gefühle auf einmal entladen hatten. Wie bei einem Vulkanausbruch. Und zwar an diesem schicksalhaften Abend an der Außenalster. Dem letzten Abend des Bankierssohns Dominik von Bahlstedt.

Ohne darauf geachtet zu haben, wohin der Weg sie führte, stand Julia kurze Zeit später vor der Tür eines beliebten und immer gut besuchten Bistros in Harvestehude. Kurzentschlossen trat sie ein, ging zur Theke und bestellte in Erinnerung an ihren ersten Abend mit Axel einen doppelten Whisky. Sie trank nur selten Alkohol und wenn, dann nur trockenen Rotwein, langsam und mit Genuss. Den Whisky jedoch kippte sie hinunter wie ein Rodeo-Reiter. Das Gebräu brannte ihr beinahe die Eingeweide weg, aber sie verzog keine Miene und bestellte per Kopfnicken und Handzeichen noch einmal dasselbe. Wieder leerte sie das Glas in Sekundenschnelle. Dann legte sie einen Geldschein auf den Tresen und verließ die Bar. Draußen schüttelte sie sich und hustete kurz. An dieses Getränk würde sie sich niemals gewöhnen, aber für heute hatte sie sich selbst damit hoffentlich einen tiefen und hoffentlich traumlosen Schlaf beschert.

Als Julia am Dienstagmorgen sehr früh aufwachte, fühlte sie sich wie nach einer durchzechten Nacht. Der pelzige Geschmack im Mund passte perfekt dazu. Sie schleppte sich in die Küche, trank Kaffee aus dem Kaffeevollautomaten und schüttete sich die Hälfte über ihr Nachthemd. Na, der Tag fing ja super an. Im Schlafzimmer stand sie einige Zeit reglos vor dem geöffneten Kleiderschrank. Hosen und Röcke aus hochwertigen Stoffen, dazu edle Seidenblusen und seriös wirkende Blazer in gedeckten Farben. Was sollte sie anziehen? Eigentlich war es ja völlig egal, sie würde in jedem Fall wie immer teuer, gediegen und respektabel aussehen. Und unnahbar.

In Julias Gedanken schob sich ein glasklares Bild. Greta in ihrem Garten, angezogen mit der ausgebeulten Latzhose, den Gummistiefeln mit Blumendruck und dem breitkrempigen Strohhut. Und mit diesem Lachen, das keine noch so erlesenen Kleidungsstücke überstrahlen könnten. Greta war so echt, so Greta. Und sie, Julia, war eine Frau wie aus der Fernsehwerbung. Und die war das Gegenteil von echt.

Julia entschied sich für eine schmal geschnittene schwarze Hose und eine cremefarbene Bluse. So oft getragen und so typisch für sie, dass sie sich wie in einer Uniform vorkam.

Sie wollte den Schrank wieder schleißen, da fiel ihr Blick auf den Kasten im Fach ganz unten. Darin lag die Geige, die ihre Mutter ihr gekauft hatte, als sie fünf Jahre alt war. Sie hatte Unterricht bekommen und mit wenig Enthusiasmus ein paar Tonleitern auf dem Instrument gekratzt. Nach einigen Wochen war der Musiklehrer so fair, ihrer Mutter schonend zu erklären, dass bei dem reizenden Töchterlein leider kein musikalisches Talent gefördert werden konnte, weil keins da war. Julias Mutter war darüber betrübt. Hatte sie doch schon davon geträumt, ihre Tochter auf den großen Bühnen der Welt spielen zu hören. Julias Vater war über das abrupte Ende des erfolglosen Geigenunterrichts nicht sonderlich traurig. Er hatte Julias Interesse für Malerei und Kunstgeschichte früh erkannt und geahnt, dass ihr wahres Talent auf diesem Gebiet lag. Somit war er nicht im Geringsten überrascht, dass sie nach dem Abitur auf die Kunsthochschule ging. Er war es, der ihr zur Eröffnung einer Galerie geraten und sie dabei finanziell unterstützt hatte, aber Julia selbst hatte sie zu dem erfolgreichen Unternehmen gemacht, dem Hotspot der Kunstliebhaber aus Hamburg und Umgebung.

Aber was nützte der ganze Erfolg, wenn man ihn mit niemandem teilen konnte? Wenn da keiner war, der sich mitfreute? Greta zum Beispiel hatte durch die Vermietung ihrer Gästezimmer ihr Auskommen, aber keinen nennenswerten Erfolg. Dasselbe galt für Marina und ihre Senioren-WG. Dennoch waren beide Frauen erkennbar zufriedener als Julia. Viel zufriedener. Sie hatten sich und weitere Freunde. Sie konnten allein sein, wann sie wollten, aber sie waren nie einsam. Genau darin lag der Unterschied, nur hatte Julia das bisher nie erkannt. Ein warmes Gefühl breitete sich in ihr aus, als sie daran dachte, dass sie Greta und Marina ihre Freundinnen nennen durfte. Plötzlich sehnte sie sich zurück auf die Insel, so wie sie sich auf Föhr manchmal in ihre Hamburger Wohnung gewünscht hatte. Wann würde sie endlich wissen, wohin sie gehörte?

Mit einem letzten Blick auf den Geigenkasten schloss Julia den Kleiderschrank. Sie fragte sich, was sie mit dem Tag anfangen könnte. Den Banktermin wegen der Kreditvergabe hatte sie erst morgen Vormittag, aber alle benötigten Unterlagen waren vorbereitet und der Termin selbst war reine Formsache. Um die Galerie kümmerte sich nach wie vor Sybille, die sofort nach Franzis Verhaftung eingesprungen war. Aber wieso sollte sie ihr heute nicht mal wieder einen freien Tag gönnen und selbst nach dem Rechten sehen? Das würde sie sicher von diesen nervtötenden und nicht zielführenden Grübeleien ablenken. Entschlossen nahm Julia das Telefon aus der Ladestation und drückte auf die Kurzwahltaste vier.

»Höfer?«

»Hallo, Sybille! Ich bin's, Julia.«

»Hey, Julia, was gibt's?«

»Ich bin mal wieder für ein paar Tage zurück in Hamburg, um ein paar Dinge zu regeln für meinen Umzug nach Föhr.«

»Aha«, war alles, was Sybille sagte.

»Ich kann mich gar nicht genug bei dir bedanken für deinen Einsatz. Das war echt toll von dir, wie spontan und flexibel du das Ruder übernommen hast.«

»Kein Ding«, antwortete Sybille, »ich kann jeden zusätzlichen Cent gebrauchen.«

»Aber gegen einen freien Tag zwischendurch hast du bestimmt auch nichts einzuwenden, oder? Ich würde mich dann heute mal wieder selbst um die Galerie kümmern.«

»Okay, dann nutze ich die Chance und kaufe meinem Ältesten ein paar neue Klamotten. Dem kann ich echt beim Wachsen zugucken.« Ein mütterlich gestresster Seufzer folgte Sybilles Worten.

»Na, siehst du, dann passt das ja. Und morgen übernimmst du dann wieder, okay?«

»Geht klar. Tschüss, Julia.«

»Tschüss, Sybille, und macht euch einen schönen Tag, du und dein Sohn.«

Aber Sybille hatte bereits aufgelegt. Sie hatte kein Wort über Franzi und ihre schreckliche Tat verloren. Aber was gab es dazu auch zu sagen? Sybille war glücklicherweise keine dieser Frauen, die sich gerne über andere das Maul zerrissen. Wie es Julia ging und wie es mit ihrem Umzugsvorhaben voranging, hatte Sybille allerdings ebenfalls nicht gefragt. Nicht, dass Julia etwas Derartiges erwartet hätte. Sie wunderte sich nur darüber, dass es ihr überhaupt auffiel.

Eine halbe Stunde später betrat Julia ihre Galerie und sah sich um. Alles war blitzsauber, kein Bild hing schief, die Kunstkataloge lagen exakt gestapelt und auf dem gläsernen Verkaufstresen war kein einziger Fingerabdruck zu sehen. Sybille hatte gute Arbeit geleistet. Sie verstand zwar nicht sonderlich viel von Kunst, aber sie war freundlich und zuvorkommend zu den Kunden und man konnte sich im Hinblick auf alles Organisatorische zu hundert Prozent auf sie verlassen. Es tat Julia leid, dass Sybille durch die Schließung der Galerie ihren Job verlieren würde, aber leider sich das nun nicht ändern, denn der Entschluss, die Galerie aufzugeben, stand fest. Sie würde aber ihre Kontakte nutzen, um ihr zu einer neuen Anstellung zu verhelfen, und war zuversichtlich, dass ihr das gelingen würde, denn unter ihren Kunden waren genügend Geschäftsleute.

Julia schlenderte durch den Ausstellungsraum in ihr angrenzendes Büro und wieder zurück und horchte in sich hinein. Regte sich vielleicht doch tief in ihr der Wunsch, das Geschäft zu behalten? Ihre Zelte hier in Hamburg nicht abzubrechen? Nein, im Gegenteil. Das minimalistische, sterile Flair der Räumlichkeiten ließ Julia plötzlich frösteln. Sie dachte an Gretas Pension, Marinas Flensenhaus und das Haus von Oskar Vollmer, das in absehbarer Zeit ihr gehören würde. Sie dachte sogar an Valentins Haus, dessen Bild sie gestochen scharf vor Augen hatte. Keiner dieser Orte war nur annähernd so schick und modern wie ihre Galerie und ihre Wohnung. Aber alle waren gemütlich und – ein Zuhause.

Kapitel 41

Als Axel Wellensiek gegen Mittag seine Haustür aufschloss, kam ihm Sunny nicht wie sonst entgegen, um ihn zu begrüßen. Axel hatte den Hund heute Morgen ausnahmsweise nicht mit zur Arbeit genommen, weil er ein wichtiges Treffen mit einigen Bürgermeistern der Inseldörfer hatte. Man konnte und durfte nicht pauschal davon ausgehen, dass jeder Mensch

Hunde im Allgemeinen und seinen Sunny im Besonderen so toll fand wie er selbst, deshalb hatte er Rücksicht genommen und war ohne seinen treuen Begleiter zu der Sitzung erschienen. Den ganzen Tag über wollte er Sunny aber nicht allein lassen, daher hatte er die Mittagspause genutzt, um schnell nach Hause zu laufen und ihn abzuholen. Vor der Rückkehr ins Büro wollte er mit Sunny einen langen Spaziergang machen, und ein Belohnungs-Leckerli war auf jeden Fall auch drin.

»Sunny?«, rief Axel laut, als der Hund sich nicht blicken ließ.

Seltsam. Er inspizierte die Küche und wechselte von dort aus ins Wohnzimmer. Sunny war nirgends zu sehen. Axel ging ins Schlafzimmer, das für den Hund eigentlich tabu war. Aber vielleicht hatte er die Tür heute Morgen offen gelassen und Sunny hatte die Gunst der Stunde genutzt und sich im Bett niedergelassen. Als selbst verordnete Wiedergutmachung dafür, dass er allein zu Hause war. Aber die Schlafzimmertür war geschlossen. Trotzdem sah Axel sich um. Kein Sunny. Blieb nur das Badezimmer, aber es war unwahrscheinlich, dass er den Hund dort finden würde. Dennoch schaute er nach. Die Suche blieb erfolglos. Axel verstand die Welt nicht mehr. Wo steckte der Hund bloß? Er musste im Haus sein, denn die Eingangstür war fest verschlossen gewesen. Er lief nervös ein weiteres Mal durch alle Räume. Da bemerkte er die nur angelehnte Terrassentür. Hatte er die offen gelassen? Wie hatte er denn so nachlässig sein können? Vermutlich war Sunny durch diese Tür abgehauen. Wenn ihm nur nichts passiert war. Im Geiste sah Axel seinen geliebten Hund schon blutend auf dem Asphalt liegen, von einem Auto überfahren. Ein Leben ohne seinen vierbeinigen Freund konnte er sich gar nicht mehr vorstellen. Als Welpen im Alter von zehn Wochen hatte er Sunny zu sich geholt. Das war jetzt sechs Jahre her und seitdem waren sie unzertrennlich. Auf Axels Stirn bildeten sich kleine Schweißperlen vor Angst und Nervosität. Er ging auf die Terrasse und von da aus auf die winzige Rasenfläche, die zu seinem Haus gehörte.

»Sunny! Junge, wo bist du?«

Wie ein geölter Blitz schoss Sunny in diesem Moment um die Hausecke, sprang halb verrückt vor Freude über das Wiedersehen an seinem Herrchen hoch und leckte ihm in grenzenloser Zuneigung die Hände.

»Sunny, mein Guter, da bist du ja. Wo warst du denn? Du darfst doch nicht einfach so abhauen. Frecher Bursche, ich hab echt Angst um dich gehabt.« Axel ließ sich ins Gras fallen und tollte mit seinem Hund herum, ohne darauf zu achten, ob sein hellgrauer Anzug dabei Schaden nahm. In diesem Moment hätte er die ganze Welt umarmen können. Sunny war wieder da und ihm war nichts passiert.

Kapitel 42

Julia schloss die Galerie ab und war froh, dass der Tag hinter ihr lag. Heute war kein einziger Kunde aufgetaucht, aber das war nicht ungewöhnlich und hatte Julia gerade heute sogar sehr gut gepasst, denn sie hätte sich nur schwer auf fachliche

Gespräche konzentrieren können. Als sie in ihrem Auto saß, überlegte sie kurz, was sie mit dem langen Abend anfangen sollte, der vor ihr lag. Sie beschloss, bei ihrem Lieblingsitaliener wenige Straßen entfernt etwas zu essen, und fuhr los. Im Restaurant wurde sie mit großem Hallo begrüßt.

»Ah, Julia! Benvenuto! Wo warst du? Ich habe mir Sorgen gemacht. Cosa vuoi?«

»Hallo, Luciano. Ich weiß noch nicht, was ich möchte. Würdest du mir die Karte bringen?«

»Naturalmente«, antwortete Luciano, aber sein Blick verriet seine Verwunderung darüber, dass Julia die Speisekarte verlangte.

So weit ist es schon gekommen, dachte Julia. *Wenn ich mal eine Woche lang nicht erscheine, vermisst man mich in meinem Stammlokal. Und wenn ich nicht dasselbe Essen bestelle wie immer, versteht der Wirt die Welt nicht mehr. Wie langweilig und vorhersehbar kann ein Leben eigentlich sein?*

Als Luciano ihr die Speisekarte gebracht hatte, tat Julia so, als müsste sie genau auswählen und lange überlegen. Am liebsten hätte sie wieder auf das Altbewährte zurückgegriffen, aber diese Blöße wollte sie sich nicht geben. Sie bestellte schwarze Bandnudeln (die passten wenigstens zu ihrer Stimmung) und dazu Meeresfrüchte. Luciano hob bei ihrer Bestellung erstaunt eine Augenbraue, was Julia unprofessionell und anmaßend fand. Dass sie außerdem Mineralwasser orderte und keinen der von Luciano angepriesenen erlesenen Weine, gab ihm scheinbar den Rest. Er rauschte in die Küche und würdigte Julia keines Blickes mehr.

Als das Essen serviert wurde, stellte Julia fest, dass sie gar keinen Appetit hatte. Sie stocherte lustlos auf ihrem Teller herum, schaffte eine halbe Portion und verlangte die Rechnung. Einer von Lucianos Angestellten räumte ab und kassierte. Von Luciano selbst kam nur ein müdes Winken, als Julia das Restaurant verließ. Hatten die übrigen Gäste sie schon immer so mitleidig angestarrt, weil sie ohne Begleitung ein Restaurant besuchte? War ihr das vorher nur nie aufgefallen?

Zu Hause in ihrer Wohnung ließ Julia sich ein Bad ein und entspannte eine Weile im warmen Wasser. Danach ging sie sofort ins Bett, denn es gab absolut keinen Grund, diesen mittelmäßigen Tag unnötig in die Länge zu ziehen.

Am nächsten Morgen nahm Julia ihren Termin bei der Bank wahr, der erwartungsgemäß zügig und unspektakulär über die Bühne ging. Der Kredit wurde ohne viele Rückfragen bewilligt und gegen Mittag kehrte Julia bereits in ihre Wohnung zurück. Sie warf einen Blick auf ihr Smartphone, stellte fest, dass zwei neue Nachrichten auf ihrer Mailbox eingegangen waren. Sie öffnete die erste Nachricht.

»Hallo, Julia! Hier ist Greta. Ich wollte nur mal hören, wie es dir so geht. Schade, dass ich dich nicht erreiche, aber du hast natürlich viel zu erledigen, bevor du für immer zu uns kommst. Liebe Grüße auch von Marina, pass auf dich auf und bis ganz bald!«

Julia wurde warm ums Herz. Greta, die treue Seele. Und Marina. Ihre Freundinnen, die sich auf sie freuten und sie für immer bei sich haben wollten. Welch ein ungewohntes, aber wunderschönes Gefühl. Lächelnd öffnete Julia die zweite Sprachnachricht.

»Hey, Julia! Axel hier. Alles okay bei dir? Ich habe inzwischen den Vertrag für den Hauskauf aufgesetzt. Sobald du

wieder da bist, sollten wir uns mit Vollmer zusammensetzen. Wäre es übrigens sehr unpassend, wenn ich sage, dass ich mich auf unser Wiedersehen freue? Komm bald wieder zurück.«

Hatte Gretas Nachricht vorhin schon ein wohlig-warmes Gefühl ausgelöst, loderte jetzt durch Axels Worte ein kleines Feuer in Julia. Gleichzeitig schämte sie sich dafür, dass sie abgereist war, ohne ihn darüber zu informieren. Er hätte allen Grund, beleidigt zu sein. Schon wegen ihres Abgangs nach dem gemeinsamen Essen in seiner Wohnung, und dann wegen ihres wortlosen Verschwindens von der Insel. Trotzdem lagen in seinen Worten nur Freundlichkeit und echtes Interesse. Oder sogar Zuneigung? Julia gestand sich ein, dass sie sich darüber freute, denn sie mochte Axel Wellensiek längst in einer Intensität, die sie niemals für möglich gehalten hätte. Und dennoch – wie konnte sie sich solchen Tagträumen hingeben, solange ungelöste Probleme und sogar eine gemeine Erpressung sie umwaberten wie dichter Nebel?

Julia tippte schnell eine Nachricht für Greta. *Hallo Greta, es geht mir gut, ich kehre bald zurück. Bis dann!* schrieb sie. Dann kopierte sie den Text, fügte ihn in eine neue Nachricht ein, ersetze *Greta* durch *Axel* und fügte schnell noch hinzu: *Ich freue mich auf dich.* Wenigstens ein kleines positives Zeichen ihrerseits hatte er verdient.

Nachdem Julia eine aufgewärmte Dosensuppe gegessen hatte, fuhr sie zum Maklerbüro *Henke und Partner* und erteilte den Auftrag, ihre Eigentumswohnung zu verkaufen. Später wollte sie sich dann mit dem Vermieter der Galerie in Verbindung setzen und den Mietvertrag kündigen. So schnell wie möglich wollte sie umziehen und dauerhaft auf Föhr wohnen.

Mit Greta und Marina in ihrer Nähe. Und mit Axel? Am Abend würde sie Briefe an alle Künstler schreiben, die derzeit von ihr vertreten wurden. Sie wollte sie vor die Entscheidung stellen, ob sie die momentan ausgestellten Werke mit in ihre neue Galerie nach Föhr nehmen durfte oder ob die Kunstschaffenden ihre Exponate lieber abholen und anderen Galerien anbieten wollten. Sie war gespannt auf die Antworten der Künstler.

Sie schlenderte entspannt kreuz und quer durch die Straßen und dachte darüber nach, wie sie die neue kleine Galerie in Wyk gestalten und einrichten würde. Julia war so vertieft in ihre Gedanken, dass sie gar nicht bemerkt hatte, dass es angefangen hatte zu regnen. Die Menschen hasteten links und rechts an ihr vorbei, jeder versuchte, vor dem Regen zu fliehen, der immer stärker wurde. Julia hatte keinen Schirm dabei und ihre Schuhe waren auch nicht die erste Wahl für ein solches Wetter. Entschlossen lenkte sie ihre Schritte zur Galerie, die nicht so weit entfernt war wie der Parkplatz von *Henke und Partner*, auf dem sie ihr Auto abgestellt hatte.

In gerade noch ansehnlichem Zustand erreichte sie die Galerie und schlüpfte durch die Tür ins Trockene. Sybille stand hinter dem Tresen und sprach mit einem Kunden. Der Herr hatte offenbar geahnt, dass der Sonnenschein heute nicht von Dauer sein würde, denn er trug einen beigefarbenen Trenchcoat, der ihm bei diesem Wetter wertvolle Dienste leisten würde. Der Regen, der laut vom Himmel prasselte, hatte Julias Eintreten und die Türglocke scheinbar übertönt, denn weder Sybille noch der Kunde nahmen Notiz von ihr. Julia wollte das Gespräch auf keinen Fall durch ihr plötzliches Auftauchen unterbrechen, daher blieb sie dicht bei der Tür stehen. Ihr Blick wanderte durch den Ausstellungsraum und dann zurück zu Sybille und dem Herrn im Trenchcoat. Der stimmte gerade Sybille zu, die sich smalltalkmäßig über das miese Wetter beklagte. Im selben Moment begann Julias Herz, zu schlagen, ein entsetztes Kribbeln überzog ihre Kopfhaut und ihre Beine schienen unter ihr nachzugeben. Sie war sich plötzlich ganz sicher, dass der Mann, der am Tresen stand, Valentin war.

Obwohl er ihr den Rücken zuwandte und seine Haare raspelkurz waren, ganz anders als die von Valentin, hätte sie darauf gewettet, ihren Ex-Lover direkt vor sich zu sehen. Die Proportionen seines Körpers, die Haltung, seine Stimme, alles deutete auf Valentin hin. Julia sah kurz weg, als wollte sie dem Augenblick die Gelegenheit geben, seinen Fehler zu korrigieren. Das konnte doch nicht wahr sein. Aber als sie wieder hinsah, stand Valentin unverändert da. Spielte Julias Verstand ihr einen Streich? Oder hatten die grausamen Ereignisse ihrer Psyche mehr zugesetzt, als bisher angenommen? Sie wandte sich ab und folgte mit ihrem Blick angestrengt und konzentriert den Regentropfen, die an der Scheibe der Tür hinabrannen. Wie war das möglich, dass Valentin hier in ihrer Galerie am Tresen stand? Er war tot aufgefunden worden, wenn auch nicht dort, wo er gestorben war. Und nicht nur das. Er war obduziert worden. Er konnte nirgendwo mehr auftauchen. Nicht hier in der Galerie und auch sonst nirgendwo.

Kapitel 43

Kurz überlegte Julia, mit ihrem Smartphone ein Foto von der Szene aufzunehmen, um sich selbst beweisen zu können, dass sie nicht vollkommen verrückt war. Aber was brachte das? Erstens bemerkten die beiden am Tresen sie dann vielleicht, was unbedingt zu vermeiden war. Und zweitens wäre auf dem Foto ja nichts weiter zu sehen als die Rückansicht eines Mannes in einem Mantel, wie ihn Millionen Männer trugen. Das Gefühl des Erkennens, das seine Körperhaltung und seine Stimme in ihr ausgelöst hatten, konnte kein Foto der Welt festhalten.

»Nächste Woche weiß ich mehr. Darf ich mir Ihren Namen notieren?«, fragte Sybille in diesem Moment.

»Velstand. Vorne mit v und hinten mit d. Es ist das norwegische Wort für Wohlstand.«

Julias Magen rebellierte. Also doch. Velstand. Aber wie …?

»Ich kann Sie dann gerne anrufen, wenn Sie mir Ihre Telefonnummer geben.«

Julia horchte angestrengt, aber ihr Herzschlag dröhnte so laut in ihren Ohren, dass sie Valentins Antwort nicht verstand. Dennoch war es zweifellos seine Stimme. Was sollte sie tun, wenn er gleich die Galerie verlassen würde? Sie wollte ihm auf keinen Fall begegnen. Nicht hier. Nicht so. Überhaupt nicht.

Die Regentropfen trommelten noch immer laut gegen die Scheibe. Draußen fuhr ein schwerer LKW langsam die Straße entlang. Das war ihre Chance. Das Rauschen des Regens vermischte sich mit dem Motorengeräusch des Lasters, und in dem Lärm, der daraus entstand, schlüpfte Julia durch die Tür und verließ die Galerie so unbemerkt, wie sie sie betreten hatte. Sie rannte den ganzen Weg bis zum Parkplatz von *Henke und Partner* und ließ sich schwer atmend auf den Fahrersitz ihres Autos fallen. Ihre Lunge brannte vom ungewohnten Rennen, außerdem hatte sie Seitenstechen, aber das war alles nichts im Vergleich zu der Panik, die von ihr Besitz ergriffen hatte, seitdem sie Valentin in der Galerie gesehen hatte. Wohl wissend, dass es einfach unmöglich war. *Es ist nicht Valentin. Er kann es nicht sein. Er ist es nicht, nicht, nicht, nicht,* hämmerte es in ihrem Kopf. Und doch ... Mit zitternden Händen startete sie den Motor und lenkte den Porsche zu ihrer Wohnung. *Es gibt für alles eine logische Erklärung*, murmelte sie nun wie ein Mantra vor sich hin. Allerdings hatte sie nicht die geringste Ahnung, wie diese logische Erklärung aussehen könnte.

In ihrer Wohnung riss sich Julia die nasse Kleidung vom Leib und stellte sich unter die Dusche. Inzwischen zitterten nicht mehr nur ihre Hände, sondern alles. Selbst ihre Kiefer schlugen unkontrolliert aufeinander. Lag das nur daran, dass sie bei ihrem Sprint von der Galerie zum Auto bis auf die Haut nass geworden war? Oder stand sie unter Schock? Sie versuchte, sich zu beruhigen und sich auf ihre Atmung zu konzentrieren, während das heiße Wasser über ihren Körper lief. Anschließend ging es ihr etwas besser. Das Zittern hatte nachgelassen, aber sie fühlte sich krank und erschlagen. Hörte dieser Wahnsinn denn nie mehr auf? Julia kuschelte sich in ihren Bademantel und dicke Socken und legte sich auf ihr Sofa. Nach wenigen Minuten war sie erschöpft eingeschlafen.

Als Julia aufwachte, war es schon später Nachmittag. Sie hatte tief und traumlos geschlafen, was ihr tagsüber selten gelang. Aber kaum dass sie die Augen geöffnet hatte, war alles wieder da und wirbelte durch ihren Kopf wie Laub im Herbstwind. Die gruselige Szene, als Valentin tot neben ihr im Bett gelegen hatte. Die verwirrenden Berichte über den Fund seiner Leiche. Die Beklommenheit, die die Postkarten auslösten. Und die ungläubige Panik, als er heute in der Galerie vor ihr zu stehen schien. Oder hatte sie das nur geträumt? Spielte ihre Erinnerung ihr einen Streich nach dem tiefen Schlaf mitten am Tag? Wenigstens das ließ sich ja leicht herausfinden. Julia stand auf und holte ihr Smartphone aus ihrer Handtasche. Sie wählte die Nummer der Galerie und wartete ungeduldig.

Endlich meldete sich Sybille. »Galerie Lessing, Sie sprechen mit ...«

»Sybille? Ich bin's.«

»Hallo, Julia. Du klingst aufgeregt. Ist was passiert?«

Mist, sie musste sich besser beherrschen. Es war wichtig, dass sie sich Sybille gegenüber benahm wie immer. Wer weiß, wozu das noch mal gut sein konnte. Julia schloss kurz die Augen und konzentrierte sich. »Nein, alles gut. Ich habe nur gerade Sport gemacht und bin noch etwas außer Atem.«

»Aha«, war alles, was Sybille antwortete.

»Ähm, ich wollte nur fragen, weil ich gleich noch einen dringenden Termin habe, du kommst doch auch den Rest des Tages ohne mich zurecht, oder?«

»Bin ich das nicht bisher immer?«

»Doch, klar. Ich meinte ja nur, du sollst dich nicht auch noch von mir im Stich gelassen fühlen, nachdem Franzi ja nun schon ausgefallen ist.«

Sybille antwortete nicht, aber Julia sah vor ihrem geistigen Auge, wie sie misstrauisch über die ungewohnte Fürsorge ihrer Chefin eine Braue hochzog.

»War denn heute schon was los?«, kam Julia endlich auf den Grund ihres Anrufs zu sprechen.

»Nicht wirklich. Jedenfalls nichts Besonderes.«

Julia atmete auf.

»Ach, doch! Da war gegen Mittag ein Kunde mit einem speziellen Auftrag.«

Julias Atem setzte wieder aus. »Was für ein Kunde?«

»Häh? Na, ein Kunde eben. Ein Mann. Er heißt, warte, ich hab's hier notiert ...«

Julia hörte, wie Sybille in Papieren blätterte und klammerte sich an das letzte Fünkchen Hoffnung, einen gänzlich unbedeutenden Namen zu hören.

»Ah, hier ist es. Velstand heißt er. Hatten wir nicht mal Bilder von einem Maler mit diesem Namen?«

Also doch. Julias Knie begannen wieder zu zittern und sie ließ sich kraftlos auf ihr Sofa sinken.

»Julia? Bist du noch da?«

»Ja, ich ... Der Maler Velstand ist vor einiger Zeit gestorben, Das muss eine zufällige Namensgleichheit sein. Was wollte er denn genau?«, lenkte sie schnell ab, um Sybille keine Zeit zu lassen, über diesen ungeheuren Zufall nachzudenken. Es kostete Julia ungeheure Anstrengung, ihrer Stimme den gewohnten geschäftsmäßigen Klang zu geben.

»Er sucht die Reproduktion eines ganz bestimmten Bildes und bittet uns, sie für ihn zu besorgen. Er hat nicht mal gefragt, ob wir überhaupt mit Reproduktionen handeln. Ich habe gesagt, dass ich darüber erst mit dir sprechen muss. Willst du in diesem Fall eine Ausnahme machen? Es schien ihm sehr wichtig zu sein.‹«

»Und um welches Bild handelt es sich?«

»Um *Tod und Leben.*«

Julias mühsam aufgebaute Fassung bekam erste Risse, sie brauchte einen Moment Ruhe. »Sybille, ich muss auflegen, da kommt gerade ein anderer wichtiger Anruf rein. Ich rufe dich gleich wieder an.«

Julia warf das Handy auf den Couchtisch und stützte den Kopf in beide Hände. Sie hatte nicht geträumt. In der Galerie war ein Mann gewesen, als sie dort eintraf. Und sein Name lautete Velstand. Aber es war nicht Valentin, das war unmöglich. Valentin war tot, tot, tot. Gestorben, aufgefunden, obduziert und anständig beerdigt. Es entbehrte jeder Logik, und der gesunde Menschenverstand verbot es ihr, sich vorzustellen, dass er hier in Hamburg war. Und dennoch musste es Valentin sein. Nur er wusste, welche Bedeutung das Bild *Tod und Leben*, dessen Reproduktion er kaufen wollte, für sie hatte.

Und doch ... Wenn Valentin lebte, würde alles zusammenpassen. Julias Verstand wehrte sich mit aller Kraft gegen diesen Gedanken, aber konnte es anders sein? Nur er konnte ihr die Kunstkarten geschickt haben, weil er wusste, dass sie die Botschaften verstehen würde. Er wollte sich an ihr rächen für die miese Art und Weise, wie sie sich seiner entledigt hatte. Hatte er nicht sogar eine Karte mit V wie Velstand unterschrieben, damit sie es kapierte? Und nun *Tod und Leben.* Seine wohl wichtigste Nachricht an sie.

Julia hasste dieses Gemälde von Gustav Klimt. Auf der einen Seite war der Tod als bedrohliche Gestalt dargestellt, während auf der anderen Seite Menschen unterschiedlichen Alters scheinbar schlafend zu sehen waren. Es schien, als ignorierten diese Menschen den Tod, obwohl er jedem von ihnen bereits so nahe war. Für Julia war es das bedrückendste aller bekannten und berühmten Gemälde. Schon zu Studienzeiten hatte sie seinen Anblick kaum ertragen und später wurde es für sie zum Sinnbild für Heikos zu frühen Tod. Sie hatte Valentin ausführlich davon erzählt, welche Beklemmungen das Bild in ihr auslöste. Und genau von diesem Gemälde sollte sie nun für ihn eine Reproduktion besorgen. Dabei war das Beschaffen von Reproduktionen ganz einfach, der Kunde hätte es ohne Problem selbst erledigen können. Aber ihm ging es gar nicht um das Bild, sondern um das, was er ihr damit sagen wollte.

Die Botschaft war klar. Auf sie wartete der Tod. Valentin würde ihr aus Rache etwas antun. Aber dazu war er doch viel zu sanftmütig. Oder hatten die Ereignisse rund um seinen eigenen vermeintlichen Tod ihn derartig verändert und hart und gefühllos werden lassen? Hatte sie in seinen Augen ihr Recht auf Leben verspielt in dem Moment, in dem sie ihn zurückgelassen und ihren Weg fortgesetzt hatte, als wäre nichts geschehen? War er sinnbildlich der Sensenmann, der ihr auf den Fersen war? Julia konnte sich so viel Hass bei Valentin absolut nicht vorstellen.

Vielleicht steckte doch Konstantin Schöller hinter allem. Sie würde ihm durchaus zutrauen, sie aus aufgestauter Wut sogar zu töten. Ihm würde es bestimmt nicht ausreichen, nur dabei zuzusehen, wie sie vor Angst langsam den Verstand verlor. Aber wenn er der Mann in der Galerie gewesen wäre, hätte Sybille ihn erkannt, denn die Gerichtsverhandlung und seine anschließende Verurteilung hatte sie damals natürlich genauestens verfolgt. Außerdem hatte Julia seine Stimme gehört, unverkennbar Valentins Stimme. Schöller hätte seinen etwas schrillen Tenor nie bis zu Valentins melodischem Bariton verstellen können.

Nein, der Mann, den sie heute in der Galerie gesehen hatte, war Valentin. Wessen Leiche auch immer am Rande des Golfplatzes auf Föhr gefunden worden war, der Polizei musste ein Fehler unterlaufen sein, als man sie als die von Valentin Velstand identifiziert und beerdigen lassen hatte. Und für sie war es klar: Dies war die letzte Botschaft in Valentins perfiden Spiel mit den Kunstkarten. Der große Knall zum Schluss. Wie beim Feuerwerk.

Kapitel 44

Julia wankte ins Bad und schaufelte sich kaltes Wasser in ihr glühendes Gesicht. War Fieber ein Vorbote des Wahnsinns? Sie musste die Polizei einschalten. Auch wenn sie nicht die geringste Ahnung hatte, wie sie den Beamten die ganze Geschichte erzählen sollte, ohne für verrückt gehalten zu werden. Und wie sie außerdem erklären sollte, warum sie sich nicht früher gemeldet hatte. Bestenfalls sofort, nachdem Valentin gestorben war. Jedenfalls konnte sie die Sache jetzt nicht mehr allein regeln. Sie brauchte Schutz. Personenschutz. Rund um die Uhr. Niemand wusste, ob und wann Valentin zum letzten großen Schlag ansetzen würde. Obwohl – zumindest den Zeitplan konnte sie zu einem kleinen Teil mitgestalten. Er hatte einen Kunstdruck bestellt. Also musste er ihn irgendwann abholen.

Julia wählte erneut die Nummer der Galerie.

»Galerie Less…«

»Ich bin's wieder. Sag mal, Sybille, hat der Kunde, der *Tod und Leben* bestellt hat, auch seinen Vornamen genannt?«, fragte Julia so unaufgeregt wie nur möglich.

»Nein, aber ich habe auch nicht danach gefragt.«

»Aber du hast dir seine Kontaktdaten geben lassen, oder?«, fragte Julia ungeduldig weiter, »wir müssen ihm ja irgendwie Bescheid sagen, wenn wir das Bild haben.«

»Er wollte mir weder Adresse noch Telefonnummer geben. Vielleicht ist er einer von diesen Datenschutz-Junkies, die das alles ganz genau nehmen. Er will Freitag wieder vorbeikommen. Allerdings scheint er Franzi zu kennen und war verwundert, sie nicht anzutreffen. Er hofft, sie bei seinem nächsten Besuch in der Galerie zu sehen. Bevor ich ihm sagen konnte, dass sie vorläufig weder hier noch sonst irgendwo arbeitet, war er schon weg. Ich habe mich übrigens schon mal ein bisschen schlaugemacht und zwei vertrauenswürdige Händler herausgesucht, die Reproduktionen von dem gewünschten Bild anbieten. Soll ich bei einem von ihnen bestellen?«

»Nein, lass nur. Ich kümmere mich selbst darum. Leg mir bitte nur die Namen der Händler raus. Danke. Ich melde mich wieder.« Ohne Sybilles Antwort abzuwarten, legte Julia auf.

Freitag. Übermorgen. Julia war klar, dass es Valentin nicht um den Kunstdruck ging.

Wozu es besorgen? Welche Optionen hatte sie? Sie könnte so schnell wie möglich wieder nach Föhr verschwinden und so der Begegnung mit Valentin am Freitag aus dem Weg gehen. Sybille würde sie sagen, dass sie nach etwas Überlegung zu dem Schluss gekommen sei, den Kunstdruck nicht zu besorgen. Sie würden damit nichts verdienen und sich unnötig Arbeit machen. Er möge es sich selbst im Internet oder über eine Kunstdruckhandlung besorgen. Valentin wüsste natürlich sofort, wo er Julia finden konnte, also würde sie dieses Katz-und-Maus-Spiel damit leider nicht beenden.

Und wenn sie nicht nach Föhr fuhr, sondern an irgendeinen anderen Ort, um von vorne anzufangen? Aber das würde bedeuten, dass sie ihren Traum vom Leben in Wyk kampflos aufgeben würde. Und damit auch ihre Freundinnen Greta und Marina. Und das, was aus Axel und ihr vielleicht werden könnte. Außerdem würde Valentin einen Weg finden, um sie aufzuspüren. Sie musste ja zumindest Sybille und dem Maklerbüro eine Möglichkeit einräumen, Kontakt zu ihr aufzunehmen. Nein, das Aufeinandertreffen mit Valentin war unumgänglich, wenn sie nicht für den Rest ihres Lebens auf der Flucht vor ihm sein wollte. Bevor sie es sich anders überlegen konnte, tippte sie eine Nachricht an Sybille in ihr Smartphone. *Am Freitag hast du frei, ich übernehme die Galerie.* Sybilles Antwort kam postwendend in Form eines Smileys mit Daumen hoch.

Kapitel 45

Julia hatte keine Ahnung, wie sie den Donnerstag überstanden hatte. Sie starrte fast den ganzen Tag aus dem Fenster, ohne wirklich wahrzunehmen, was sich draußen abspielte. Wie automatisiert zählte sie eine Weile die Autos, die an ihrem Wohnhaus vorbeifuhren. Dann erstellte sie eine Strichliste von den Leuten, die vorbeiliefen. Links die mit Regenschirm, rechts die ohne. Sie schmiedete Pläne für ihr Zusammentreffen mit dem einstigen Geliebten und verwarf sie wieder. Die verrückteste Idee war, sich hinter der Ladentür zu verstecken und ihn beim Betreten der Galerie mit dem großen Brotmesser zu erstechen. Julia schüttelte sich bei dem Gedanken, sich wie Franzi ihres Lovers mit mithilfe eines Messers zu entledigen. Vielleicht sollte sie sich lieber irgendein Gift besorgen und Valentin dann ein Glas Wasser anbieten, das sie entsprechend präpariert hatte?

Wo und wie besorgte man sich Gift? Julia erinnerte sich an eine frühere Mitschülerin, die Goldschmiedin war und bei einem Klassentreffen vor vielen Jahren Witze darüber gerissen hatte, dass sie problemlos Zyankali besorgen könnte. Und zwar über den Goldschmiedebedarf, da es verwendet wurde, um Gold besonders zum Glänzen zu bringen. Aber natürlich, hatte sie dann eingeräumt, wurde über die Bestellung genauestens Buch geführt, so dass man schnell überführt wurde, wenn man das Zyankali anderweitig zum Einsatz gebracht hatte.

Gab es nicht zahlreiche Pflanzen mit Giftstoffen? Julia googelte und landete schnell bei den sogenannten Wolfsmilchgewächsen, vor deren im Stängel enthaltenen Flüssigkeit gewarnt wurde. Zu diesen Pflanzen gehörte beispielsweise Löwenzahn. Den konnte man doch besorgen. Wuchs der nicht jetzt schon an jeder Ecke? Aber dann las Julia weiter und erfuhr, dass die Substanz nicht tödlich, sondern nur extrem unverträglich war. Und dass es kaum möglich war, sie unbemerkt zu verabreichen, weil sie so ekelerregend schmeckte. Valentin würde von dem präparierten Wasser vermutlich zu wenig zu sich nehmen, um eine Wirkung hervorzurufen. Wenn er überhaupt etwas trank. Außerdem war sie doch keine Mörderin. Es war eine Sache, jemanden einfach so zurückzulassen, der schon tot war. Aber jemanden umbringen? Was ging ihr da bloß durch den Kopf?

Julia erkannte sich kaum noch selbst. Am Nachmittag kochte sie sich Tee, den sie nicht trank. Am Abend bereitete sie Nudeln zu, die sie nicht aß. Sie stellte Gegenstände im Wohnzimmer an andere Plätze und wieder zurück. Die ganze Zeit über war sie sich der Unsinnigkeit dieser Handlungen bewusst. Endlich war es spät genug, ins Bett zu gehen. Sie nahm eine Schlaftablette, um die Nacht möglichst schnell und ohne weitere Grübeleien hinter sich zu bringen.

Am Freitagmorgen hatte Julia das Gefühl, in der Nacht von einem Bus überrollt worden zu sein. Trotzdem oder gerade deswegen machte sie sich besonders sorgfältig zurecht. Sie wusste, dass ihr Selbstbewusstsein in direktem Zusammenhang mit ihrer Optik stand. Das war blöd, aber leider eine Tatsache. Die besten Geschäftsabschlüsse waren ihr immer dann gelungen, wenn sie top gestylt aufgetreten war. Kleider machten eben doch Leute. War sie darauf nicht selbst bei Franziska reingefallen? Nein, jetzt nicht abschweifen. Sie musste sich voll und ganz auf die Mission konzentrieren, die vor ihr lag. Die Begegnung mit Valentin. Julia warf einen letzten Blick in den großen Spiegel auf dem Flur und war zufrieden. Die Blässe und die dunklen Ringe unter den Augen hatte sie gekonnt weggeschminkt und das weiße Kostüm mit dem Bleistiftrock ließ sie unschuldig und seriös zugleich erscheinen. Die rosafarbene Bluse saß lockerer als sonst und war ihr inzwischen eine Nummer zu groß. Genau wie ihr Leben, in das sie nicht mehr reinpasste.

In der Galerie angekommen, bezog Julia ihren Posten hinter dem Verkaufstresen und blätterte durch diverse Kunstzeitschriften, die sie abonniert hatte. Auf wichtige Tätigkeiten wie beispielsweise das Zusammenstellen der Unterlagen für die Buchhaltung, die ihr Steuerberater erledigte, konnte sie sich ohnehin nicht konzentrieren, während sie mit klopfendem Herzen auf Valentins Erscheinen wartete.

Nach ungefähr zwei Stunden ertönte die Türglocke. Julias Herz setzte für einen Schlag aus. Sie hatte sich überlegt, ein Überraschungsmoment zu nutzen, indem sie sich hinter dem Tresen versteckte und erst aufstand, wenn Valentin direkt davorstand. Schließlich erwartete er, Franziska anzutreffen und nicht Julia. Sie hockte sich also hin und lauschte auf Valentins Schritte, bis eine verwunderte weibliche Stimme fragte: »Hallo? Geht es Ihnen nicht gut?«

Julia richtete sich auf und strich sich verlegen den Rock glatt. Vor ihr stand eine junge Frau mit Dreadlocks und einem Batik-Poncho, der vermutlich bei zu langer Betrachtung Halluzinationen auslöste. »Doch, alles gut. Ich habe nur etwas gesucht. Wie kann ich Ihnen helfen?«

»Ich wollte fragen, ob ich ein Plakat an die Tür kleben darf. Ich biete Workshops an zum Thema Wiedergeburt.«

»Sie wollen Ihre Kunden in ihre vorherigen Leben zurückführen?«

»Nein, das ist damit nicht gemeint. Wir erleben durch einen spannenden Versuch gemeinsam den Prozess unserer Geburt erneut, starten in ein anderes Leben und geben uns damit die Chance, alles anders zu machen als bisher.«

Oh je, mit Esoterik hatte Julia nie das Geringste anfangen können, auch wenn der Gedanke an ein anderes Leben momentan etwas durchaus Verlockendes hatte. »Nein, tut mir leid, ich erlaube grundsätzlich keine Plakate an meiner Tür.«

»Grundsätzlich? Was für ein unfreies Wort. Du verbaust dir schon mit dieser Formulierung echt so viele Möglichkeiten. Grundsätzlichkeiten sind für deine Seele wie Gefängnismauern.«

Die Frau mit dem Testbild-Poncho fing an, Julia auf die Nerven zu fallen. Warum konnte sie die Antwort auf ihre Frage nicht einfach akzeptieren. Und warum duzte sie Julia jetzt sogar?

»Vielleicht hat meine Seele es sich in ihrem Gefängnis ganz gemütlich eingerichtet. Wie ich schon sagte, möchte ich nicht, dass Ihr Plakat an meiner Tür hängt. Und jetzt entschuldigen Sie mich bitte, ich habe zu arbeiten.«

Der Kopf, an dem die Dreadlocks hingen, bewegte sich einmal von links nach rechts über die auf dem Tresen ausgebreiteten Zeitschriften. Wortlos, aber mit einem süffisanten Grinsen machte die Frau kehrt und verließ die Galerie.

Zwei weitere Kunden betraten die Galerie, schauten sich mehr oder weniger interessiert um und gingen wieder. In beiden Fällen war es Julia gelungen, rechtzeitig aus ihrer hinter dem Tresen hockenden Position aufzustehen und dadurch weitere peinliche Situationen zu vermeiden. Am frühen Nachmittag ertönte erneut die Ladenglocke und Julia kauerte sich wieder blitzschnell hin. Diesmal wusste sie instinktiv, dass Valentin die Galerie betreten hatte. Die Atmosphäre im gesamten Raum schien sich zu verändern. Fröstelnd zog Julia die Schultern hoch und lauschte auf die sich nähernden Schritte.

Noch bevor Valentin den Tresen erreichte, sage er: »Hey, Franzi! Jetzt ist es bald soweit, jetzt kriegste bald dein Geld.«

Blitzschnell richtete Julia sich auf. Sie standen sich direkt gegenüber. Trotz der extrem kurzen Haare waren die Gesichtszüge unverkennbar die von Valentin. In Julia tobten die widersprüchlichsten Gefühle. Sie war erleichtert, dass er noch lebte. Sie war aber auch bestürzt, weil sich bewahrheitete, dass sie sich geirrt hatte, als sie ihn in seinem Haus für tot gehalten hatte. Und sie war ängstlich, denn aus seinen ihr so vertrauten Augen waren jegliche Wärme und jede Spur eines Lächelns verschwunden, sie blickten sie stumpf und glanzlos an.

Es zu wissen oder zumindest mit großer Wahrscheinlichkeit davon auszugehen, dass Valentin noch lebte, war das eine. Aber ihn dann leibhaftig vor sich zu sehen, versetzte ihr doch einen kleinen Schock. Aber sie war nicht die Einzige, die diese Begegnung aus der Spur gebracht hatte. Auch Valentin war sichtlich erschrocken. Kein Wunder, er hatte Franzi hier erwartet. Oder Sybille. Aber eben nicht Julia. Wortlos starrten sie einander an.

Julia fand zuerst die Sprache wieder und fragte dem Anschein zum Trotz: »Wer sind Sie?«

Valentin setzte ein zynisches Lächeln auf, das sie nie zuvor bei ihm gesehen oder ihm auch nur zugetraut hätte.

»Ich bin's, Valentin, dein etwas in die Jahre gekommener Toy Boy. Aber spielt man nicht oft mit dem ältesten Kuscheltier am liebsten?«

Julia versuchte, sich von seinen spöttischen Worten nicht beirren zu lassen, obwohl Spott, Ironie und Sarkasmus Charakterzüge waren, die Valentin fremd gewesen waren. Außerdem waren da winzige Details im Gesicht ihres Gegenübers, die ihr erst jetzt auffielen und die absolut nicht zu ihrem ehemaligen Geliebten gehörten. Das bestärkte sie in ihrer Strategie, das Offensichtliche zu leugnen.

»Ich habe keine Ahnung, wer Sie sind, aber Sie sind nicht Valentin«, behauptete sie daher mit selbstbewusst hochgerecktem Kopf.

Der Mann, der sich als Valentin ausgegeben hatte, sackte sichtbar in sich zusammen. Seine Körperspannung ließ nach, sein Rücken wurde krumm, sein Kinn sank auf die Brust und seine Arme baumelten schlaff neben dem Körper. Er schien jeden Halt verloren zu haben. Wie eine Pflanze, der man das Rankgitter weggenommen hatte, an dem sie bisher Halt gefunden hatte.

Er streckte ihr tatsächlich seine Hand entgegen, die sie nicht ergriff, und sagte: »Ich bin Valentins Zwillingsbruder. Morten Velstand.«

Kapitel 46

Valentins Zwillingsbruder? Er hatte nie ein Sterbenswörtchen über irgendwelche Verwandten verloren und jetzt tauchte sogar ein Zwillingsbruder auf. Noch dazu offensichtlich ein eineiiger.

»Woher kennen Sie Franzi?« War das wirklich das Erste, was sie interessierte? Sie war scheinbar nicht mehr ganz bei Trost.

»Aus Billstedt. Ich habe da mal gewohnt. Ich bin Schriftsteller. Oder sagen wir, ich hab's versucht.«

»Und was schreiben Sie so?«

»Eigentlich nichts.«

»Keine gute Antwort für einen Schriftsteller, oder? Na, immerhin schreiben Sie ja anonyme Karten mit gemeinen Hinweisen«, unterstellte Julia.

Er machte eine wegwerfende Handbewegung. »Ach, die Karten.«

»Ja, die Karten!«, rief sie aufgebracht. »Falls Sie sich damit nur einen kleinen Spaß erlaubt haben, muss ich Ihnen leider sagen, dass ich nicht darüber lachen konnte. Wieso wissen Sie überhaupt über Gemälde und ihre Bedeutung so gut Bescheid?«

»Von Valentin. Er hat sich seit unserer Jugend für Malerei interessiert, und ich habe ihm gerne zugehört, wenn er über diese berühmten Bilder gesprochen hat.«

»Und was genau wollen Sie von mir?« Blöde Frage. Das hatte doch in dem Erpresserbrief gestanden.

»Geld«, sagte er auch prompt, sah ihr dabei aber nicht in die Augen.

»Und warum denken Sie, dass ich bereit sein könnte, Ihnen welches zu geben?« Seine unterwürfige Körperhaltung ließ Julias Mut über sich hinauswachsen.

»Weil ich sonst zur Polizei gehe und denen sage, was Sie mit der Leiche meines Bruders gemacht haben. Ich war da. Hab alles gesehen.«

»Und was habe ich mit ihm gemacht?«, hakte Julia nach.

»Im Stich gelassen haben Sie ihn. Nachdem Sie ein bisschen aufgeräumt haben, um Ihre Anwesenheit zu vertuschen, sind Sie abgehauen, als ginge Sie sein Tod rein gar nichts an.«

»Sie sind ja verrückt«, platzte es aus Julia heraus.

»Ich hab's gesehen«, beharrte Valentins Bruder.

Julia wurde übel, aber sie ließ sich nichts anmerken. Morten sprach unbeirrt weiter. »Erinnern Sie sich an das laute Klopfen an dem Morgen? Das war ich. Ich hatte mich dazu durchgerungen, Valentin um Geld anzubetteln. Geld, das ich dringend brauchte, viel dringender als er. Aber Valentin hat nicht aufgemacht. Stattdessen tauchten Sie plötzlich an dem kleinen Fenster neben der Haustür auf. Ich konnte mich noch gerade so ducken, damit Sie mich nicht sehen.«

»Und warum wollten Sie Ihren Bruder dann plötzlich nicht mehr sprechen?«

»Weil ich die Sache mit dem Geld unter vier Augen mit ihm klären wollte, aber das ging ja nun nicht, weil Sie da waren. Bin dann ein bisschen ums Haus rumgeschlichen, weil ich nicht wusste, was ich jetzt machen sollte. Und da habe ich dann gesehen, was los war. Dass Valentin tot war und Sie sich aus dem Staub gemacht haben. Nicht gerade die feine Art, oder? Mein erster Gedanke war, dass Sie ihn vielleicht selbst um die Ecke gebracht haben. Wie auch immer, mir war klar, dass ich aus Ihrem merkwürdigen Verhalten Gewinn ziehen könnte.«

»Ach tatsächlich? Und warum sollte die Polizei Ihnen Ihre Geschichte glauben? Valentins Leiche wurde beim Golfplatz gefunden.«

»Ja, aber doch nur, weil ich ihn aus seinem Haus geholt und zum Golfplatz gebracht habe.«

»Aber warum haben Sie das getan?«, wollte Julia wissen.

»Damit Sie ins Grübeln kommen. Damit ein unschöner Riss durch Ihre sauber aufgebaute Fassade geht. Hätte Ihr Gesicht gerne gesehen, als Sie vom Fundort der Leiche erfahren haben. Das hat Sie schwer aus dem Konzept gebracht, oder? Das sollte es auch.«

»Klingt nicht besonders glaubwürdig, meinen Sie nicht auch? Und ganz nebenbei hat die Obduktion zweifelsfrei ergeben, dass Valentin eines natürlichen Todes gestorben ist. Ich frage Sie also noch einmal: Warum sollte die Polizei Ihnen glauben? Und warum haben Sie nicht einfach entspannt darauf gewartet, Ihren Bruder zu beerben, anstatt mich zu erpressen? Darüber haben Sie wohl nicht nachgedacht, oder?«

Morten – was für ein außergewöhnlicher Name – antwortete nicht. Seine einzige Reaktion war ein trotziger Blick, der Sekunden später unstet wurde. Obwohl er sich noch immer bemühte, bedrohlich und wild entschlossen zu wirken, war klar zu erkennen, dass er unsicher und labil war. Sein Blick ging wild hin und her, als wäre er gerade an jedem anderen Ort der Welt lieber als hier. Dämmerte ihm langsam, dass sein verbrecherischer Plan zum Scheitern verurteilt war? Julia schüttelte fassungslos den Kopf. Da stand er nun, der ihr in den letzten Tagen das Leben zur Hölle gemacht und ihr viele schlaflose Nächte beschert hatte. Und der sie schließlich auf dreiste Weise zu erpressen versucht hatte. Etwas wirklich Bedrohliches ging jetzt nicht mehr von ihm aus.

»Kommen Sie«, sagte Julia und wies auf die Sitzecke im hinteren Teil der Galerie. Sie überlegte kurz, ob sie die Tür abschließen sollte, damit kein Kunde ihre zugegeben bizarre Unterredung störte. Dann entschied sie sich dagegen, weil ihr klar wurde, dass sie sich selbst damit die Flucht erschweren würde, falls Morten seine augenblickliche Schwäche überwinden und ihr einen Grund geben sollte, aus der Situation fliehen zu müssen. Julia ging zu ihm hinüber, setzte sich in einen der Clubsessel und forderte ihn per Handzeichen auf, ebenfalls Platz zu nehmen.

»Sie lesen wohl keine Zeitung?«, fragte Julia. Morten sah sie schweigend an, verwundert über den abrupten Themenwechsel. »Sonst wüssten Sie, dass Franziska Pohlmann im Gefängnis ist, weil sie ihren Freund, den Bankierssohn Dominik von Bahlstedt erstochen hat. Er hatte versprochen, ihr diese Galerie«, Julia machte eine allumfassende Handbewegung »zu finazieren, aber dann hat er einen Rückzieher gemacht und dafür mit seinem Leben bezahlt.«

Morten sah Julia erschrocken an. Ob es Franzis Tat war, die ihn so schockierte, oder Julias nüchterne Zusammenfassung, war nicht zu erkennen. Er seufzte tief und begann zu sprechen. Zuerst leise, dann mit immer festerer Stimme erzählte er Julia alles, was sie wissen wollte, aber bisher nicht gefragt hatte. »Ich hab Franzi viele Jahre nicht gesehen. Als ich dann vor ein paar Wochen hier aufgekreuzt bin, war ich echt überrascht, dass sie hier arbeitete. Und dass sie so toll aussah. Wir sind ins Gespräch gekommen. Wissen Sie, Leute, die so wenig auf die Reihe kriegen wie wir, haben sich trotzdem immer viel zu erzählen. Komisch, oder?« Er stieß ein trockenes und unechtes Lachen aus, dem ein Hustenanfall folgte. Julia stand auf und holte ihm ein Glas Wasser, das er in gierigen Schlucken austrank.

»Jedenfalls hat Franzi mir erzählt, dass sie Sie von ihrem ersten Arbeitstag an gehasst hat«, fuhr er fort, »weil Sie genau das Leben führen, dass sie sich immer gewünscht hat. Reich, unabhängig, erfolgreich, privilegiert. Und dann hat sie mir noch erzählt, dass Sie einen Teilhaber für Ihre Galerie suchen, weil Sie weg wollen aus Hamburg. Das war Franzis Chance für ein anderes, ein besseres Leben. Sie musste nur irgendwie das Geld besorgen. Da kam ihr dieser reiche Bankschnösel gerade recht, also hat sie alles getan, damit er sich in sie verliebt. Franzi konnte immer schon gut alle um den Finger wickeln.« Mortens Blick wanderte an Julia vorbei und verlor sich im Raum. Sie befürchtete, dass er nicht mehr weitersprechen würde, aber das tat er dann doch. »Und dann hat sie mich gefragt, was ich so mache. Also habe ich ihr von Theo erzählt und den miesen Jobs, die ich für ihn erledigen muss, weil ich knietief bei ihm in der Kreide steh.«

»Moment mal«, unterbrach Julia Mortens Redefluss nun doch, »wer ist dieser Theo?«

»Ein Typ, mit dem man sich besser nicht einlässt.«

»Etwas genauer bitte«, forderte Julia ihn auf und wunderte sich selbst über ihre Kaltschnäuzigkeit. Immerhin saß sie einem Verbrecher, einem Erpresser, gegenüber. Und sie war mutterseelenallein mit ihm.

»Theo dreht andauernd krumme Dinger. Und zwar im ganz großen Stil. Da geht's um voll viel Geld. Und für seinen neuesten Plan wollte er unbedingt das Haus vom Vollmer kaufen. Natürlich sollte das nur zur Tarnung ein Wettbüro werden. Tatsächlich geht es um Geldwäsche in großem Umfang. Richtig große Summen. Theo war sich sicher, dass so was im beschaulichen Wyk nicht so genau kontrolliert wird und er seine Gaunereien ungestört durchziehen kann. Ich sollte dafür sorgen, dass er das Haus mit dem Laden kriegt. Und dass Sie's eben nicht bekommen. Deshalb bin ich ja überhaupt hier aufgetaucht. Weil ich Sie unter die Lupe nehmen wollte. Man will schließlich wissen, mit wem man's zu tun bekommt. Aber Sie waren gerade nicht da. Nur Franzi.«

»Sie arbeiten also für einen Halunken namens Theo«, schlussfolgerte Julia. »Und was hat das alles mit Valentin zu tun?«

»Nichts! Es hat nichts mit Valentin zu tun.« Er rieb sich mit beiden Händen übers Gesicht und sah so müde aus wie ein Vater, dem das pubertierende Kind den letzten Nerv raubte. »Kann ich noch ein Glas Wasser haben?«

Julia holte es ihm und setzte sich wieder. »Also?«, forderte sie ihn zu einer Erklärung auf.

»Ich schulde Theo Geld. Viel Geld. Irgendwann hat er vorgeschlagen, dass ich meine Schulden abarbeite. Also musste ich immer mal wieder unangenehme Dinge für ihn erledigen. Aber nie was wirklich Schlimmes, okay? Ich hab nie jemanden umgebracht oder so. Höchstens mal 'ne blutige Nase gehauen. Tja, und diesmal ging's eben darum, dass ich den alten Vollmer dazu bringe, seinen Laden an Theo zu verkaufen und auf gar keinen Fall an Sie. Ich sollte Sie im Auge behalten und rausfinden, ob man Sie nicht irgendwie von der Insel vertreiben kann. Also habe ich Sie beobachtet und geschnallt, dass

Sie das Betthäschen von meinem Bruder sind. Was für ein Zufall, oder? Na ja, und den Vollmer sollte ich ein bisschen in die Mangel nehmen und in Theos Richtung drehen, aber das war gar nicht nötig. Der hatte was gegen Sie, war nicht gut auf Sie zu sprechen. Ich weiß nicht, warum.«

Ich schon, dachte Julia, sagte aber nichts.

»Jedenfalls dachte ich, ich hätte die Sache total easy im Griff, weil der Vollmer ja von sich aus gar nicht an Sie verkaufen wollte. Auf einen Schlag wäre ich meine Schulden losgeworden. Und Theo, dem war das mit dem Haus so wichtig, dass er sogar noch eine kleine Prämie draufgepackt hätte. Aber dann hat dieser blöde Bürgermeister sich da reingehängt und den Alten umgestimmt. Theo war darüber echt sauer und hat gemeint, dass ich die Sache versaut hätte. Und jetzt will er die komplette Summe, die ich ihm schulde, sofort und auf einen Schlag haben.«

»Ah, ich verstehe«, sagte Julia, »und da haben Sie sich gedacht, wenn ich schon so dreist Ihre Pläne durchkreuze, dann soll ich doch bitte auch zahlen, damit Sie Ihren lästigen Gläubiger loswerden. Dabei hätten Sie sich doch nur bei der Gemeinde Utersum, zu der Hedehusum gehört, melden müssen. Die oder das Amt Föhr-Amrum stellen ohnehin Nachforschungen an, um eventuelle Erben zu finden, und Sie hätten die Suche abkürzen können.«

»Das weiß ich. Ich bin nicht so blöd, wie Sie denken. Aber ich bin heilfroh, dass die sich bisher nicht gemeldet haben. Davor hab ich nämlich die ganze Zeit schon Schiss. Als Erstes würden die mir doch bestimmt die Beerdigungskosten aufs Auge drücken. Und wovon soll ich die bezahlen? Ist nämlich nix mit erben oder so. Valentin hat früher, als wir noch regelmäßigen Kontakt hatten, in einer Künstlerkommune gelebt, die er als Erben einsetzen wollte. Ob er das wirklich gemacht hat und es ein entsprechendes Testament gibt, weiß ich nicht. Habe versucht, das rauszufinden, ist mir aber nicht gelungen. Riskieren will ich das jedenfalls nicht.« Morten rang nervös die Hände. Keine Spur mehr von der Selbstsicherheit, um die er sich zu Beginn der Unterhaltung so sehr bemüht hatte.

Nach einer Weile fragte Julia: »Und da haben Sie sich entschlossen, sich das Geld zu besorgen, indem sich mich erpressen, und Franzi etwas davon abzugeben?«

»Ach, ich mag die Franzi. Mochte sie damals schon. Und ich weiß ja, wie das ist, wenn man immer nur träumt und einem nichts gelingt. Und da hab ich ihr gesagt, dass ich bald zu Geld komme und ihr dann was abgebe. Für den Fall, dass Bahlstedt junior kneift und ihr die Kohle für die Galerie nicht gibt. Damit sie dann trotzdem wenigstens 'ne Anzahlung machen kann.«

»Eine Anzahlung auf *meine* Galerie mit *meinem* Geld. Das ist wirklich originell«, murmelte Julia.

»Na ja, eigentlich habe ich damit das gemeint, was Theo obendrauf gelegt hätte, wenn das mit dem Hauskauf geklappt hätte. Franzi hätte eine andere Galerie übernehmen können, falls Sie dann hiergeblieben wären und ihre behalten hätten. Aber jetzt braucht Franzi ja kein Geld mehr.«

Julia starrte ihn an. Er hatte im Vergleich zu seinem belesenen, tiefgründigen und vielseitig interessierten Zwillingsbruder ein eher schlichtes Gemüt. Aber scheinbar hatte er das Herz am rechten Fleck. Er war wohl nur auf seinem Weg mehrfach falsch abgebogen. Beinahe hatte sie Mitleid mit diesem Mann, der Valentin auf den ersten Blick zwar ähnelte wie ein Ei dem anderen, der aber abgesehen von dieser

Ähnlichkeit nichts mit seinem Bruder gemein hatte. Ganz offensichtlich hatte er in seinem Leben noch nichts auf die Reihe gekriegt. Aber dann fielen ihr wieder die Karten und die Botschaften ein, mit denen er sie fast wahnsinnig vor Angst gemacht hatte. Und die gemeine Erpressung.

Kapitel 47

Wer war der Typ da bei ihr? Konstantin Schöller war jetzt bestimmt schon zwanzig Mal vor dem Schaufenster der Galerie hin- und hergelaufen. Seit längerer Zeit war Julia mal wieder selbst in ihrem Bilder- und Figurenkabinett, wie er die Galerie auch in ihrem Beisein immer abfällig genannt hatte. Sie saß in der Sitzecke ganz hinten und hatte dem Schaufenster den Rücken zugewandt, so dass er einigermaßen sicher sein konnte, nicht von ihr gesehen zu werden. Deshalb wagte er es jetzt auch, stehen zu bleiben und sein Gesicht ganz nah an die Scheibe zu bringen. In den Sesseln nahm sie normalerweise nur mit hochkarätigen Kunden Platz, die ohne lange nachzudenken den Gegenwert eines Mittelklassewagens für das Gekleckse irgendeines orientierungslosen Müßiggängers ausgaben. Besonders liquide sah der Mann, der Julia gegenübersaß, allerdings nicht aus. Eher ungepflegt, gestrauchelt. Dass sein Mantel dringend in die Reinigung müsste, sah Konstantin sogar von hier aus. Alles an ihm wirkte abgewetzt und nachlässig.

Nein, ein Kunde mit prall gefüllter Geldbörse war das sicher nicht. Gab es etwa einen neuen Mann in Julias Leben? War der Kerl ihre neueste Eroberung? Falls ja, tat sie ihm beinahe leid. Der Knilch war die reinste Geschmacksverirrung. Und das bei einer Galeristin, dass er nicht lachte. Wenn er es sich richtig überlegte, war es ein Segen, dass sie nicht seine Frau geworden war. Bestimmt hätte er inzwischen längst genug von ihr und müsste teuer dafür bezahlen, sie wieder loszuwerden.

Darüber, dass sie nach diesem verkorksten Abend nicht einfach still und leise aus seinem Leben verschwunden war, sondern ihm diesen riesigen Ärger samt Verurteilung eingebrockt hatte, war er noch immer sauer. Nichts als verbrannte Erde hatte die frigide Kuh hinterlassen. Trotzdem hatte Konstantin es satt, seinen Hass auf sie immer wieder zu füttern und so ständig mit einem Bein in der Vergangenheit festzustecken. Und wenn sie auf den Typen abfuhr, der da gerade mit ihr in der Galerie saß, dann hatte sie ihn, den gutaussehenden, intelligenten, erfolgreichen und charismatischen Konstantin Schöller ohnehin nicht verdient.

Außerdem hatte Konstantin einen Entschluss gefasst. Auf mehreren Reisen nach Thailand in den vergangenen Jahren hatte er erlebt, wie bescheiden, anpassungsfähig, anschmiegsam und dankbar thailändische Frauen waren. Er hatte sich gefühlt wie im Paradies und daher nun beschlossen, in das asiatische Königreich auszuwandern. Hamburg hatte ihm nichts mehr zu bieten, Hamburg hatte ihn auch nicht mehr verdient, nachdem er im Anschluss an seine Verurteilung fallen gelassen worden war wie die sprichwörtliche heiße Kartoffel. In Thailand würde er als deutscher Mann mit einem beachtlichen Vermögen verehrt und hofiert werden, besonders von den Frauen.

Heute war er zum letzten Mal zur Galerie gegangen, um seinen Groll auf Julia Lessing mit einer abschließenden kleinen Observation zu beenden. Sie hatte es nicht länger verdient, so viel Platz in seinem Denken und Fühlen einzunehmen. Dass er sie jetzt mit diesem ranzigen Typen sah, bestärkte ihn in seinem Entschluss. Er würde unter der Sonne Thailands ein perfektes Leben führen, während sie weiterhin den Hamburger Nieselregen durch ihr Galeriefenster beobachten und abends in ihrer durchgestylten Wohnung hocken würde. Sie tat ihm leid. Und das fühlte sich noch viel besser an als die Rachegefühle der vergangenen Jahre.

Kapitel 48

»Sie werden keinen Cent von mir bekommen. Valentin zuliebe werde ich Sie nicht anzeigen, aber mehr haben Sie von mir nicht zu erwarten. Und jetzt gehen Sie, bevor ich es mir anders überlege.« Julia war aufgestanden. Morten erhob sich ebenfalls und kam wie in Zeitlupe auf sie zu. Dicht vor ihr, viel zu dicht vor ihr, blieb er stehen, sah auf sie hinab und setzte nun doch wieder dieses vermutlich einstudierte unverschämte Grinsen auf.

»Sie werden mich also nicht anzeigen? Und dafür soll ich wohl auch noch dankbar sein? Fakt ist, Sie haben gar nichts in der Hand, um mich anzuzeigen. Oder können Sie etwa beweisen, dass ich Sie erpresse? Sie können nicht mal beweisen, dass die Karten von mir sind.«

Julia zwang sich, nicht vor ihm zurückzuweichen, obwohl ihr die Nähe unangenehm war und ihr dieser erneute Wechsel in seinem Verhalten nun doch ein bisschen Angst einflößte. Aber das durfte er auf keinen Fall merken. Sie stemmte die zitternden Hände in die Seiten und schleuderte ihm entgegen: »Nein, aber Sie können ebenfalls nicht beweisen, dass ich vom Tod Ihres Bruders wusste und niemanden informiert habe. Sie können nicht mal beweisen, dass ich überhaupt dort war. Und selbst wenn, erfüllt das nicht den Tatbestand eines Verbrechens.«

»Aber nett ist es trotzdem nicht. Und dass Sie bis zu seinem Tod ein heimliches Verhältnis mit Valentin hatten, wird die neugierige Inselgemeinde trotzdem brennend interessieren. Und die Presse bestimmt auch, die lieben solche Geschichten«, behauptete Morten.

Bei dem Wort Presse war Julia übel geworden. Wenn die ganze Sache von der Presse ausgeschlachtet wurde und bis nach Hamburg schwappte, wurde ihr Name zum Mittelpunkt eines Skandals, was sie auf keinen Fall wollte. Es wären nicht die besten Bedingungen für ihren Neustart auf Föhr, könnten ihn im schlimmsten Fall sogar verhindern. Obwohl Julia angefangen hatte zu zittern und ihre Atmung immer flacher geworden war, gab sie sich Morten gegenüber weiterhin siegessicher.

»Warum sollte unsere Beziehung irgendjemanden interessieren? Außerdem würde ich Sie ganz einfach der Lüge bezichtigen. Und wem wird man dann wohl eher glauben? Einer erfolgreichen Galeristin mit tadellosem Ruf oder einem Kleinkriminellen?«

»Wahrscheinlich dem mit dem besseren Argument. Und das habe ich.« Mit diesen Worten zog er etwas aus seiner Jackentasche und wedelte damit vor Julias Augen hin und her. Sie erkannte sofort ihre Armbanduhr.

»Was soll das denn für ein Beweis sein?«, fragte sie mit einem gelangweilten Lächeln und in gleichgültigem Tonfall.

Er drehte die Uhr um, so dass sie die Rückseite sah. »Diese Gravur kann ja wohl kein Zufall sein, oder? Die passt doch viel zu perfekt zu Ihnen.«

»Natürlich tut sie das, die Uhr gehört mir ja auch.« Julia seufzte. Der Typ war ja noch dümmer als bisher angenommen. »Aber ich könnte sie an jedem erdenklichen Ort verloren haben. Und Sie könnten sie sonst wo gefunden haben. Das beweist doch nicht, dass Valentin und ich uns kannten. Oder dass ich jemals in seinem Haus gewesen bin.«

»Okay, aber damit sieht's schon anders aus, oder?« Morten griff erneut in seine Jackentasche, zog ein Smartphone hervor, scrollte ein bisschen hin und her und hielt ihr dann das Display direkt vors Gesicht. Was sie sah, war ein gestochen scharfes Foto von sich selbst beim fluchtartigen Verlassen von Valentins Haus. Er drehte das Smartphone kurz zu sich, wischte mit dem Finger nach links und zeigte ihr ein weiteres Bild. Diesmal saß sie unverkennbar am Steuer ihres Autos, während sie es aus dem Schuppen lenkte. Mist! Punkt für ihn.

Jetzt hatte er wieder die Maske der Überheblichkeit aufgesetzt und sagte mit einem breiten Grinsen: »Bestimmt werden sich alle fragen, warum zwei erwachsene und mündige Menschen ihre eigentlich doch ganz harmlose Liebesbeziehung verschweigen. Ist doch schließlich nichts dabei. Man wird annehmen, dass mein armer Bruder Ihnen wohl nicht besonders viel bedeutet hat, dass Sie sich deshalb nicht mit ihm in der Öffentlichkeit zeigen wollten. Und dazu passt auch die Story mit der zurückgelassenen Leiche perfekt. Sie denken eben nur an sich, das werden dann alle kapieren. Und damit dürfte Ihr Ruf dermaßen ruiniert sein, dass Sie sich Ihr neues Leben auf der Insel in die Haare schmieren können. Die Polizei wird sich das ebenfalls fragen und schon wird der ganze Fall wieder aufgerollt. Möglicherweise wird der arme Valentin sogar exhumiert oder wie das heißt. Der arme Kerl. Wie soll er da bloß seinen Frieden finden? Aber was soll man machen, wenn die Bullen sich plötzlich fragen, ob bei der Obduktion was übersehen worden und er vielleicht doch keines so natürlichen Todes gestorben ist?«

Morten hatte sich so in Rage geredet, dass sein Gesicht hochrot angelaufen war. Und er war noch nicht fertig. »Selbst wenn eine erneute Untersuchung keine andere Todesursache hervorbringen sollte als die bisherige, und davon würde ich sogar ausgehen, aber Ihre Zukunftspläne auf Föhr wären damit wohl im Eimer. Die mit der Galerie in Wyk und die mit dem Bürgermeister in Ihrem Bett. So stellen Sie sich das doch vor, oder etwa nicht? Ich dagegen, ich habe rein gar nichts zu verlieren. Schon gar keinen guten Ruf. Mir kann also herzlich egal sein, wie das alles ausgeht.«

Morten legte eine Pause ein, um Julia Zeit zu geben, das Gehörte zu verarbeiten. Sie hielt seinem Blick nicht länger stand und schloss kurz die Augen. Ihr war klar, dass er das als Schwäche werten würde, worüber sie sich maßlos ärgerte. Sie zwang sich, ihn wieder anzusehen, drückte den Rücken durch und hielt sich kerzengerade. Er wertete ihre Bemühungen, nicht eingeschüchtert zu wirken, wie vermutet als Sieg für sich und gab sich voll und ganz als Herr der Lage, auch wenn Julia wusste, dass ihm dieses selbstsichere Auftreten viel abverlangte.

Mit Übelkeit erregender Freundlichkeit setzte er seinen Monolog fort. »So, ich denke, wir sind jetzt an dem Punkt, wo wir in Ruhe übers Geld reden können. Ich will dreihunderttausend Euro. Damit mache ich mir ein schönes Leben im Ausland und Sie sehen mich nie wieder. Und da die Summe ja wohl kein Problem für so eine erfolgreiche Galeristin mit tadellosem Ruf sein sollte, werde ich auch nicht allzu lange auf das Geld warten.«

Julia mobilisierte noch einmal alles, was ihr an Mut und Widerstandskraft geblieben war, und zischte: »Ich lasse mich nicht erpressen.«

Morten trat einen weiteren Schritt näher an sie heran, so dass sich ihre Nasenspitzen beinahe berührten und sie den kalten Rauch der letzten Zigarette in seinem Atem roch. »Das werden wir noch sehen.«

Dann floss sein Blick an ihr vorbei Richtung Tür und in diesem Moment ertönte auch schon die Klingel, um das Eintreten eines Kunden zu verkünden.

»Guten Tag, Frau Lessing! Schön, dass Sie mal wieder selbst da sind. Ich wollte mich einfach mal wieder sehen lassen.«

Frau Klemke, die Gattin eines angesehenen Arztes am Universitätsklinikum Hamburg-Eppendorf, die zu Julias Stammkundinnen zählte, rauschte in die Galerie. »Oh, ich störe doch hoffentlich nicht?«

»Nein, überhaupt nicht«, antwortete Morten an Julias Stelle, »Frau Lessing und ich sind mit unserer Unterredung gerade fertig. Ich wünsche den Damen noch einen schönen Tag.« Er lächelte Julia und Frau Klemke der Reihe nach an und verschwand. Auf dem Weg zur Tür legte er einen kurzen Schlenker zum Tresen ein, wo er einen Briefumschlag ablegte. Dann war er weg.

Julia ließ sich schwer atmend zurück in ihren Sessel fallen. Frau Klemke fragte besorgt: »Ist Ihnen nicht gut, Frau Lessing? Kann ich irgendwas für Sie tun?«

»Nein, vielen Dank, es ist nichts«, Julia rappelte sich wieder hoch und nahm die gewohnte kerzengerade und geschäftsmäßige Haltung an. »Ich habe ein paar Skulpturen, die ich Ihnen gerne zeigen möchte. Sie sind von einem noch unbekannten Künstler, der, wenn Sie mich fragen, eine große Zukunft vor sich hat.«

»Oh, also bisher ein Geheimtipp?« Frau Klemke war begeistert. »Na, dann lassen Sie mal sehen. Übrigens, schreckliche Sache mit Ihrer Angestellten. Unvorstellbar, mit was für furchtbaren Menschen man zu tun hat, ohne es zu wissen. Sie sieht ja nun wirklich gar nicht aus wie eine Mörderin. Aber na ja, was weiß ich schon, wie die aussehen, nicht wahr? Sie hätten ihr so etwas doch bestimmt auch nie zugetraut, oder?«

Später wusste Julia nicht mehr, wie Sie das Geplapper und die Wichtigtuerei von Frau Klemke überhaupt ertragen hatte. Diese Frau hatte von Kunst so viel Ahnung wie eine Kuh vom Stricken, aber sie hatte Geld und Zeit im Überfluss. Und überfrachtete die Villa, die ihr Mann durch seine beruflichen Fähigkeiten erarbeitet hatte, mit Gegenständen, die sie zwar nicht zu schätzen wusste, mit denen sie aber ausgiebig bei den Damen aus Golf- und Tennisclub angeben konnte. Julia hatte nicht viel übrig für Frauen, die einfach im Strom ihrer erfolgreichen Männer mitschwammen. Blöd war nur, dass ihre Klientel in der Galerie fast ausschließlich aus genau diesen Frauen bestand. Ein Grund mehr, auf Föhr ein völlig anderes Konzept umzusetzen.

Nachdem Frau Klemke gegangen war, nicht ohne eine der Geheimtipp-Skulpturen unter dem Arm und der Androhung, schon bald wieder vorbeizuschauen, schloss Julia die Galerie ab. Zuerst Valentins Geist, der sich als sein erpresserischer Bruder entpuppte, und nun noch diese chronisch gelangweilte Luxuslady. Für heute hatte Julia genug. Siedend heiß fiel ihr der Briefumschlag ein, den Morten auf dem Tresen für sie hinterlassen hatte. Sie taxierte das Kuvert auf dem Tresen mit Blicken, als hätte sie Angst, sich die Finger zu verbrennen, wenn sie es berührte. Dann nahm sie es aber doch in die Hand, öffnete es und zog, was auch sonst, wieder eine Kunstkarte hervor.

Diesmal zeigte die Karte das Motiv *Caféterrasse am Abend* von Vincent van Gogh. Das Bild war eins der bekanntesten Gemälde überhaupt. Van Gogh hatte es 1888 in Frankreich, genauer gesagt in Arles, gemalt. Auf der leuchtend gelben Hauswand des Cafés auf dem Bild stand in der Handschrift, die Julia bereits von den anderen Karten kannte, *Café Valentino*. Das O war allerdings durchgestrichen. Das durchgestrichene O sollte wohl heißen, dass sie zu Valentins Haus kommen sollte. Der Mann hatte scheinbar ein Faible für Bilderrätsel. Julia drehte die Karte um und las auf der Rückseite *Freitag, 20 Uhr*. Er hatte also beschlossen, dass Julia ihn heute in einer

Woche abends um acht in Valentins Haus treffen und ihm die geforderten dreihunderttausend Euro übergeben würde. Da konnte er lange warten.

Kapitel 49

Eine Woche später.

Wieder einmal saß Julia auf der Fähre der *Wyker Dampfschiffs-Reederei*, die sie von Dagebüll aus nach Föhr brachte. Der Nordseewind wehte ihr ins Gesicht. Mitten in Hamburg zu leben, hatte ihr immer gut gefallen. Aber mit jedem Inselbesuch hatte sie gemerkt, dass sie auf die gute Luft, die Weite der See, das besondere Spiel der Wolken über dem Wasser und die salzig schmeckende Luft nicht mehr verzichten wollte und auch nur noch schwer verzichten konnte. Auf Föhr fühlte sie sich irgendwie ... gesünder.

In der Ferne wurde langsam die Silhouette der Insel sichtbar. Sie stellte sich an die Reling und hoffte, dass sich das bekannte und wohltuende Gefühl von Vorfreude einstellte wie immer in diesem Moment der Überfahrt. Aber diesmal verspürte sie Angst und Unwohlsein angesichts dessen, was sie bei ihrem Inselaufenthalt zu erledigen hatte.

Greta und Marina ahnten nicht, dass sie heute anreiste, und das war gut so. Julia wusste nicht, wie sie sich den Freundinnen gegenüber hätte verhalten sollen. Es war unmöglich, ihnen die Wahrheit zu sagen. Aber ebenso unmöglich erschien es Julia, die beiden anzulügen. Getreu dem Motto »Nicht alles sagen ist nicht lügen« hatte sie sich deshalb dafür entschieden, diesen Aufenthalt auf Föhr komplett zu verschweigen. Sie hatte ein Zimmer in einem kleinen Hotel in Wyk gebucht und sich extra unauffällige Kleidung besorgt. Beispielsweise Hoodys, deren Kapuzen man weit ins Gesicht ziehen konnte, und große Schals, in denen man notfalls verschwinden konnte wie eine Schnecke in ihrem Haus. Das miese Wetter, das auf der Insel für dieses Wochenende vorhergesagt war, spielte ihr dabei in die Karten. Bei Kälte und Regen lief niemand leicht bekleidet und mit fröhlich hochgerecktem Kopf durch die Gegend.

Den auffälligen Porsche hatte sie ebenfalls zu Hause gelassen, stattdessen war sie mit dem Zug vom Hamburger Hauptbahnhof bis zum Bahnhof Dagebüll Mole gefahren. Drei Stunden Fahrt im Intercity lagen hinter ihr, zum Glück brauchte sie nicht umsteigen. Jetzt noch die Dreiviertelstunde auf der Fähre – für Julias Geschmack war das viel zu viel Zeit zum Nachdenken. Dabei kreisten ihre Gedanken ohnehin seit einer Woche um dasselbe Thema: Mortens Erpressungsversuch. Sie hatte hin und her überlegt, wie sie es schaffen könnte, ihm nicht nachzugeben und seine Geldforderung nicht zu erfüllen. Aber letztlich war sie immer wieder zu dem Schluss gekommen, dass sie ihm nicht gewachsen war. Er wusste zu viele Dinge über sie, die nicht bekannt werden sollten. Nicht bekannt werden durften!

Wenn herauskäme, dass sie eine Liebesbeziehung zu Valentin gehabt hatte, wären Greta und Marina zutiefst enttäuscht, weil sie die beiden nicht eingeweiht hatte. Sie würden zwar nichts sagen, aber Julia würde die Enttäuschung für immer spüren, die sie empfanden. Sie hatten ihr viel von sich und aus ihrem Leben erzählt. Julia hatte weder darum gebeten, noch danach gefragt, sie war nicht der Mensch, der Privates aus anderen herauskitzelte, aber sie hatte sich über das ihr nach kurzer Zeit entgegengebrachte Vertrauen gefreut. Um keinen Preis wollte sie es aufs Spiel setzen, aber ihnen die ganze Geschichte erzählen wollte sie auch nicht.

Und Axel? Ihn betraf die Sache mit Valentin zwar nicht, denn schließlich hatten sie sich bis vor Kurzem gar nicht gekannt, aber der denkbar beste Start für das, was vielleicht mit Axel werden konnte, war das alles trotzdem nicht. Und nebenbei war Axel nicht irgendwer in Wyk, sondern ein angesehener Rechtsanwalt und der Bürgermeister. Er hatte wie kaum ein anderer auf seine Reputation zu achten, wenn er weiterhin im Amt bleiben und bestenfalls sogar wiedergewählt werden wollte. Und für die übrigen Bewohner von Wyk und Umgebung wäre sie, wenn die ganze Geschichte breitgetreten würde, die Frau, die was mit dem komischen Künstler-Einsiedler gehabt hatte. Vielleicht hielten sie sie dann auch für kauzig und seltsam und machten einen Bogen um ihre neue Galerie. Bei dem Gedanken wurde ihr übel.

Und noch schlimmer würde es, wenn die Polizei die Untersuchungen wieder aufnähme, nachdem herausgekommen wäre, was sie alles verschwieg. Man würde ihr sicher kein einziges Wort mehr glauben, das sie von sich gab. Wie sollte in dem Fall ein Leben auf Föhr für sie möglich sein? Greta und Marina würden sich enttäuscht von ihr abwenden. Und mit Axel würde es nichts zu beenden geben, weil gar nicht erst irgendetwas anfangen würde. Nein, sie musste einen Weg finden, all diese Geschehnisse tief in ihrem Herzen zu verschließen. Wenn sie sie schon niemals vergessen konnte.

Sie war nach all diesen Überlegungen zu dem Entschluss gekommen, auf Mortens Forderung einzugehen. Das Geld zu besorgen, war dank ihrer Ersparnisse kein Problem. Alles Weitere würde sie durch den Wohnungsverkauf und den Kredit finanziell stemmen können. Mit dieser riesigen Summe in der Tasche seit Stunden unterwegs zu sein, war allerdings nicht unbedingt entspannend. Ebenso wenig wie die Aussicht auf das Treffen mit Morten heute Abend. Natürlich konnte sie nicht mit Sicherheit davon ausgehen, dass er von der Bildfläche verschwand, sobald sie gezahlt hatte. Zwar hatte er erwähnt, dass er ins Ausland verschwinden wollte, aber vielleicht überlegte er es sich anders und tauchte zukünftig immer wieder bei ihr auf, um mit seinem grauenvollen Wissen mehr Geld zu erpressen. Doch mangels einer Alternative musste sie dieses Risiko wohl oder übel eingehen.

Die Fähre legte in Wyk an. Julia stülpte sich die Kapuze über den Kopf und verstand zum ersten Mal, warum Hoodys das Lieblingskleidungsstück von Obdachlosen waren. Das hatte mal ein Mann, der auf der Straße lebte, in einer Talkshow gesagt. Die Kapuze schirmte ab und schaffte ein wenig Privatsphäre, sozusagen drei Wände und ein Dach aus Textil, während man vorne aus seinem Fenster in die Welt da draußen sah. Er hatte erklärt, dass man so ein bisschen für sich war und sich zurückziehen konnte. Und er hatte Recht.

Julia schulterte ihre Reisetasche, der man zum Glück nicht ansah, welche inneren Werte sich in ihr verborgen hielten. Sie hatte das Geld zwischen Unterwäsche, Socken und weiteren Hoodys versteckt. Schnurstracks marschierte sie zu dem kleinen Hotel direkt am Anleger. Nachdem sie eingecheckt hatte, fuhr sie mit dem Aufzug in die zweite Etage und betrat kurz darauf ihr Zimmer. Sie stellte die Tasche ab und ging zum Fenster, von dem aus sie die Nordsee, den Wyker Hafen, den Strand und in einiger Entfernung die Halligen sah. Es war ein traumhafter Ausblick, den Julia aber kaum genießen konnte. Zu viel Durcheinander herrschte in ihrem Kopf.

Sie sah auf den Radiowecker neben dem Bett, es war fast drei Uhr nachmittags. Im Internetbrowser ihres Smartphones suchte sie nach dem Busfahrplan, um ihre abendliche Fahrt zu Valentins Haus zu planen. Aber wie sollte sie dann von dort wieder nach Wyk kommen? Sie überlegte kurz, einen Leihwagen zu mieten, verwarf die Idee dann aber. Dass irgendjemand auf ein Auto aufmerksam wurde, das vor Valentins Haus parkte, wollte sie lieber nicht riskieren. Genauso wenig wollte sie einem Taxifahrer die Gelegenheit geben, sich später an sie zu erinnern. Nach weiteren kurzen Überlegungen beschloss sie, ein E-Bike auszuleihen. Telefonisch reservierte sie beim Fahrradverleih Deichgraf ein Rad, das sie kurz vor Ladenschluss um 18 Uhr abholen wollte.

Nachdem sie sich ein Transportmittel organisiert hatte, nahm Julia den braunen Umschlag mit den Banknoten aus ihrer Reisetasche und legte ihn in den Hotelsafe. Sie war fest entschlossen, das Geld zu ihrem heutigen Treffen mit Morten nicht mitzunehmen und ihn noch etwas hinzuhalten. Das war riskant, aber Julia konnte und wollte es ihm nicht leicht machen, sie auszunehmen wie eine Weihnachtsgans. Außerdem hatte sie ihn einerseits zwar bedrohlich und fordernd erlebt, aber phasenweise auch unsicher und wankelmütig. Vielleicht schaffte sie es, ihm in einer dieser durchaus nahbaren Stimmungen klarzumachen, dass er die schiefe Bahn verlassen musste, auf die er geraten war. Sie würde ihn davon überzeugen, dass sie in ihrer Trauer um Valentin im selben Boot saßen, dass sowohl er als auch sie selbst Fehler im Umgang mit dieser schrecklichen Tragödie gemacht hatten. Und dass Valentin, den sie beide geliebt hatten, jeder auf seine Weise, seine Seelenruhe nur fand, wenn sie beide Frieden miteinander schlossen.

Sie würde versprechen, ihn nicht anzuzeigen und ihm finanziell den Start in ein neues Leben zu ermöglichen. Weit weg von diesem Theo und bitte ebenfalls weit weg von Föhr. Sie würde versuchen, die Summe runterzuhandeln, ihm aber genug anbieten, damit er irgendwo neu anfangen konnte. Ja, das war ein kluger Plan. Er musste nur noch gelingen.

Julia nahm den Rucksack aus der Reisetasche, mit dem sie später nach Hedehusum aufbrechen wollte. Sie steckte zwei Sweatshirts hinein, damit er prall gefüllt aussah. Morten sollte erst mal annehmen, dass sie seiner Forderung nachkam. In ein Seitenfach hatte sie vorsichtshalber eine Dose Pfefferspray gesteckt, man konnte ja nie wissen. Nachdem sie alles für das abendliche Aufeinandertreffen vorbereitet hatte, legte sich Julia aufs Bett und starrte an die Decke. Wenn nur der Nachmittag schnell vorbeiging, damit sie sich auf den Weg machen und die Sache hinter sich bringen konnte. Kaum hatte sie den Gedanken zu Ende gebracht, schlief sie erschöpft von der nervenaufreibenden und stundenlangen Anreise ein.

Am Abend stand Julia um kurz vor acht Uhr vor Valentins Haus. Unter anderen Voraussetzungen hätten ihr die zehn Kilometer mit dem E-Bike bestimmt Spaß gemacht, aber wegen der nervösen Anspannung hatte sie die Fahrt kein bisschen genießen können. Angestrengt versuchte sie, die schmerzvollen Erinnerungen an Valentin zu unterdrücken, die inzwischen die guten weitgehend überlagerten. Sie musste jetzt unbedingt Herr ihrer Sinne sein, sonst konnte sie einpacken. Das Herz schlug ihr bis zum Hals und ihr Mund war so trocken, als ob sie nicht mit einem motorisierten Fahrrad gefahren, sondern einmal quer durch die Wüste gelaufen wäre.

War sie noch ganz dicht, sich allein und noch dazu in dieser Pampa mit einem Verbrecher zu treffen? Denn genau das war Morten. Ein Verbrecher. Ein Erpresser. Ein zwielichtiger Kerl. Ein Schurke. Wie konnte sie sich nur einbilden, dass er sich mit ein bisschen Küchenpsychologie zur Umkehr in ein redliches Leben bewegen ließ? Hätte sie nur die dreihunderttausend Euro dabei. Sie würde sie ihm vor die Füße werfen und ihn hoffentlich dadurch loswerden. Es war doch nur Geld. Mit ihrer himmelschreienden Selbstüberschätzung brachte sie sich jetzt womöglich ernsthaft in Gefahr. Und wenn Morten in Rage geriet, würde das Pfefferspray ihr kaum helfen. Wieso war sie so dämlich gewesen, vom Gelingen ihres abenteuerlichen Plans auszugehen?

Wenn Greta wüsste, was sie hier machte, würde ihr vor Schreck die Luft wegbleiben. Und sie würde Julia gehörig die Meinung sagen und sie fragen, ob sie noch alle Tassen im Schrank hätte. Marina würde genauso reagieren. Ebenso wie Axel. Heiko und ihre Eltern, Gott hab sie selig, sowieso. Und Julia konnte es keinem von ihnen verdenken. Herrje, was tat sie hier? Aber jetzt gab es kein Zurück mehr. Sie war hier. Und zwar ohne das Geld. Offensichtlich war Morten schon da und beobachtete sie. An der Schuppenwand lehnte ein altes Fahrrad, das sie vorher nie am Haus, im Garten oder im Schuppen gesehen hatte. Scheinbar war er damit gekommen. Im Falle einer notwendigen Flucht wäre sie mit dem E-Bike da auf jeden

Fall schon mal besser dran. Vermutlich saß er jetzt im Haus und rieb sich die Hände voller Vorfreude aufs Abkassieren. Julia sah, dass die Tür nur angelehnt war. Sie schob sie vorsichtig auf und trat ein.

Kapitel 50

Im Flensenhaus ging es hoch her. Marina und Greta spielten Monopoly mit Johanna und Gottlieb. Er hatte es geschafft, die besten Straßen zu kaufen und üppig zu bebauen, so dass er seine Gegnerinnen Runde für Runde zur Kasse bat. Den drei Frauen blieb nichts anderes übrig, als tapfer zu bezahlen und sich innerlich auf das unausweichliche Verlieren des Spiels vorzubereiten.

»Oh, Gottlieb«, seufzte Johanna, »ich lerne dich heute von einer ganz neuen Seite kennen. Und ich kann nicht sagen, dass sie mir sonderlich gefällt.«

Gottlieb grinste. »Ihr müsst zugeben, dass ich nicht nur schön, sondern auch clever bin.«

Alle lachten. Dann sagte Johanna: »Zum Glück ist es nur ein Spiel.«

Greta nickte. »Ja, und zwar eins, dass für mich genau jetzt zu Ende geht. Ich kann unmöglich noch einmal die Miete für die Parkstraße mit Hotel bezahlen.«

»Ich habe schon Angst, überhaupt noch zu würfeln«, verkündete Marina, »wie wäre es, wenn wir aufhören, Gottlieb zum ruhmreichen Sieger erklären, und uns ein Gläschen Wein gönnen? Oder zwei? Oder drei?«

»Ich trinke lieber Wasser«, meinte Gottlieb grinsend, »damit ich schlank und schön bleibe.«

»Schlank und schön vom Wasser trinken?«, hakte Johanna nach. »Ein Elefant trinkt ungefähr zweihundert Liter Wasser pro Tag. Alles klar, oder?«

»Na, dann wäre das ja geklärt.« Marina ging in die Küche, um den Wein und Gläser zu holen. Im Flur lauschte sie kurz nach oben. Fenna hatte sich den ganzen Tag über nicht wohlgefühlt, daher hatte sie sich früh in ihr Zimmer zurückgezogen. Hoffentlich ging es ihr morgen besser.

»Wenn es nicht so unwahrscheinlich wäre, würde ich meinen, dass Julia auf der Insel ist. Ich war in Wyk, um ein paar Besorgungen zu erledigen. Und ich könnte fast schwören, dass sie aus dem Hotel am Fähranleger kam«, sagte Greta nachdenklich, nachdem sie mit den anderen angestoßen hatte.

Marina, die dabei war, das Spielgeld in die Schachtel einzusortieren, antwortete: »Sie hat aber nicht angerufen, um zu sagen, dass sie kommt, oder?«

»Nein, hat sie nicht.«

»Dann war sie's sicher auch nicht. Sie meldet sich doch immer vorher an. Und was sollte sie in einem Hotel? Sie weiß doch, dass du immer ein Zimmer für sie hast. Du musst dich geirrt haben.«

»Kann schon sein, sie hatte so einen Kapuzenpullover an. Darin ist sie fast versunken. Aber die Statur und der Gang ...«

»Julia in einem Kapuzenpullover? Das ist ja wohl der Beweis, dass sie's nicht gewesen sein kann«, lachte Marina und Greta stimmte in das Lachen ein.

Kapitel 51

Julia wurde beim Betreten von Valentins Haus von ihren Emotionen überrollt. Alles sah aus wie immer. Wer hätte es auch ändern sollen? Sie blinzelte die aufsteigenden Tränen weg, als sie Morten auf dem Sofa sitzen sah. Er stand nicht auf. Erst als sie nähertrat, gab er ihr per Handzeichen zu verstehen, sich zu setzen. Sie schüttelte den Kopf zum Zeichen, dass sie lieber stehen wolle, aber sie nahm den Rucksack ab und hielt ihn vor sich wie ein Schutzschild. Ihre Fingerknöchel traten weiß hervor, als sie sich an dem Stoff festkrallte. Sie heftete ihren Blick auf das Gemälde Grüne Dominanz an der Wand und versuchte, sich Valentin bei der Arbeit an dem Bild vorzustellen. Dabei beruhigte sie sich zumindest so weit, dass sie Morten ansehen konnte. Sie taxierten einander. Mortens Gesichtszüge waren angespannt, sein Blick wanderte nervös hin und her, seine Haltung war zu steif, um lässig zu wirken. Er war mindestens so aufgeregt wie sie, stellte Julia fest. Keine Spur von Souveränität. Er wollte betont cool rüberkommen und ihr weismachen, er hätte die Situation vollkommen im Griff, aber so war es nicht. Vielleicht war ihr Plan doch nicht so verrückt, wie sie dachte.

Sie räusperte sich und begann das Gespräch, um Stärke zu demonstrieren. »Bevor Sie fragen: Nein, ich habe das Geld nicht dabei.«

Er sah sie wütend an. Seine Kiefermuskeln mahlten. »Und wieso nicht? Das war verabredet.«

»Weil die Zeit nicht ausgereicht hat, um es zu besorgen. Oder dachten Sie, ich hätte dreihunderttausend Euro unter meinem Kopfkissen versteckt?« Sie gab sich kaltschnäuzig, obwohl ihr das Herz bis zum Hals schlug.

Morten sprang mit geballten Fäusten vom Sofa auf, stieß ein Heulen aus, das Julia an ein verwundetes Tier denken ließ und ihr durch Mark und Bein ging. Dann wanderte er mehrmals im Raum auf und ab. Julia stand da wie versteinert und hatte nicht die geringste Ahnung, was als Nächstes passieren würde. Auf einmal blieb Morten dicht vor ihr stehen, sah sie kurz an und wischte sich die vermutlich schweißnassen Hände an seiner Jeans ab. Dann sank er auf die Knie und fing hemmungslos an zu weinen. Julia blieb wie festgewachsen stehen und beobachtete ihn. Seine Schultern zuckten, während er sich die Hände vors Gesicht hielt und immer wieder laut schluchzte.

Nach einer Weile, die Julia sehr lang vorkam, obwohl es vermutlich nur wenige Minuten waren, wurde sein Weinen leiser. Er hob den Kopf und sah sie an, und in diesem Blick lagen so viel Kummer, Schmerz und Verletzlichkeit, dass Julia ihre Angst verlor, sich zu ihm auf den Boden kniete und vorsichtig seine Hand nahm. So verharrten sie eine Weile. Dann stand Julia auf und fragte Morten, ob er ein Glas Wasser wolle. Er schüttelte den Kopf, rappelte sich aber ebenfalls hoch und setzte sich wieder aufs Sofa. Sie hockte sich vor ihn und hielt erneut seine Hand. Sie spürte, dass er reden wollte, aber sie gab ihm Zeit und drängte ihn nicht.

»Wissen Sie«, begann er schließlich, »es ist kein Wunder, dass nicht mal Sie mich ernst nehmen und tun, was ich verlange. Mich hat noch nie jemand ernst genommen. Weil ich schon immer ein Versager war und es wohl auch bis in alle Ewigkeit bleibe. Valentin war immer besser, schlauer, begabter und erfolgreicher. Unsere Mutter hat ihn über alles geliebt. Er war eine Viertelstunde vor mir auf der Welt, und als der Arzt ihn nach der Geburt untersucht hatte, sagte er zu ihr, er sei ein kräftiges Kerlchen, ein echter Valentin. Sie fragte nach und der Mediziner erklärte, dass Valentin der Kräftige bedeutet. Von dem Moment an stand sein Name fest. Diese Geschichte mussten wir uns als Kinder Millionen Mal anhören. Sie vergötterte Valentin und machte ihn damit erst zu dem straken Kind. Trotz der vielen Arbeit auf dem Bauernhof hatte sie für Valentin immer Zeit. Ich lief nur so nebenher, und dabei hatte sie nicht mal ein schlechtes Gewissen, denn sie hatte mich ja nicht gewollt. Als sie während der Schwangerschaft erfuhr, dass sie Zwillinge erwartet, war das der Schock ihres Lebens. Bis zur Geburt hat sie gehofft, dass ein Irrtum vorliegt, aber dann musste der Arzt leider nach dem ersehnten Stammhalter auch mir auf die Welt helfen.«

»Meinen Sie nicht, dass Sie ein bisschen übertreiben?«, warf Julia vorsichtig ein.

Morten sah sie abfällig an. »Nein, das meine ich absolut nicht. Und ich beweise es Ihnen. Mit elf Jahren bekam ich die Masern. Ich hatte sehr hohes Fieber und befand mich wohl in einem kritischen Zustand, da hat sie sich ausnahmsweise für mich Zeit genommen und mir aus einem Buch vorgelesen, weil ich selbst zu schwach war, um es selbst zu halten. Das war das Netteste, das sie je für mich getan hat. An dem Tag habe ich all meinen Mut zusammengenommen und sie gefragt, warum ich den Namen Morten bekommen habe und welche Bedeutung er hat. *Ich will dir sagen, warum du diesen Namen trägst*, hat sie geantwortet, *weil mir egal war, wie du ungebetene Dreingabe heißt. Ich habe es deinem Vater überlassen und er hat sich wegen seiner norwegischen Herkunft für Morten entschieden.«*

Julia war so betroffen, dass ihr die Tränen kamen. »Hat Ihr Vater seine Frau wegen dieser ungerechten Behandlung nicht zurechtgewiesen?«, fragte sie leise.

Morten stieß ein spöttisches Lachen aus. »Mein Vater! Dieser arme Wicht. Er ist gestorben, als Valentin und ich acht Jahre alt waren. Wenn Sie mich fragen, war sein Tod das Beste, was ihm je passiert ist. Er hat seine Heimat Norwegen mit zwölf Jahren verlassen und ist zu Verwandten nach Tingleff in Dänemark gekommen. Dort hat er die deutsche Schule besucht, weshalb er fließend deutsch sprach, als er im Sommer 1969 als Helfer auf unseren Hof in Silberstedt kam. Mein Großvater hatte sich bei einem Sturz von der Leiter das Becken gebrochen und fiel für längere Zeit aus, also wurden starke und zupackende Hände gebraucht. Meine Mutter verliebte sich wohl wegen seiner Wikingeroptik Hals über Kopf in ihn und beschloss, ihn zu heiraten. Vielleicht hat sie auch gehofft, dass sein Name eine Art Versprechen ist. Velstand ist das norwegische Wort für Wohlstand, müssen Sie wissen. Allerdings hatte er vom Tag der Hochzeit an nichts mehr zu melden. Ich schätze, er musste sogar gegen seinen Willen den Hoferben zeugen, der dann ja dummerweise auch noch mich im Schlepptau hatte. Blöd nur, dass der heißgeliebte Valentin kein Interesse an dem Bauernhof hatte und schon mit sechzehn seine Sachen gepackt hat und abgehauen ist.«

»Und wie war das Verhältnis zwischen Valentin und Ihnen?«, wollte Julia wissen.

»Ich habe ihn gehasst und geliebt zugleich. Habe ihn für seine Klugheit und sein Talent zum Malen bewundert, aber gleichzeitig hat mich der Neid zerfressen. Also bin ich ihm aus dem Weg gegangen, so gut es eben ging. Und er hat meine Gesellschaft auch nicht vermisst. Er hatte ja unsere Mutter, die an ihm klebte wie ein Schatten. Sie hat seine Talente in den Himmel gelobt und ihn den lieben langen Tag zeichnen lassen. Auf dem Hof mit anpacken musste immer nur ich, vor allem nach dem Tod meines Vaters. Valentin wurde getröstet, wenn er hingefallen war. Mich hat sie angeschnauzt, weil ich so tollpatschig war. Valentin bekam Geschenke zum Geburtstag, ich etwas von den alten Sachen, mit denen er nicht mehr spielte. Heißt es nicht immer, eine Mutter liebt alle ihre Kinder gleich stark? Nun, für meine Mutter galt das nicht. Und sie hat sich auch nie sonderlich bemüht, das zu verbergen. Valentin war ihr erklärter Lieblingssohn. Und ich *die unerwünschte Zugabe.*«

Kapitel 52

Julia wurde von einer Welle des Mitgefühls überrollt. Sie dachte an ihre eigene Kindheit, die zwar leistungsorientiert, aber dennoch liebevoll gewesen war. Und immer geprägt von Akzeptanz, Unterstützung und Anerkennung. Kein Kind sollte so aufwachsen wie Morten. Hatte er mit diesen Erfahrungen überhaupt jemals die Chance gehabt, zu einem selbstbewussten, gradlinigen und ausgeglichenen Erwachsenen zu werden? Julia hätte ihn gerne spontan in den Arm genommen, traute sich aber nicht. Außerdem bemerkte sie an der Art, wie er seine Hände knetete, dass er noch mehr zu sagen hatte. Er schwieg einen Moment, dann brach es aus ihm heraus. »Und Valentin besiegt mich sogar jetzt noch. Sogar tot ist er noch der Bessere und ich nur der Verbrecher, der versucht, seine Geliebte zu erpressen. Und nicht mal das ist mir gelungen.«

»Weil Erpressung nicht der richtige Weg ist, Probleme zu lösen. Ich glaube nicht, dass Sie ein Versager oder ein schlechter Mensch sind, Morten. Sie hatten nur einen schweren Start ins Leben und nie eine wirkliche Chance. Aber Sie werden die Kurve kriegen, wenn Sie es wirklich wollen. Und ich bin bereit, Ihnen dabei zu helfen.«

»Und wie?«, fragte er.

»Ich habe mir überlegt ... Pssst! Haben Sie das auch gehört?«

Mortens Körper versteifte sich. »Ja, das kam von da vorne. Ich sehe besser mal nach.« Er stand auf und wollte zur Eingangstür gehen.

»Warten Sie!« Julia wies auf den Spazierstock, der neben der Tür lehnte und den Valentin sich angeschafft hatte, als er sich vor einiger Zeit den Fuß verstaucht hatte. Morten nahm ihn und riss die Tür mit einem Ruck auf. Draußen war es immer noch ein bisschen hell. Vorsichtig setzte er einen Fuß vor den anderen, sah sich um und verschwand aus Julias Blickfeld.

Einige Minuten vergingen. Julia hätte nie für möglich gehalten, dass sie mal so erleichtert über Mortens Auftauchen sein würde wie in dem Moment, als er das Haus wieder betrat, die Tür hinter sich schloss und den Stock an die Wand lehnte. »Nichts zu sehen. Keine Ahnung, woher das Geräusch kam. Was haben Sie gerade sagen wollen?«

»Dass ich Ihnen helfen werde. Ich lasse mich nach wie vor nicht von Ihnen erpressen, denn ich bin davon überzeugt, dass Sie nicht zur Polizei gehen werden, daher bekommen Sie auch auf keinen Fall die geforderten dreihunderttausend Euro. Wie viel Geld schulden Sie diesem Theo?«

»Anfangs waren es zweiundzwanzigtausend Euro, aber ich hab ja schon was abgearbeitet. Jetzt sind es noch fünfzehntausend.«

Seine Ehrlichkeit amüsierte Julia beinahe und stellte sein schlichtes Gemüt erneut unter Beweis. »Also gut«, sagte sie, »ich werde Ihnen genug geben, damit Sie sich von diesem Theo lossagen und irgendwo neu anfangen können.«

»Warum wollen Sie das tun?«

»Im Gedenken an Valentin. Ich bin sicher, dass er Sie geliebt hat. Aber er war in seiner Kindheit vermutlich genauso überfordert wie Sie. Er war ja auch ein Opfer Ihrer Mutter. Zu viel Liebe kann erdrücken und ist dann ebenso schädlich wie zu wenig. Er hat sein Elternhaus ja nicht mit sechzehn verlassen, weil er sich dort so wahnsinnig wohlgefühlt hat, oder?«

Morten antwortete nicht, aber Julia sah, dass die Gedanken in seinem Kopf rasten und er versuchte, das eben Gehörte zu verarbeiten. Sie beschloss, ihm dafür ein bisschen Zeit zu geben, schnappte sich ihren Rucksack und sagte: »Ich gehe jetzt. Morgen bin ich zur selben Zeit wieder hier mit dem Geld, das ich Ihnen für Ihren Neustart zu geben bereit bin. Und danach möchte ich, dass sich unsere Wege für immer trennen.«

Morten nickte mechanisch wie ein Wackeldackel auf der Hutablage. Als Julia schon an der Tür war, fragte er: »Was ist in dem Rucksack?«

»Spielt keine Rolle. Bis morgen.«

Julia schwang sich auf ihr E-Bike und zwang sich, nicht zu hektisch zu wirken, solange Morten sie vom Haus aus sehen konnte. Sie hatte eine coole und überlegene Show abgeliefert und wollte sich nicht auf den letzten Metern selbst die Tour vermasseln. Aber kaum hatte sie die erste Wegbiegung erreicht, schaltete sie auf die höchste Stufe der Akku-Unterstützung und trat in die Pedale, als wäre der Teufel hinter ihr her.

Kapitel 53

Julia konnte nicht schlafen. Sie drehte sich von einer Seite auf die andere und kniff angestrengt die Augen zu. Aber je mehr sie sich bemühte, einzuschlafen, umso weniger gelang es ihr. Irgendwann gab sie es auf und zog sich an. Um niemanden zu stören, verließ sie auf leisen Sohlen das Hotel.

Draußen war es stockdunkel, weil die Lampen an der Promenade um diese Zeit bis auf wenige Ausnahmen ausgeschaltet waren. Es wehte ein leichter Wind, aber es war nicht kalt. Erwartungsgemäß war weit und breit kein Mensch zu sehen. Obwohl – saß nicht da vorne jemand auf der Bank gegenüber des *Inselcafés*? Egal, sie würde vorbeigehen und keine Notiz von der Person nehmen. Es war ja sehr unwahrscheinlich, dass sie Julia kannte und drohte, anderen zu verraten, dass sie auf der Insel war. Doch beim Näherkommen traute Julia ihren Augen kaum, als sie Fenna erkannte.

Die alte Frau war wie immer schwarz gekleidet und somit in der Dunkelheit fast nicht zu sehen. Ihre kleine gebückte Gestalt und die Art, wie sie da auf der Bank hockte, erinnerte Julia an einen Raben. Und waren Raben nicht Unglücksvögel? *Jetzt mach mal halblang*, rief sie sich selbst zur Ordnung, *was kann denn die arme Fenna dafür, dass du momentan nichts als Probleme hast und deswegen schon Gespenster siehst?* Sollte sie Fenna ansprechen und fragen, was sie hier mitten in der Nacht machte? Aber dann hätte sie sich zu erkennen geben müssen. Es sollte ja niemand wissen, dass sie auf Föhr war. Außerdem bildeten die Leute im Flensenhaus eine WG. Es war weder ein Heim noch ein Gefängnis. Marina schloss zwar nachts die Türen ab, aber alle Bewohner hatten Schlüssel, denn sie waren ja mündig und durften kommen und gehen, wann und wie sie wollten. Wenn Fenna gerne zu später Stunde am Strand war, ging das niemanden etwas an. Und wie sie um diese Zeit von Nieblum aus hierhergekommen war, ebenfalls nicht.

Ein paar Sekunden lang konnte Julia sich von Fennas Anblick nicht losreißen. Die schaukelte mit dem Oberkörper hin und her und sprach dabei die ganze Zeit vor sich hin. Verstehen konnte Julia nichts, dafür war die Brandung zu laut. Ein bisschen unheimlich mutete die Szene auf jeden Fall an, aber Julia hatte nicht das Gefühl, dass Fenna Hilfe brauchte. Und Marina hatte ja erzählt, dass die alte Frau oft Selbstgespräche führte. Julia beschloss, einen Bogen um Fenna zu machen und weiterzugehen, um wie geplant ungestört und unbemerkt am Strand entlangzulaufen und nachzudenken. Schon immer hatte die Weite des Meeres Julias Probleme schrumpfen lassen.Und waren ihre Probleme nicht wirklich gerade dabei, sich in Luft aufzulösen? Morgen würde sie Morten Geld geben und dann würde er aus ihrem Leben verschwinden, davon war sie fest überzeugt. Die Sache mit den Karten und Botschaften war auch vorbei. Der Makler in Hamburg würde über kurz oder lang einen Käufer für ihre Wohnung finden, und sie selbst wäre stolze Besitzerin eines Hauses mit Ladenlokal in Wyk, wo von nun an ihr Lebensmittelpunkt war.

Julia blieb stehen, wandte den Blick in die rabenschwarze Dunkelheit über der Nordsee und sog tief die kühle Luft ein. In diesem Moment überkam sie der drängende Wunsch, Axel anzurufen. Er durfte zwar genau wie Greta und Marina nicht wissen, dass sie auf der Insel war, aber woran sollte er das bei einem Anruf mit dem Handy bemerken? Nur das Meeresrauschen im Hintergrund könnte sie verraten, daher ging Julia zurück zum Hotel. In ihrem Zimmer ließ sie sich aufs Bett fallen und wählte Axels Nummer.

»Ja, hallo?«, meldete er sich schlaftrunken.

»Hier ist Julia. Habe ich dich geweckt?«

»Tja, es ist vier Uhr morgens, da mache ich für gewöhnlich ganz gerne mal ein Nickerchen.«

Julia hätte sich gerne geohrfeigt für die alberne Idee, ihn um diese Zeit anzurufen. »Sorry, blöd von mir. Schlaf weiter, okay?«

Sie wollte auflegen, aber er sagte: »Warte doch mal, ich freue mich, dass du anrufst. Geht es dir gut?«

Plötzlich hatte Julia einen dicken Kloß im Hals, der sie hinderte, zu antworten.

»Hey, alles okay?«

Vielleicht war es die Erleichterung darüber, dass sich doch alles genau so fügen würde, wie sie es sich gewünscht und erträumt hatte. Vielleicht war es die Erschöpfung, weil die Ereignisse der letzten Wochen so viel Kraft und Nerven gekostet hatten. Vielleicht war es auch nur sein hörbar echtes Interesse und der zärtliche Klang seiner Stimme. Auf jeden Fall tobten auf einmal tausend verschiedene Emotionen in Julia, so dass sie hemmungslos anfing zu weinen.

»Oh Gott, Julia! Was ist denn passiert?«

Julia suchte fieberhaft nach einer Antwort, die plausibel klang und nicht gelogen war, bei der aber die Sache mit Morten auf jeden Fall unerwähnt blieb.

»Ach, ich bin nervlich einfach ein bisschen am Ende. Ich war im Gefängnis und habe meine Mitarbeiterin besucht. Na ja, meine ehemalige Mitarbeiterin. Außerdem gibt es so wahnsinnig viel zu klären und zu erledigen, bevor ich endlich komplett umziehen kann.«

»Irgendwie habe ich das Gefühl, dass da noch mehr ist, was dir zu schaffen macht«, sagte Axel, und Julia fragte sich, wie es möglich war, dass er sie nach so kurzer Zeit schon so genau kannte und einschätzte. Ohne eine Antwort abzuwarten, fuhr er fort: »Alles, was ich über dich und dein Leben wissen soll, wirst du mir eines Tages erzählen. Oder auch nicht. Und bis dahin möchte ich einfach nur für dich da sein, okay? Damit du dich jederzeit anlehnen kannst. Und erzähl mir nicht, dass das nicht auch starke, selbstbewusste und erfolgreiche Frauen wie du hin und wieder mal brauchen.«

»Doch, das tun sie«, gab Julia zu, »und ich bin froh über dein Angebot und danke dir sehr.«

»Sehr gerne. Und jetzt halt durch, okay? Es gibt hier Menschen, die sich unglaublich auf dich freuen«, antwortete Axel mit dieser sanften Stimme, die auf Julia dieselbe Wirkung hatte wie eine wohltuende Massage. »Und ich meine nicht nur Greta und Marina.«

»Wen denn sonst?«, stellte sich Julia dumm.

»Das weißt du genau«, behauptete er, »lass uns jetzt schlafen. Und dann komm bald wieder nach Föhr.«

Ich bin schon da, du weißt es nur nicht, dachte Julia. Laut sagte sie: »Gute Nacht, Axel. Bis ganz bald.« Wenige Minuten nach dem Telefonat mit Axel war sie eingeschlafen.

Kapitel 54

Julia und Axel saßen im Strandkorb am Strand von Wyk und genossen den Blick übers Wattenmeer. Axel hatte den Arm um ihre Schultern gelegt und sie fühlte sich sicher und geborgen. In diesem Moment hatte sie das Gefühl, ihm alles sagen zu können. Sie wollte ihm die Geschichte mit Valentin anvertrauen. Und das tat sie. Axel hörte schweigend zu und runzelte nur hin und wieder konzentriert die Stirn. Als Julia haarklein berichtete, wie sie Valentins Leiche einfach so zurückgelassen hatte, versagte ihre Stimme, weil die Erinnerung zu schrecklich war. Axel forderte Julia auf, weiterzureden, unterbrach sie nicht und hörte sich alles bis zum Schluss an. Julia endete mit den Worten: »Jetzt verachtest du mich, oder?«

Axel hob ihr Kinn an und zwang sie, ihn anzusehen. »Nein, ich verachte dich nicht. Dass dein Handeln falsch war, hast du längst eingesehen. Es quält dich, und das ist Strafe genug.

Aber wem hast du durch das, was du getan hast, am Ende wirklich geschadet?«

»Niemandem«, antwortete sie, »aber ich habe einen Toten sehr würdelos behandelt.«

»Der eines natürlichen Todes gestorben ist. Du hast ihm nichts angetan. Das ist das Wichtigste, oder?«

»Trotzdem«, beharrte sie, »ich habe eine Leiche verschwiegen.«

»Die aber dennoch gefunden wurde. Allerdings frage ich mich, wie die Leiche zum Golfplatz gekommen ist. Denn dort wurde sie ja gefunden. Damit hast du aber nichts zu tun, oder? Weißt du etwas darüber?«

Hier stockte ihr Tagtraum, mit dem sie den Morgen nach dem Aufwachen in ihrem Hotelzimmer begonnen hatte, und sie begriff, dass sie Axel niemals den zweiten Teil der Geschichte erzählen konnte.

Sie reckte und streckte sich und ließ ihren Tagtraum noch einmal Revue passieren. Es hatte sich gut angefühlt, sich vorzustellen, wie sie mit Axel über die Geschehnisse sprach. Und in ihrer Fantasie hatte er toll reagiert, ihre Tat nicht negativ bewertet und ihr damit unglaublich gutgetan. Würde es in der Realität so ablaufen? Sie stand auf, tapste zum Fenster und zog die schweren Vorhänge auf.

Draußen regnete es, die Nordsee erstreckte sich grau vor dem Hotelfenster und bot einen deprimierenden Anblick. Julia beobachtete zwei Wassertropfen, die sich an der Fensterscheibe schräg aufeinander zubewegten und in der Mitte trafen, und von da an ging es schneller und leichter voran. War das im echten Leben auch so? Dass gemeinsam alles leichter war und man besser vorankam? Wollte ihr Unterbewusstsein ihr mit diesem Tagtraum sagen, dass sie Axel tatsächlich alles erzählen sollte? Darüber musste sie noch nachdenken. Aber nicht jetzt. Jetzt stand der hoffentlich abschließende Akt mit Morten auf dem Programm. Damit endlich der letzte Vorhang fiel.

Kapitel 55

Julia verbrachte den Vormittag im Hotelzimmer, ließ sich auch das Frühstück hier servieren. Zu groß war ihre Sorge, doch von jemandem gesehen zu werden, den sie kannte. Aber um das E-Bike zurück zum Fahrradverleih Deichgraf zu bringen, musste sie das Hotel – mit heruntergezogner Kapuze – verlassen. Sie fragte nach, ob sie dieses oder ein anderes Bike noch bis morgen ausleihen könne. Leider waren am Wochenende aber bereits alle Fahrräder reserviert, so dass sie sich für den Weg nach Hedehusum am Abend etwas anderes einfallen lassen musste. Am Nachmittag zappte sie sich durch die verschiedenen Fernsehprogramme und staunte darüber, was für ein Mist da täglich gezeigt wurde. Zwischendurch versuchte sie, zu lesen, konnte sich aber nicht ausreichend konzentrieren. Unglaublich, wie lang so ein Tag war, wenn man darauf wartete, dass die Stunden vergingen.

Endlich war es an der Zeit, sich auf den Termin mit Morten vorzubereiten. Sie zog Jeans und Sneakers an, dazu wieder den Hoody. Dann holte sie den Umschlag mit dem Geld aus dem Safe. Sie legte die dreihunderttausend Euro auf den kleinen Tisch beim Fenster. Nach kurzer Überlegung nahm sie zwei Drittel des Geldes und legte sie zurück in den Safe. Die restlichen einhunderttausend Euro wanderten wieder in den Umschlag und dann in den Rucksack. Wenn sie Morten für diese Summe loswerden und die Geschehnisse der letzten Wochen hinter sich lassen konnte, war das Geld perfekt angelegt. Und ein bisschen fühlte es sich sogar Valentin gegenüber richtig an, dass sie seinem Bruder half, aus dem kriminellen Milieu auszusteigen, in das die Umstände seines bisherigen Lebens ihn gebracht hatten.

Nachdem Julia telefonisch ein Taxi gerufen hatte, weil samstags gegen Abend kein Bus mehr nach Hedehusum fuhr, stülpte sie sich die Kapuze auf, hängte sich den Rucksack betont lässig über eine Schulter und verließ das Hotel. Das Taxi war in wenigen Minuten da.

»Zur Lembecksburg nach Borgsum, bitte«, wies sie den Fahrer an.

Er nickte. Julia hatte sich überlegt, dass sich kein Föhrer Taxifahrer darüber wundern würde, wenn sich eine Frau, die auf den ersten Blick als Touristin zu erkennen war, in den späten Nachmittagsstunden zu einer Insel-Sehenswürdigkeit chauffieren ließ. Julia hatte einmal mit Greta und Marina einen Ausflug zu der antiken Ringwallanlage unternommen. Das kreisförmige Bodendenkmal mit einem Durchmesser von fast hundert Metern, das im neunten Jahrhundert zum Schutz vor den Wikingern errichtet worden war, bot eine beeindruckende Kulisse, zum Beispiel für ein romantisches Date. Und ein Date hatte sie ja wirklich. Allerdings nicht in Borgsum. Und auch keins, das auch nur annähernd mit Romantik zu tun hatte.

Nach nur wenigen Minuten Fahrt hielt der Fahrer im Süden des Ringwalls, wo sich der Eingang befand. Julia bezahlte und stieg aus. Dann wartete sie, scheinbar vertieft in den Anblick der geschichtsträchtigen Stätte, bis das Taxi nicht mehr zu sehen war. Von hier aus hatte sie knapp fünf Kilometer Fußweg vor sich bis zu Valentins Haus. Sie lag gut in der Zeit, also ging sie langsam, um nicht abgehetzt und gestresst auf Morten zu treffen. Gestern war sie der wesentlich souveränere Part gewesen und daran sollte sich heute nichts ändern.

Auf die Minute pünktlich um acht Uhr stand Julia erneut vor Valentins Haus. Wieder sah sie das Fahrrad neben dem Schuppen, wieder war kein Laut zu hören. Genau wie gestern war die Tür nur angelehnt. Julia erfasste ein beunruhigendes Schaudern. Sie nahm ihren Rucksack ab und hielt ihn vor ihrem Körper fest umschlungen. Auf den ersten Blick war alles so, wie bei ihrer Ankunft am Vortag. Und ihre Angst vor Morten war seit ihrer gestrigen Unterhaltung spürbar kleiner geworden. Dennoch überzog eine Gänsehaut Julias Körper. Was war denn bloß los? Sie war wie elektrisiert, als sie die Tür mit dem Fuß langsam aufschob. Ein gruseliges Knarzen ertönte, das ihr bisher nicht aufgefallen war. Sie klammerte sich an ihren Rucksack wie an eine lebensrettende Boje und spürte ein unangenehmes Kribbeln, als ob Strom durch ihren Körper fließen würde.

Langsam betrat sie Valentins Haus. Hier drinnen war es dunkel, so dass ihre Augen einen Moment brauchten, bis sie etwas erkannte. Auf den ersten Blick sah alles aus wie gestern. Nur von Morten fehlte jede Spur. War er etwa nicht hier? Aber die Tür hatte doch offen gestanden.

»Morten? Sind Sie da?«, rief Julia und erschrak selbst über das Zittern in ihrer Stimme. Irgendetwas stimmte nicht, etwas Bedrohliches lag in der Luft. Langsam schlich sie weiter und näherte sich dem Küchenbereich. Und dann sah sie ihn.

Morten lag mit geöffneten Augen auf dem Rücken und blutete aus einer großen Kopfwunde. Er gab keinen Ton von sich. Vermutlich war er gestürzt und hatte sich dabei den Kopf angeschlagen. Doch dann sah Julia den Schürhaken, der nicht mehr in dem Ständer neben dem Kamin hing, sondern neben Mortens Körper lag und blutverschmiert war. Jemand hatte ihn niedergeschlagen! Aber wer? Sofort fiel ihr der zwielichtige Theo ein. Hatte er Morten hier gefunden, mit ihm gestritten und ihn dann attackiert? Julias Angst wuchs. War der Mistkerl etwa noch hier? Sie unterdrückte den Impuls, auf der Stelle wegzurennen. Morten brauchte Hilfe, sie musste sich um ihn kümmern.

»Morten, hören Sie mich? Was ist passiert? Morten?« Julia schleuderte den Rucksack von sich, kniete sich neben den Verletzten und beugte sich über ihn. Angestrengt versuchte sie, auf seinen Atem zu lauschen, aber sie hörte nichts. Panik stieg in ihr hoch. Sie wollte gerade sein Hemd aufreißen und mit einer Herzdruckmassage beginnen, als ihr klar wurde, dass für ihn jede Hilfe zu spät kam. Er war tot.

Träumte sie? Oder saß sie wirklich in diesem Moment in Valentins Haus, das sie nach dessen Tod nie mehr hatte betreten wollen, neben einer Leiche? Neben einem Menschen, der Valentin im Tod auf grausame Art noch mehr ähnelte als im Leben. Und der anscheinend auf brutale Weise gestorben war, wie die klaffende Wunde an seinem Kopf vermuten ließ. Es durfte nicht wahr sein. Vor Julias Blick tanzten kleine Punkte und ihr Atem wurde immer hektischer. Sie durfte jetzt nicht durchdrehen, musste überlegen, was zu tun war. Sie schloss die Augen, um dem Anblick von Mortens Leiche zu entkommen, und versuchte, sich auf ihre Atmung zu konzentrieren. *Einatmen, ausatmen. Einatmen, ausatmen. Langsamer. Einatmen, ausatmen. Beruhig dich! Denk nach! Einatmen, ausatmen.*

Sie musste die Polizei rufen. Aber was sollte sie denen sagen? Sie würden sie fragen, warum sie hier war. Was sie im Haus des verstorbenen Künstlers Valentin Velstand verloren hatte. Warum sie das Haus überhaupt kannte. Warum sie sich hier mit dem Zwillingsbruder des kürzlich Verstorbenen hatte treffen wollen. Vielleicht würden sie ihren Rucksack durchsuchen und wissen wollen, warum sie einhunderttausend Euro bei sich hatte. Unzählige Fragen, durch deren wahrheitsgemäße Beantwortung sich ihre Lage immer weiter verschlimmern würde. Aber keine Lüge war in dieser Situation perfekt genug, um die Beamten zu überzeugen. Was jetzt? In was für eine makabre Lage war sie da geraten?

Nach Minuten, die Julia wie Stunden erschienen, stand sie langsam auf und ging durch den Raum, sie konnte nicht länger neben dem toten Morten ausharren. Sie musste hier weg, aber ihre Knie zitterten so sehr, dass sie glaubte, zu keinem Schritt in der Lage zu sein. Geschweige denn zu dem langen Fußmarsch, der vor ihr lag. Sie schleppte sich zum Sofa, doch bevor sie sich hinsetzen konnte, hörte sie Polizeisirenen. Sie stolperte zu dem kleinen Fenster neben der Haustür, von dem aus man den Zufahrtsweg zum Haus einsehen konnte.

In diesem Moment bogen ein Krankenwagen, zwei Polizeiautos und ein ziviles Fahrzeug mit Blaulicht und Sirene um die Kurve und fuhren direkt auf Valentins Haus zu. Woher wussten die, was hier passiert war? Hatte Morten selbst noch einen Notruf absetzen können? Oder hatte dieser Theo in einem Anflug von Mitleid Hilfe gerufen und war erst danach geflohen? Was war hier passiert? Und was machte sie jetzt? Sie war die einzige Person im Haus mit einem Toten, der offensichtlich erschlagen worden war. Sie hatte ganz miese Karten. Sie musste abhauen. Aber wie? An der Vordertür würde sie den Beamten direkt in die Arme laufen. Und nach hinten raus, durch den Garten, gab es nur Felder und Wiesen. Da war sie so unauffällig wie eine bunte Kuh. Außerdem gab es solche Szenen doch nur im Film, und meistens funktionierte es nicht mal da.

Sie hatte Morten nichts getan. Aber das würde ihr vermutlich niemand glauben. In diesem Moment fiel Julia siedend heiß ein, dass Morten auf seinem Smartphone zwei Fotos von ihr hatte. Und zwar keine harmlosen Schnappschüsse, wie man sie von einer Freundin oder Bekannten machen würde, sondern Fotos, die sie mit diesem Haus und mit Valentin in Verbindung brachten. Und mit Morten, der die Bilder gespeichert hatte. Erneut kniete sich Julia neben Mortens Leiche. Sie hoffte, dass das Smartphone in derselben Jackentasche war wie bei seinem Auftauchen in der Galerie. Mit abgewandtem Blick schob sie ihre Hand in die Tasche von Mortens Jacke, aber sie war leer. Übelkeit stieg in Julia auf, aber ihr blieb keine Zeit für Empfindlichkeiten. Sie durchsuchte die andere Jackentasche und fand zum Glück das Handy.

In dem Moment, in dem die Autos vor dem Haus hielten, rannte sie mit dem Smartphone in der Hand durch die offene Tür ins Schlafzimmer, mied den Blick auf die *Rote Dominanz* an der Wand und versteckte sich unter Valentins Bett. Sie versuchte, nicht daran zu denken, wie viele schöne, zärtliche und sinnliche Stunden sie hier verbracht hatte. Nur Morten wusste, dass sie sich hier im Haus aufhielt. Und Morten war tot. Genau wie Valentin.

Kapitel 56

Julia hörte, wie die Polizei ins Haus stürmte. Die Beamten riefen sich kurze Kommandos zu und fanden schnell die Leiche. Der Notarzt stellte Mortens Tod fest. Julia sah die Füße und Hosenbeine eines Polizisten ins Schlafzimmer treten und hielt panisch die Luft an. Doch bevor der Beamte einen Blick unters Bett werfen konnte, ertönte aus dem Wohnraum lautes Gebrüll. »Hinknien und die Hände hinter den Kopf! Na los, runter auf den Boden!«

Wen meinten die? Es war doch niemand außer ihr hier. Etwa Theo? Hatten sie ihn erwischt? Jetzt sprach ein anderer Polizist: »Ganz ruhig. Ich nehme Ihnen jetzt das Handy aus der Hand. Haben Sie uns verständigt?«

Die Person hatte scheinbar genickt, denn der Beamte fragte weiter: »Okay, dann sagen Sie uns mal, wer Sie sind.«

Julia spitzte die Ohren und versuchte angestrengt, zu lauschen. Ihr eigener Herzschlag war so laut, dass er jedes andere Geräusch überlagerte. Trotzdem hörte sie die Worte: »Die Mutter.«

»Wessen Mutter?«, fragte einer der Polizisten. »Die Mutter des Toten, der soeben anhand seiner Ausweispapiere als Morten Velstand identifiziert werden konnte?«

»Ach, der«, sagte die Frauenstimme abfällig, »ja, seine Mutter bin ich leider auch.«

Die Stimme kam Julia bekannt vor, aber sie war zu aufgewühlt, um einen klaren Gedanken zu fassen.

»Haben Sie Ihrem Sohn die tödliche Verletzung zugefügt?«

»Ich habe die Welt von ihm befreit«, kam als Antwort.

In diesem Moment fiel es Julia wie Schuppen von den Augen. Die Stimme gehörte zu Fenna. Marinas Neuzugang im Flensenhaus, deren achtzigsten Geburtstag sie vor Kurzem alle zusammen gefeiert hatten.

»Antworten Sie auf meine Frage. Haben Sie Ihren Sohn getötet?«, wiederholte der Beamte. Keine Antwort.

»Ich frage Sie noch einmal: Haben Sie Ihren Sohn getötet?«

»Ja, habe ich«, kreischte Fenna jetzt hysterisch, »ich heiße Fenna Askens, weil ich den Namen meines zweiten Ehemannes trage. Aber ich bin die Mutter des Künstlers Valentin Velstand, der bis zu seinem tragischen und viel zu frühen Tod hier in diesem Haus gelebt hat. Mein wunderbarer Sohn. Er war so talentiert. Und hochbegabt. Es gibt so viele Menschen wie Sterne am Himmel, aber mein Valentin war der hellste Stern von allen. Kennen Sie seine Werke? Sie sind in seinem Atelier. Kommen Sie, ich zeige sie Ihnen.«

Der Beamte ging nicht auf ihr Angebot ein. »Der Maler Valentin Velstand war also Ihr Sohn. Und der getötete Morten Velstand ebenfalls«, fasste er nüchtern zusammen, »und Sie geben zu, dass Sie Morten durch einen Schlag auf den Kopf mit einem Schürhaken getötet haben?«

»Ja, seine Mutter bin ich leider auch. Und ja, ich habe die Welt von diesem Taugenichts befreit. So, wie die Stimmen es mir befohlen haben. Den Stimmen muss man immer gehorchen.«

»Sie haben ihn ermordet«, beharrte der Polizist.

Fennas klang trotzig wie ein Kind. »Ich habe nur den Stimmen gehorcht.«

»Aha, den Stimmen«, antwortete der Polizist, »und was genau haben die Stimmen zu Ihnen gesagt?«

Jetzt war Fennas Stimme nur noch ein Flüstern. »Wenn ein so wunderbarer und talentierter Mensch wie mein Valentin nicht länger leben darf, dann darf es so ein Versager wie der da erst recht nicht.«

Julia schnappte lautlos nach Luft. Sie konnte nicht glauben, was sie eben gehört hatte. Fenna war anscheinend vollkommen verrückt. Eine Irre war ins Flensenhaus eingezogen. Alle hatten sie höchstens für ein bisschen seltsam und gruselig gehalten, dabei war sie brandgefährlich. Nebenan waren jetzt sich entfernende Schritte zu hören, kurz darauf wurde ein Motor gestartet. Ein Polizeifahrzeug, in dem Fenna saß? Von der war jedenfalls nichts mehr zu hören. Fenna, die neue Mitbewohnerin in Marinas WG. Fenna, die mit sich selbst redete und sich oft schrullig und eigenartig benahm. Fenna, die mit kindlich strahlendem Lächeln am Kopfende ihrer festlichen Geburtstagstafel gesessen hatte. Fenna, die Mörderin ihres eigenen Sohnes.

Dann hörte Julia erneut die Stimme des Polizisten. »Bis die Mordkommission und die Kriminaltechnik aus Flensburg da sind, wird's ja etwas dauern. Malte, du bleibst hier und übernimmst die erste Wache. Ich lasse dich morgen früh um sechs

Uhr ablösen. Wenn du Hunger hast, lass dir ne Pizza bringen, okay?«

Ich muss hier weg, und zwar sofort, dachte Julia, rutschte unter dem Bett hervor, schob so leise wie möglich die Schiebetür auf und schlüpfte nach draußen auf die Terrasse. Dort kauerte sie sich unter den Gartentisch und vertraute darauf, dass die Polizisten keinen Grund hatten, nach weiteren Personen Ausschau zu halten. Würden die Beamten vom Festland bei der Untersuchung des Hauses Spuren von ihr finden? Ja, ganz sicher. Auch noch von ihren vorherigen Aufenthalten. Aber da sie polizeilich nicht erfasst war, würden sie sie nicht ihr zuordnen können. Solange die Polizei nicht von ihrer private Beziehung zu Valentin und von ihren Besuchen hier erfahren würde, konnte ihr nichts passieren. Und der einzige Zeuge war nun auch tot.

Wenige Minuten später hörte sie, dass vor dem Haus ein weiteres Auto gestartet wurde und sich zügig entfernte. Wenn Julia sich nicht verzählt hatte, war nun nur noch ein Fahrzeug da, und zwar das des Beamten, der zur Überwachung des Hauses vor Ort blieb. Julia, die gar nicht gemerkt hatte, wie lange sie schon wieder die Luft angehalten hatte, atmete lange aus. Dann kroch sie unter dem Tisch hervor und schlich langsam ums Haus zur Vorderseite. Sie vertraute darauf, dass der wachhabende Polizist drinnen zu beschäftigt war, um einen Blick durch das winzige Fenster neben der Haustür zu werfen. Julia schnallte sich den Rucksack um, schlich vom Grundstück und rannte, als sie außer Hörweite war, wie noch nie zuvor in ihrem Leben.

Kapitel 57

Sechs Wochen später

Julia wachte auf und sah sich irritiert um. Es dauerte einen Moment, bis ihr klar wurde, wo sie war. Sie hatte die allererste Nacht in ihrem neuen Zuhause auf Föhr verbracht. Wobei die Wohnung noch ganz und gar nicht nach einem Zuhause aussah. In ihrem Schlafzimmer, das frisch gestrichen und mit hellem Laminat ausgelegt, dafür aber noch ohne jegliches Mobiliar war, hatte sie auf einer Gartenliege genächtigt. Greta hatte dafür keinerlei Verständnis gezeigt, denn sie hätte Julia das Zimmer in der Pension gerne zur Verfügung gestellt, bis die Wohnung bewohnbar war. Aber Julia konnte es nicht mehr erwarten, endlich in ihr Haus einzuziehen, obwohl die Renovierungsarbeiten nur hier im Schlafzimmer abgeschlossen waren. Das Bad war provisorisch so weit hergerichtet worden, dass sie es benutzen konnte. Im Rest der Wohnung tummelten sich täglich Maler und Tischler, aber es ging zügig voran, weil Marina ihr nach ihren Erfahrungen mit dem Flensenhaus-Umbau zuverlässige und fleißige Handwerker vermittelt hatte.

Heute war Samstag und Julia hatte die Wohnung, besser gesagt die Baustelle, für sich allein. Sie stand auf, öffnete das große Schlafzimmerfenster und atmete genüsslich die frische, leicht salzige Nordseebrise ein. Inzwischen war es Juni, bald begann die Hauptsaison. Bis Oktober würde die Insel von zahlreichen Urlaubern bevölkert werden. Julia war stolz darauf, nicht mehr zu den Touristen zu gehören, sondern zu den Insulanern. Sie war gespannt, wie ihre neue Galerie bei den Sommergästen ankommen würde.

Am offenen Fenster atmete sie tief ein und aus. Die Luft war warm, der Sommer stand zweifellos in den Startlöchern. Ihr erster Sommer mit Wohnsitz Wyk auf Föhr. Und ihr erster Sommer mit Axel. In den vergangenen Wochen hatten sie sich regelmäßig getroffen, viel geredet und sich immer besser kennengelernt. Er hatte auch seine Hilfe bei den Renovierungsarbeiten angeboten, aber es hatte sich schnell herausgestellt, dass handwerkliches Geschick nicht zu seinen herausragendsten Fähigkeiten gehörte. Dafür war er ihr bei der Auswahl ihrer neuen Möbel eine umso größere Hilfe. Bei *Möbel Schulz* und im *Küchenstudio Klaus Berg* waren sowohl beim Angebot als auch bei der Beratung keine Wünsche offengeblieben, und Julia hatte alles gefunden, was sie sich vorgestellt hatte. Und was sich problemlos mit den wenigen Sachen, die sie aus ihrer Hamburger Wohnung mitgebracht hatte, kombinieren ließ. Sie freute sich schon jetzt auf den Tag, an dem alles eingerichtet, dekoriert und mit ihrer persönlichen Note versehen war. Sie lächelte bei der Erinnerung an die entspannten und lustigen Einkaufstouren, auf denen Axel sie begleitet hatte. Es hatte großen Spaß gemacht und Julia hatte sich in seiner Gegenwart so unbeschwert gefühlt wie schon lange nicht mehr. Immer wieder hatte sie ihm dafür gedankt, dass er Oskar Vollmer ins Gewissen geredet und davon überzeugt hatte, dass sie, trotz seiner Abneigung gegen Künstler, die richtige Käuferin für sein Haus war. Und die Galerie eine Bereicherung für die Wyker Promenade.

Julia ging ins Bad und putzte sich die Zähne. Dann schlenderte sie durch die Räume, sah über das allgegenwärtige Chaos hinweg und stellte sich vor, wie es hier aussehen würde, wenn sie ihre Mission Nestbau abgeschlossen hatte. In Hamburg hatte der Makler die Eigentumswohnung für ein mehr als stolzes Sümmchen verkaufen können und die Bank hatte ihr den Kredit über die zusätzlich benötigte Summe bewilligt. Zum Glück hatte alles reibungslos geklappt.

Die meisten der von ihr vertretenen Künstler hatten sich entschieden, ihre Werke in Julias neuer Galerie auf Föhr ausstellen zu lassen. Also hatte sie sich um den Transport der Exponate gekümmert, und alles war sicher und heile auf der Insel angekommen. Mit den Künstlern, die ihr nicht nach Wyk folgen wollten, hatte sie Auflösungsverträge abgewickelt, damit alles seine Richtigkeit hatte. Dann hatte sie die Galerie offziell geschlossen.Alles entwickelte sich so, wie Julia es sich vorgestellt und gewünscht hatte, und manchmal erschien es ihr zu schön, um wahr zu sein. Mit Valentins Tod hatte sie ihren Frieden gemacht, und mit allem, was danach geschehen war und sie um den Schlaf und beinahe den Verstand gebracht hätte, konnte sie inzwischen einigermaßen umgehen.

Als es an der Tür klingelte, fuhr Julia erschrocken zusammen und sah an sich herunter. Sie trug den alten und ausgeleierten Hausanzug, in dem sie die Nacht auf der Liege verbracht hatte. Heute am Samstag war sie sicher gewesen, dass sie in diesem Aufzug kein Mensch zu Gesicht bekommen würde. Kurz überlegte sie, nicht zu öffnen, aber das wäre ja albern. Bei genauerer Überlegung konnten es ohnehin nur Greta oder Marina oder beide sein, die da vor der Tür warteten, denn sonst wusste nur Axel, dass sie hier übernachtet hatte, aber er hatte heute Vormittag einen Termin. Gewohnheitsmäßig und sinnfrei strich sie die Jacke ihres Hausanzugs glatt und öffnete.

Vor ihr stand Axel. »Mein Termin wurde verschoben«, erklärte er, als sei es das Selbstverständlichste von der Welt, dass er stattdessen bei Julia auftauchte. Über seiner Schulter hing eine große Strandtasche und vor sich her balancierte er ein Tablett mit zwei Kaffeepötten, die Julia als Eigentum des *Inselcafés* erkannte. Der Duft des Kaffees stieg ihr verführerisch in die Nase. Trotzdem entging ihr nicht Axels überraschter Blick. Kein Wunder. Er kannte sie zwar in legerer Kleidung wie Jeans und Sneakers, aber ein ausgeleierter Hausanzug war doch noch mal etwas ganz Anderes. Außerdem standen ihre streichholzkurzen Haare wie Antennen in alle Richtungen ab, aber das war jetzt nicht mehr zu ändern. Julia trat zur Seite, um Axel eintreten zu lassen.

»Guten Morgen«, sagte sie mit einem verlegenen Lächeln.

»Das heißt moin«, antwortete er lachend. »Du bist doch jetzt Insulanerin.«

»Stimmt. Also, moin! Was hast du da alles mitgebracht?«

Axel stellte das Tablett auf einen der vielen Umzugskartons, die überall herumstanden. Dann zauberte er eine Picknickdecke, eine Brötchentüte, Teller, Besteck, Butter, Käse und Marmelade aus seiner riesigen Tasche und breitete alles auf dem Fußboden aus. Grinsend fragte er: »Darf ich dich in diesem besonderen Ambiente zum Frühstück einladen?«

Julia setzte sich lachend im Schneidersitz auf die Decke und prostete ihm mit ihrer Tasse zu. »Sehr gerne, vielen Dank.«

Als Axel sich verabschiedete, war es schon Nachmittag. Julia hatte wieder jede Sekunde mit ihm genossen. Jetzt hatte er irgendeinen wichtigen Termin, aber für später hatte er sie zu sich nach Hause eingeladen. Sie wollten zusammen kochen und sich dann einen Film ansehen. Julia hatte das Gefühl, dass sich an den heutigen Abend ihre erste gemeinsame Nacht anschließen würde. Sie würde dafür sorgen, dass sie auf alles vorbereitet war, und das bedeutete schicke Wäsche und frisch rasierte Beine. Wenn nur erst Abend wäre. Julia konnte kaum erwarten, Axel wiederzusehen.

Als Julia am Sonntagmorgen in Axels Armen aufwachte, fühlte sie sich behütet und geborgen wie zuletzt als Kind, wenn sie schlecht geträumt hatte und zu ihren Eltern ins Bett gekrochen war. Oder wie bei Heiko, als sie noch von einem langen gemeinsamen Leben geträumt hatten. Kurz bevor sie den Glauben an die Liebe verloren hatte. Sie schmiegte sich enger an Axel und genoss die Wärme, die sein Körper ausstrahlte, und seinen typischen Geruch, dieses Gemisch aus Aftershave, Nordseeluft und Männlichkeit. Als er aufwachte, lächelte er sofort wieder herzerwärmend, trotzdem regte sich in Julia der altbekannte Zweifel. »Glaubst du, das mit uns wird was Ernstes?«

»Von meiner Seite aus ist es das bereits«, antwortete er. »Ich habe mich in dich verliebt, und ich genieße es, anstatt es zu hinterfragen. Es ist nun mal einfach so. Wir entscheiden ja nicht, wen wir lieben, und auch nicht, wer uns liebt. Es gibt keinen Wegweiser für die Liebe, es gibt nur die Liebe selbst. Und sie führt uns, wohin auch immer sie will.«

In diesem Moment hätte sie ihm gerne die ganze Valentin- und Morten-Geschichte anvertraut und reinen Tisch gemacht. Sie wollte ohne Geheimnisse oder belastendes Ungesagtes in diese Liebesbeziehung und hoffentlich in eine Zukunft mit ihm starten. Aber sie schwieg. Keiner aus ihrer Inselfamilie, wie sie Greta, Marina, die Flensenhaus-Bewohner und Axel inzwischen nannte, wusste bisher, welche Rolle sie in dem Drama um die Velstand-Zwillinge gespielt hatte. Dass sie überhaupt eine Rolle gespielt hatte. Julia wollte Greta und Marina auch in Zukunft nicht damit belasten, aber Axel würde sie später einmal, wenn ihre Beziehung sich gefestigt hatte, von dieser hoffentlich letzten Episode ihres alten, emotionslosen, unterkühlten und einsamen Lebens erzählen.

Jetzt fing ein neues Kapitel für sie an. Mit einer Wohnung, die nicht nur ein Statussymbol, ein Aufbewahrungsort für ihre teuren Möbel, ihre exquisite Kleidung und ihre erlesenen Kunstgegenstände war, sondern ein Zuhause für Herz und Seele. Mit einer neuen beruflichen Herausforderung, die nicht auf Geld ausgerichtet war, sondern auf Zufriedenheit. Mit Menschen in ihrer Nähe, die sie ihre Freunde nennen und auf die sie jederzeit zählen durfte. Und mit der Liebe eines Mannes, der nicht die erfolgreiche Galeristin in ihr sah, sondern nur Julia. Genau wie alle Menschen hatte sie sich immer nach echter, tiefer Liebe gesehnt, auch wenn sie es vor niemandem und nicht mal vor sich selbst zugegeben hätte. Jetzt endlich gestand sie es sich ein.

Kapitel 58

Weitere zwei Monate später

Am späten Sonntagabend hatte Axel Julia zu einem Spaziergang abgeholt. Jetzt schlenderten sie gemächlich am Stand von Wyk entlang und ohne sich zu unterhalten. Julia hätte nie für möglich gehalten, dass gemeinsames Schweigen ein solches Gefühl von Nähe entstehen ließ. Der Strand war erwartungsgemäß menschenleer, es war Flut und die Nordsee lag scheinbar endlos vor ihnen. Der Lichtkegel vom Föhrer Leuchtturm Olhörn durchbrach in beruhigender Regelmäßigkeit die Dunkelheit, und abgesehen vom Geräusch der Wellen, die auf den Strand trafen, hörten sie nur die Schreie der Möwen, die nachts zum Fischen aufs Meer hinausflogen.

Julia war in diesem Augenblick in Axels Gegenwart so glücklich, dass sie am liebsten die Zeit angehalten hätte. Sie hatte das Gefühl, mit Axel an ihrer Seite jedem Lebenssturm trotzen zu können. Axel würde immer für alles eine Lösung finden, da war sich Julia sicher. Wann immer sie ihm einen kurzen Seitenblick zuwarf, sah sie, dass auf seinem Gesicht ein entspannter und zufriedener Ausdruck lag. Jedes Mal, wenn er ihren Blick auf sich spürte, strahlte er sie an. Julia lächelte in sich hinein. Die unabhängige, erfolgreiche und emotional chronisch unterkühlte Julia Lessing wünschte sich nichts sehnlicher als eine Zukunft mit diesem Mann an ihrer Seite.

Alles hatte sich zum Guten gewendet. Die exquisite kleine Galerie hatte sich in kürzester Zeit zum Hotspot für Insulaner und Touristen entwickelt. Julias wenige, aber erlesene Ausstellungen lockten jedes Mal zahlreiche Besucher an, die anderen Veranstaltungen wie Lesungen oder Liederabende wurden ebenfalls begeistert angenommen. Für die bunte Künstlerszene der Insel war Julias Galerie eine Bereicherung, was sie überglücklich machte. Ihre Wohnung war gemütlich eingerichtet und sie hatte sich in kürzester Zeit dort eingelebt. Wenn sie manchmal in ihrem Kopf das Bild ihrer Harvestehuder Wohnung heraufbeschwor, verstand sie nicht mehr, wie sie so hatte leben können. Modern, stylisch, exklusiv, aber ohne Wärme und Behaglichkeit. Lange Zeit hatte das alles zu ihr gepasst, jetzt hatte sich vieles verändert. Sie hatte sich verändert. Sie war entspannter, empathischer, zugänglicher. Und sie gefiel sich so.

Außerhalb der Galerie-Öffnungszeiten verbrachte sie viele Stunden mit Greta und Marina. Lange Zeit waren Valentin, sein wie aus dem Nichts aufgetauchter Zwillingsbruder und Fennas schreckliches Verbrechen das vorherrschende Thema ihrer Unterhaltungen. Dass Julia Valentin gekannt hatte, sogar sehr gut gekannt hatte, hatte sie weiter unerwähnt gelassen. Über ihre kurze, aber denkwürdige Verbindung zu Morten hatte sie ebenfalls geschwiegen. Sie wollte nicht schlecht über einen Toten reden und viel Gutes gab es nun mal nicht zu berichten. Beide waren tot – Valentin genau wie sein Bruder. Und Fenna würde bis zu ihrem vermutlich nicht mehr allzu fernen Lebensende in einer psychiatrischen Klinik bleiben. Es war nicht nötig, die unglückseligen Geschicke dieser Familie zu zerreden. Marina hatte lange Zeit damit gehadert, sich trotz ihrer Menschenkenntnis in Fenna so getäuscht zu haben und wollte Fennas Zimmer vorerst nicht erneut vermieten. Sie sagte, der Raum brauche vermutlich Erholung, nachdem er nach dem wunderbaren und sanftmütigen Enno eine Mörderin beherbergt hatte. Das war typisch für Marina. Sie behandelte ihr geliebtes Flensenhaus, als würde es leben und fühlen. Das war zwar ein bisschen schrullig, aber auch liebenswert.

Julia fehlte zum vollkommenen Glück tatsächlich nur noch Mr. Right, von dem sie so lange gedacht hatte, sie könne auf ihn verzichten. Sie spürte, dass sie bei Axel endlich angekommen war.

Julia wurde aus ihren Gedanken gerissen, weil Axel abrupt stehen blieb, sich ihr zuwandte und etwas aus der Innentasche seiner Jacke holte. Im nächsten Moment hielt er ihr eine Postkarte hin, auf der ein Gemälde zu sehen war. Julia stockte kurz der Atem. Ihr Körper verkrampfte sich. Nicht schon wieder. Und nicht Axel. Die Karten mit den Kunstwerken drauf waren doch alle von Morten gewesen, das hatte er ohne zu zögern zugegeben. Es konnte es sich nur um einen makabren Zufall handeln.

»Für dich. Du kennst das Bild, oder?«, fragte Axel.

Sie brachte kein Wort heraus, blinzelte ihren Schock weg und sagte dann heiser: »Ja, das Bild heißt *Der Kuss*, manchmal wird es auch *Das Liebespaar* genannt. Es ist von Gustav Klimt.«

»Sieh dir mal die Rückseite an«, forderte er sie auf.

Der Weg ist das Ziel stand da in Axels markanter Handschrift. Julia verstand, was er damit ausdrücken wollte. Er sah einen gemeinsamen Weg für sie beide, vielleicht sogar ein gemeinsames Leben. Jetzt war es nicht mehr der Schock, der ihr Herz wild klopfen ließ, sondern ein überschäumendes Glücksgefühl. Mit einem strahlenden Lächeln sah sie ihn an. Dann stellte sie sich auf die Zehenspitzen und küsste Axel leidenschaftlich. Er legte die Arme um sie, hielt sie fest und flüsterte: »Hast du das gehört?«

»Was meinst du?«

»Das Eis um dein Herz ist gerade zerborsten.«

Julia wünschte, sie könnte diesen Augenblick konservieren wie ein Insekt in Bernstein, aber auf einmal wurden sie von einer Windböe erwischt, die Julia frösteln ließ.

»Dir ist kalt«, stellte er fest.

»Ein bisschen«, gab sie zu.

»Im Film ist dies der Moment, in dem der charmante Held seine Jacke auszieht, um die Dame damit zu wärmen.« Er war schon dabei, aus seiner Jacke zu schlüpfen, und allein sein Blick sorgte dafür, dass Julia gar nicht mehr kalt war.

»Im Film ist das aber auch der Moment, in dem die Dame dem Helden hoffnungslos verfällt und ihm ewige Liebe schwört. Ich glaube, in diesem Punkt wird der Held heute enttäuscht werden.«

Axel grinste, legte ihr seine Jacke um die Schultern und ließ seinen Arm dort liegen. »So schnell gibt der Held nicht auf. Und falls die Dame heute noch nicht für die ewige Liebe bereit ist, dann bestimmt in der nächsten Folge.«

Epilog

Fenna saß auf ihrer Bank am Ufer des kleinen Teichs. Natürlich war es nicht ihre Bank. Es war nur eine von denen, die hier im weitläufigen Park dieses Irrenhauses, in das man sie gebracht hatte, aufgestellt worden waren. Die Größe der Grünanlage sollte denen, die sich hier aufhielten, vermutlich das Gefühl von Freiheit vermitteln.

Aber Fenna war ja nicht plemplem. Das dachten die hier nur, weil sie die Stimmen nicht hörten. Das konnten nur die Auserwählten, das hatten die Stimmen immer wieder betont. Und Fenna gehörte zu diesem Kreis. Die Klinik war eine Klapsmühle, und der Park war ein Freilaufgehege für die hier untergebrachten Bekloppten, zu denen man auch sie zählte. Sie wussten es eben nicht besser. Sollten sie doch von ihr halten, was sie wollten. Hauptsache, es saß niemand außer ihr auf dieser Bank.

Sofern es das Wetter zuließ, verbrachte sie hier die meisten ihrer endlos langen und nutzlosen Nachmittage. Insgesamt gab es fünf Bänke rund um diesen trüben Tümpel. Ihre stand unter einer großen Buche, weshalb sie meistens stark verschmutzt war von den Hinterlassenschaften der Vögel, die in den Ästen die Nacht verbrachten. Und genau das hielt die anderen zuverlässig auf Abstand. Deshalb hatte sie hier ihre Ruhe.

Auch heute hatte sich glücklicherweise keiner der anderen Gäste zu ihr gesetzt. Ja, sie nannten die hier Eingesperrten tatsächlich Gäste. Nicht Patienten oder Verrückte oder Bekloppte. Nein, Gäste. Als wären sie freiwillig nur mal kurz vorbeigekommen und könnten wieder gehen, wann immer sie wollten. Na ja, Fenna war es egal. Alles war ihr egal geworden, nichts spielte mehr eine Rolle. Alles, was in ihrem inzwischen schon viel zu lange andauernden Leben jemals Bedeutung gehabt hatte, war mit Valentin gestorben.

Valentin, ihr Herzenskind. Sie hatte ihn für ein Gottesgeschenk gehalten. Aber dann war er viel zu früh aus dem Leben gerissen worden, obwohl er der Welt mit seiner Kunst noch so viel zu geben hatte. Da erkannte Fenna, dass es keinen Gott gab. Fortan glaubte sie nur noch den Stimmen und gehorchte ihnen. Ihren Befehl, den nichtsnutzigen Morten zu töten, hatte sie ohne zu zögern ausgeführt. Das Gleichgewicht musste wieder hergestellt werden. Ein unbrauchbares Leben für ein wertvolles. Zur Belohnung, das hatten die Stimmen ihr versprochen, würde sie bald wieder mit ihrem geliebten Sohn Valentin vereint sein. Und darauf wartete sie jeden Tag.

ENDE

Danke …

Axel Badstübner für die Bilder »Grüne Dominanz« und »Rote Dominanz«. Er hat sie im echten Leben erschaffen und mir für den Roman »geliehen«.

Natürlich würde es auch dieses Buch nicht geben ohne die großartige Zusammenarbeit mit meiner Lektorin Anette

Kleszcz-Wagner und dem gesamten Team vom Prolibris Verlag. Schön, dass es Euch gibt!

Wie immer danke ich meinem Super(Ehe)man(n) Rainer und meiner Freundin Meike Messal, die die Geschichte als Erste gelesen, beurteit, kritisiert, aber häufiger gelobt und damit sehr geholfen haben.

Mein Dank an die Föhrer Cafés, Restaurants, Läden etc. für die freundliche Genehmigung, sie in einzelnen Szenen des Romans nennen zu dürfen.

Axel Focke danke ich für vielerlei wertvolle Unterstützung. Thank you for being a friend.

Der größte und herzlichste Dank gilt wie immer allen Leserinnen

und

Lesern, ohne die kein Buch der Welt Sinn machen würde.

Es würde mich freuen, Ihr Feedback zu meinen Büchern zu erfahren.

Schauen Sie sich auf meiner Website um und nutzen Sie mein Kontaktformular auf www.doris-oetting.de

Herzlichst, Doris Oetting

Von derselben Autorin

Doris Oetting, Das Haus auf Föhr
Inselroman
Paperback, 298 Seiten, ISBN 978-3-95475-182-2

Urlaub auf Föhr! Aber für Marina sind es mehr als nur Ferien. Sie reist allein, will der Tristesse ihrer Ehe entfliehen. Die ruhige Nachsaison lässt ihr Zeit zum Nachdenken, während sie die Insel erkundet. In der Pensionswirtin Greta findet sie eine Freundin. Ihren Mann vermisst sie nicht. Abends lauscht sie Gretas Geschichten aus ihrer Kapitänsfamilie, um die sich ein Geheimnis rankt.Immer weiter dehnt Marina ihren Aufenthalt aus, die Zeit steht still. Bis sie das alte Haus entdeckt, das in ihr eine ungeahnte Sehnsucht entfacht, darin ihr Leben neu zu gestalten. Voller Energie nimmt sie den Kampf auf, es zu einer Heimstatt nicht nur ihres eigenen Glücks zu machen.

Von derselben Autorin

Doris Oetting, Kalte Liebe in Cuxhaven
Kriminalroman
Paperback, 258 Seiten, ISBN 978-3-95475-203-4

Sie will ihre Angst im Zaum halten, keine Verzweiflung aufkeimen lassen. Als die ersten Droh-SMS eintreffen, als sie mehr werden. Als sie merkt, jemand ist in ihrer Abwesenheit in ihrer Wohnung gewesen – in dem Nest, das sie sich nach einer gescheiterten Ehe in Cuxhaven geschaffen hat. Plötzlich erscheinen ihr die Menschen, die sie liebt, in einem anderen Licht. Es bleibt ihr eine alte Tante auf Neuwerk. Wird sie bei ihr Hilfe finden?

Weitere Inselkrimis im Prolibris Verlag

Martin Dodenhoeft, Finale auf Föhr

Inselkrimi

Paperback, 206 Seiten, ISBN 978-3-935263-55-9

Volker Streiter, Mörderische Nachsaison

Amrum-Krimi

Paperback, 214 Seiten, ISBN 978-3-935263-95-5

Meike Messal, Klippenfall

Fehmarn-Krimi

Paperback, 242 Seiten, ISBN 978-3-95475-228-7

Antje Friedrichs, Letztes Bad auf Norderney

Inselkrimi

Paperback, 204 Seiten, ISBN 978-3-935263-17-7

Irene Scharenberg, Tödliches Bad

Norderney-Krimi

Paperback, 238 Seiten, ISBN 978-3-95475-167-9

Joachim H.Peters

Fluchtpunkt Norderney

Paperback, 315 Seiten, ISBN 978-3-95475-224-9

Johannes Wilkes, Strandkorb 513

Spiekeroog-Krimi

Paperback, 252 Seiten, ISBN 978-3-95475-126-6

Johannes Wilkes, Nachts im Watt

Spiekeroog-Krimi

Paperback, 298 Seiten, ISBN 978-3-95475-170-9